海外ミステリーBOX

死の影の谷間

Z for Zachariah

ロバート・C・オブライエン 作

越智道雄 訳

評論社

Z FOR ZACHARIAH

by Robert C.O'Brien

死の影の谷間――目次

死の影の谷間

1　バーデン・ヒルのこちら側

五月二十日

こわい。

だれか来る。

だれかがここへ来ると、わたしにはそう思えるのだけれど、本当のところはよくわからない。どうか、わたしのまちがいであってほしい――。今朝は教会にこもって昼までお祈《いの》りをした。祭壇《さいだん》の前で聖水《せいすい》をふりかけ、スミレとハナミズキを四、五本ささげた。

それにしても、問題はあの煙《けむり》なんだわ。今日でもう三日になるけど、いつか見た煙ともちがう。去年、枯《か》れつくした森に山火事が起きたとき、煙は遠くの空いっぱいに広がり、そのまま二週間もいすわっていた。もっとも、そのうちに雨が降《ふ》り出《だ》して消えはしたけど。でも今度はたったひとすじ、棒《ぼう》みたいに細く立《た》ち昇《のぼ》って、たいした高さにはならない。

それに、見えたのは三回。そしてその三回が三回とも日暮《ひぐ》れどきだ。夜は見えないにしても、朝になればあとかたもない。消えたなと思っていると、夕方になるとまた現れる。それに見るたびに近くなる。初めて気がついたときは、クレーポール尾根《おね》のずっとむこう側だったので、煙《けむり》の先がほんの小さくぽちっと見えただけ。雲かしら？　それにしては黒っぽすぎるわ、と思っているうちに、その日は一片《ぺん》の雲もない上天気なんだって気がついた。双眼鏡《そうがんきょう》を持ち出して見たところでは、細くまっすぐにのびているだけ。あれはたき火にちがいないわ。うちじゅうでトラックを乗りまわしていたころ、二十四キロ先のクレーポール尾根は遠かったのに、今は気のせいか、そんなに遠いとは思えない。煙が上がっているのはその尾根のむこう側。クレーポール尾根を越《こ》え、約十六キロ先にオグデンの町がある。でも、あそこで生きのびた人はひとりもいない。

オグデンはとうさんたちが見てきたんだから、全滅《ぜんめつ》したことは確かだ。戦争が終わり、電話がまるっきり通じなくなったので、とうさんは山むこうでどんなことが持ち上がっているのか確かめたくて、弟のジョーゼフといとこのデビッドを連れ、トラックで出かけていった。真っ先に行ったところがオグデンだった。あのとき、とうさんたちは、朝早々と出発していった。ジョーゼフとデビッドは単純《たんじゅん》に意気ごんでいたけれど、とうさんは、思いつめた顔をしていた。

とうさんたちは、陽がすっかり落ちてからやっと帰ってきた。あんまりおそすぎるわと、かあさんは気をもみどおしだったので、三キロ先のバーデン・ヒルのあたりにやっとトラックのライトを見たとき、わたしもかあさんもほんとに胸《むね》をなでおろしたものだ。灯台《とうだい》のあかりってきっとあんなふうに光るんだわ。いちめんの闇《やみ》の海に浮《う》かぶのは、そのトラックのライトだけ。あかりといったら、うちの中にランプがあるきりだったもの——ともかく朝から晩《ばん》まで見張っていたのに、ほかにはただの一台もやって来なかった。待ちかねたその車は、ガクンとゆれるたびに左側のライトがついたり消えたりしている。まちがいなくうちのトラックだった。ようやく家に着き、とうさんたちはおりてきたけど、出かけたときのあの元気はどこへやら。弟たちはおびえてさえいたし、とうさんは具合が悪そうだった。ひょっとしたらほんとうに病気になりかかっていたのかもしれないけど、たぶん精神的にまいっていたことがとうさんをそんなふうに見せていたにちがいない。おりてくるとうさんを見上げて、かあさんがきいた。

「いったい何があったの？」

とうさんは答えた。

「死体だよ。死体ばっかしごろごろしていた。全滅だ」

「全滅ですって？」

わたしたちはランプのともっている家の中に入った。弟たちときたら、ただ、黙《だま》りこくってついてきたっけ。とうさんは腰《こし》をおろして、「ひどいもんだ」と口を切ったが、ほかに言葉が見つからなかった。

「ひどいもんだ。いや、ひどいなんてもんじゃないぜ。あっちこっち見てまわったんだがね。クラクションも鳴らしたし、教会へ行って思いっきり鐘《かね》も鳴らしたさ。八キロ先にいたって聞こえるはずだよ。だのに二時間待っても、人っ子ひとり現れなかったんだ。二軒《けん》あたってみたんだよ——ジョンスンとピーターのとこをさ。みんなうちの中にいるにはいたんだが、ひとり残らずやられちまってた。通りという通りは鳥の死骸《しがい》がそこらじゅうに散らばっててなあ」

するとと弟のジョーゼフが声をあげて泣き出《なだ》した。あのとき弟は十四歳《さい》だった。あの子が泣くなんて、六年ぶりかしら。

五月二十一日

また近くなっている。今日は頂上《ちょうじょう》までもあといくらもないところまで来ているみたいだけど、まだ登りつめてはいない。双眼鏡《そうがんきょう》で見ても赤い色は見えないし、相変わらず煙《けむり》だけ——それにしても煙の勢いがあれだけ強いのは、火がすぐそばにある証拠《しょうこ》じゃないかしら。まちがいない、あの十字路のところだ。尾根《おね》のちょうどむこう側で東西に走る州道ディーン町街道《かいどう》と、ここの谷間からのびる郡道793とがぶつかっているところ。その州道ルート9は、交差している郡道793に比べたらかなり大きい道だ。

その男はそこで足を止めて、「ルート9？　それとも尾根越《ご》え？」と思案しているんだわ。わたしは今、なにげなく男って書いたけど、それはわたしが男だと想像しているだけで、ひょっとしたら複数の人間ってこともあるし、女かもわからない。でもやっぱり男だわ。その男が州道を行ってくれさえしたら、もうそれっきりで、あとは何もかも今までどおりだ。ともかく通り過ぎてしまえば、金輪際戻《こんりんざいもど》ってくる気づかいはないのだから。

万一、尾根の頂上まで登れば、あそこからは谷間の緑が目に入らないはずはない。その男は必ずここへやって来る。尾根のむこうはもちろん、いやそこまで行かなくても、バーデン・ヒルを一歩越えれば木の葉一枚《まい》残ってやしない。そこには死の世界があるばかり。

ここでひとつふたつ説明しておくことにする。ひとつは、どうしてわたしがこうもびくびくしているかということ。もうひとつは、わざわざ一キロ半も歩いてクラインさんの店から持ってきたこの作文帳に、どうしてわたしが日記をつけているかということ。

ノートとボールペンを何本か余分に持ってきたのは二月のことだ。蚊《か》の鳴くような声で夜しか聞きとれないようになりながらも、とにかく最後までがんばっていたラジオ放送が、そのころにはぷっつり途絶《とだ》えてしまっていた。ラジオがウンともスンとも言わなくなって、およそ三か月か四か月たっていただろうか。今、わたしはおよそと書いたけれど、それもこの作文帳を持ってきた理由のひとつ。気がついてみると、いろんなことがいつあったのか、記憶《きおく》がうすれかけているし、ときには、本当にあったのか、それともなかったのかまであやふやになっている。理由はもうひとつ。こうして書いていれば、だれかに話しかけてるみたいな気がしてくるし、あとで読み返すときには、だれかがわたしに話しかけてくれている、そんな気持ちになれると思うから。でも現実には、ページはちっともうまっていない。結局、書くことなんかそうそうありはしないんだ。

嵐《あらし》とか、いつもとちがう空模様《そらもよう》の日は、天気のことを書きとめた。来年の役に立つかなと思って畑に種をまいた日も書き入れた。でもたいていの日は何も書かない。来る日も来る日も同じことをくり返すだけ。それにときどき考えてしまう――書いたってなんになるのか、永久にだれも読んでくれるあてがないというのに？ でも、そう思うたびに、いつの日か、何年も先に、あんたが自分で読むんだと、自分に言いきかせた。なにしろ、世界じゅうでたったひとり生き残ったのはこのわたしだけなんだと、ほとんど頭から信じこんでいたから。でも、今は書かずにいられない。まちがってた。生き残ったのはわたしだけじゃなかったんだわ。踊《おど》り出《だ》したいほど胸《むね》がドキドキしてるというのに、そのそばから恐《おそ》ろしさがつき上げてくる。

みんなが行ってしまったころ、初めのうちはひとりでいるのがたまらなかった。朝から夜ふけまでろくに寝《ね》ないで、道路を見張った。どこからでもいい、どんな人間でもいい、山を越《こ》えて来てほしい。わたしはたった一台の車をひたすら待った。眠《ねむ》れば眠ったで、夢を見た。だれかが車でやって来たのに、ここにいるわたしに気がつかないで通り過ぎていく。そこでぱっと目をさまして通りへかけだし、ほんとうに尾灯《びとう》が闇《やみ》に消えていくんじゃないかと目をこらした。何週間も過ぎ、ラジオ放送が一局、また一局消えていった。最後の局が聞こえなくなって、それっきりになったとき、ようやくわたしにものみこめてきた。だれひとり、車一台来るはずがないってことが。もちろん初めはラジオの電池が切れたからだと思い、店から新しいのをとってきて入れかえた。とり出したその電池で懐中電灯《かいちゅうでんとう》がついたとき、やっぱり放送がなくなったんだわ、とさとった。

どっちにしても、あのラジオは最後に聞こえなくなっていくとき、もうお別れですと言っていたのだから、電池をためしてみるまでもなかったんだわ。放送しようにも電力がなかったのだ。男のアナウンサーは自分の現在位置北緯《ほくい》X《エックス》度西経X度ってくり返していたけど、船に乗っていたんじゃない。まぎれもなく陸地だった――マサチューセッツ州ボストン近郊《きんこう》のどこかだった。ほかにも、耳をふさぎたくなるようなことを口走っていた。そのことがきっかけになって、わたしは考え始めた。万が一、車が山を越《こ》えてきたら、わたしが飛び出すとだれかがおりてくる。でもそれが、気がくるった人だってこともあるんじゃないかしら？　下劣《げれつ》な人、それどころか残忍《ざんにん》なやつ、それともけだもののような人間だったら？

ひょっとしたら人殺しだってこともある。そうなったら、いったいわたしに何ができるっていうの？　ラジオを聞いていたときだって、終わりごろにはアナウンサーすらくるったようなことをわめいていた。それが現実なんだわ。ラジオのあの声は明らかにおびえていた。あの人の周囲では、かろうじてひとにぎりの人が生き残りはしたものの、食料が充分《じゅうぶん》なかったんだわ。死に直面しても人間として恥《は》じない行動を！　だれだって苦しい状況《じょうきょう》に変わりはないんだ！　と必死になって訴《うった》えていた。のっぴきならない事態が持ち上がっていたにちがいないわ。一度なんか、ついにこらえきれなくなったアナウンサーは、マイクに向かって泣《な》き出《だ》したもの。

だから、これだけは守ろうと思う。ほんとうにだれかが来たら、自分の姿《すがた》をさらす前に相手の正体を見ぬくこと。世の中があたりまえに動いているときなら、周囲に人がいるときなら、だれかの来るのを待ちわびるのもいい。でも、今は、わたしひとりなのだから、話はまるっきりちがってくる。こうして一から考えなおした末にたどりついた結論は、ひとりぼっちでいるよりも、もっと悪い場合だっていくらもあるということだ。このことに思いあたってから、わたしは身のまわりのものをほら穴《あな》へうつし始めた。

五月二十二日

今日の夕方、煙《けむり》はまだきのうと同じ場所だった。その男が（女？　それともふたり以上？）何をしているのか、わたしにはわかる。北のほうからやって来たんだから、あそこ、つまり例の十字路を拠点《きょてん》にして、ルート9のディーン町街道《かいどう》を東へ西へとさぐっているにちがいない。それがわたしの心配の種。東西を調べてしまえば、次は当然南へ向かう。

あの煙を見ていると、もっといろいろなことがわかってくる。きっと相当大量の食料や道具類を運んできていて、あちこち歩きまわっている間、それを十字路に置いていること、そしてそのほうがずっと身軽に動けるってことも。そうなったら、こうも考えられる。男がどこからやって来たにしても、たぶん道中、人っ子ひとり見えなかったのだ。でなければ、荷物を置きざりにするようなまねはしない。それとも連れがいるのか。もちろんひと休みしているだけということもあるだろう。自動車で来た可能性もないではないけど、とうさんの話では車には放《ほう》射能《しゃのう》が長い間残るそうだから、車で来たというのは疑問《ぎもん》だ。車に放射能が残るのは材質が重金属のせいだと思う。とうさんはこういう方面にくわしかった。科学者ではなかったけど、新聞や雑誌《ざっし》の科学記事にはくまなく目を通す人だった。だから戦争が終わって、電話が不通になったとき、思いあたることがあってあんなに不安にかられていたのだ。

オグデンの町へようすを見に行った次の日、またみんなで出かけていった。今度はうちの車と、店のおじさんのクラインさんのと二台で。一台が故障《こしょう》した場合、二台のほうが都合がいいだろうということになった。クラインさんのおばさんも行ったし、出発間際《まぎわ》になって、かあさんも行くと言い出した。かあさんはこのまま残れば、とうさんに二度と会えなくなるような気がしたんだと思う。オグデンの町のことを聞かされてから、とても不安がっていたっけ。ジョーゼフは、わたしと留守番に残るはずだった。

次に向かった先は南だった。山あいの道をぬけ、最初はアーミッシュ教団（十七世紀末メノー派のスイス人牧師《ぼくし》ヤーコプ・アマンがつくった宗派《しゅうは》）の農場の人たちのところへ、爆撃《ばくげき》のときどうなってしまったか見に行ったのだ（もっとも、あの人たちの居住地が直撃を受けたわけじゃない。いちばん近くに落ちた爆弾《ばくだん》でも、ずっと離《はな》れていた。とうさんは百六十キロか、それ以上だとふんでいた。わたしたちには爆弾の音は聞こえてこなかったけど、地面がゆれるのだけは感じられた）。この谷間のすぐ南がアーミッシュの農場だ。この農場はうちとも親しかったし、クラインさんの店の上得意で、特にクラインおじさんとはつきあいが深かった。自動車を使わないアーミッシュのことだから、馬車を駆《か》ってまで、はるばるオグデンの町へ買い物に出かけるなんて、めったになかったのだ。

アーミッシュの農場を見まわったあと、西へまわってベーラーを横切り、州道に乗る。行く先はディーン町。ディーン町ってほんとうに都会だと思う。二万人もの人が住んでいて、オグデンよりはるかに大きかった。そのディーン町の教員養成大学へわたしは再来年には行くつもりだった。国語の先生になりたい、わたしは今でもそう思っている。

　あのとき、空がやっと明るんだころ、クラインさんのライトバンを先頭にして、みんな出かけていった。とうさんたら、出がけに、六歳《さい》の子どものころよくしてくれたように、わたしの頭に手を置いたりした。デビッドはひと言も口をきかないで行ってしまった。ジョーゼフがどこにもいないことに気がついたときは、もう一時間もたっていた。きっとそうだ、あの子はクラインさんのライトバンの後ろにもぐりこんで行ってしまったんだわ。もっと早く気がつけばよかったのに。わたしもジョーゼフも、ここに置いていかれるのがこわかった。とうさんの言いつけで、わたしはしぶしぶ残ったのだ。家畜《かちく》に水をやらなければならないし、たずねてくる人もあるだろう。電話が回復すればだれかがかけてくるかもしれないと、とうさんは言った。その電話は一度だって鳴らなかったし、だれひとり来なかった。

　うちの人たちは出かけたきり戻《もど》らない。クラインさんとおばさんもそれっきりだ。今はもう、アーミッシュの農場にだって、ディーン町にだって、だれひとりいやしない。みんな、みんな死んでしまったのだ。それがわかってから、わたしはこの谷間を囲む四方八方の山に登り、頂《ちょう》上《じょう》にたどりつくと木に登った。そこからはるか遠くに目をこらしたけど、見わたすかぎり木は一本残らず枯《か》れつくし、何ひとつ動いている気配はなかった。そんな世界へ、どうしてわたしが出ていけるだろう。

2　せまりくる人影《ひとかげ》

五月二十三日

してかなければならないことを二つ三つ片《かた》づけて、ひと息いれながらこれを書いている。時刻《じこく》はおよそ午前十時三十分。あんなことやりたくはなかった。でも、男が尾根《おね》を越《こ》えるまでとか、バーデン・ヒル――ここからわたしのいる谷間に入る――を越える姿《すがた》を見てからなんて、一寸《すん》のばしにのばしていたら手おくれになる。

しておかなくちゃいけなかったことは……まず、ニワトリのこと。バタバタと追いたてて、囲いから放した。今ごろは好きなところで遊んでいる。その気になれば、あとでまたつかまえることもできるわ。あんまり長い間放っておくのでなければ、たぶんだいじょうぶ。

次は二頭の雌牛《めうし》と、雄《おす》の子牛一頭を囲いから出してやること。これもニワトリ同様、追いたてなければ出ていかなかった。当分は放っておいても元気でいるだろう。道路をずっと下った遠い芝地《しばち》には、今も食べられそうな牧草《ぼくそう》があるし、水は池に行けばいい。子牛なら母牛の乳《ちち》があるから、これも心配はない。二頭とも乳がよく出るガーンジー種（イギリス海峡《かいきょう》チャネル諸島《しょとう》のひとつの島ガーンジー原産の牛）だ。どちらかといえば、わたしは家畜《かちく》のことでは運がよかったし、世話だってよくした。ニワトリも変わりなく卵《たまご》を生み続けて、こんな暮《く》らしが始まったときから数えると、二羽もふえている。デビッドが飼《か》っていた犬ファロだけは、どうにもならなかった。ある朝、ふっと姿が見えなくなって、それっきり戻《もど》ってこない。たぶん、谷からデビッドを探《さが》しまわってるうちに死んでしまったのだろう。

　次は野菜畑を掘《ほ》り返《かえ》すこと。芽が出ているものは残らず掘り起こし、あとを平らにならして、いちめんに枯葉《かれは》をかぶせておいた。こうすれば、どう見ても畑には見えない。この仕事が、何よりもいちばん悲しかった。何もかもあんなによく育っていたんだもの。でも缶詰《かんづめ》と乾物《かんぶつ》があるから飢《う》える心配はないんだし、それよりも、男が畑を見たとき、きちんと畝《うね》が切ってあって雑草も生えていなかったら、だれかがここに住んでいるってすぐに感づかれてしまう。そのほうがこわい。

　わたしは今、ほら穴《あな》の入り口に腰《こし》をおろしている。ここからは谷がほとんどひと目で見わたせる。家と納屋《なや》、店の屋根、古ぼけた教会の小さな尖塔《せんとう》（壁板《かべいた》がなん枚《まい》かはがれているけど、わたしに直せるかしら）、そこから十五メートルほどむこうを流れている小川も見えがくれしている。それに道路。バーデン・ヒルの頂上《ちょうじょう》に始まって、ふたたび南の山あいにかくれるまで、およそ六キロ。

だけど、男からはこのほら穴《あな》は見えないと思う。ここはうちの母屋《おもや》の裏山《うらやま》の中腹《ちゅうふく》にあって、木立の陰《かげ》になっているし、入り口が小さい。デビッドとジョーゼフとわたしでさえ、こんなほら穴があるなんて、何年も気がつかなかったくらいだもの。毎日といっていいくらい、すぐそばで遊んでいたのに。

もちろん家はいやでも目に入るし、店も教会もすぐわかる。でも、そんなものならここへ来るまでにいくらでも見てきたはず。このところ家のそうじをしていなかったけど、それがかえってよかったわ。今朝、家の中を念入りに見てまわったから、今しがたまでわたしがそこにいた形跡《けいせき》は何も残っていないと思う。教会の祭壇《さいだん》の花もとりのけておいた。ランプを二つと灯油《とうゆ》もここへ運びあげてある。

さあ、あとは待つだけ。さっき十時半ごろと書いたけれど、正確な時刻《じこく》はさっぱりわからない。腕時計《うでどけい》はちゃんと動いているけど、それだって陽の高さにあわせているだけだ。ほんとうは日にちだってあやしい。カレンダーはあるにはある。でも、毎日正確に日を追っていくのは容易じゃない——まったくたいへん。

初めのうちは一日一日、鉛筆《えんぴつ》で印をつけていった。そのうち、印をつけたあと時間がたつにつれて、カレンダーとにらめっこしながら考えこむようになった。この印をつけたのは今日だったっけ、それともきのうだったっけ？　考えれば考えるほどあやふやになってくる。つけ落とした日が何日かあることはまずまちがいないし、その日つけておきながら同じ日に次の日づけを消してしまったことだってあるかもしれない。でも、今はとてもいい方法を考えてある。目ざまし時計をセットしてカレンダーの真上に置き、ベルが鳴ったら印をつける。これは朝だけにして、夕方にはねじを巻《ま》き、またセットしておくのだ。

日にちのことはもうじき確かめられるわ。うちにある農事歴によれば、今年いちばん昼が長いのは六月二十二日だから、もう二週間か三週間もしたら、日の出と日の入りの時刻を毎日つけてみるつもり。そのうちの、昼間がいちばん長い日が六月二十二日というわけ。

日にちなんて、たいして重要じゃないかもしれない。ただ六月十五日がわたしの誕生日《たんじょうび》だから、その日がきたら、今日がわたしの誕生日なんだって知りたいし、自分の年齢《ねんれい》はいつもわかっておきたいだけのこと。あと三週間もすれば、わたしは十六歳《さい》。

こういうことなら、いくらでも書ける。もう、ひとりぼっちなんだ、これから先もそうだし、ことによったら一生ひとりで暮《く》らすんだって初めて気づいたとき、あれやこれや工夫《くふう》しなければならなかった。そういうことならいくらでも書ける。たとえば、なんといってもありがたかったのは、あそこに店があったこと。しかも大きくてなんでもそろっているし、アーミッシュ相手の商売だったから在庫も豊富《ほうふ》だった。もうひとつ運がいいと言ってよければ、戦争が春のうちに終わったこと（もちろん始まったのも春――およそ一週間で終わったのだから）。それで、まるまるひと夏かけて事情をのみこみ、不安から立ち直ると、冬になったらどうやって暮《く》らしていこうかと、じっくり考えることができた。

たとえば暖房《だんぼう》と煮炊《にた》きについて。うちには石油暖房機とガスレンジがひとつずつある。でも、電話が不通になったときには電気も止まってしまったし、電気がなくては石油ストーブも使えない。ガスレンジはあっても、これにはガスボンベがいる。ガスは（ボンベ二本）あるけどそのうち底をつくだろうし、なくなったが最後、取りかえに来てくれるガス屋はもういない。暖《だん》炉《ろ》は二つある。居間にひとつと、食堂にもうひとつ。薪《たきぎ》は小屋に一コードほど（一コードは8×4×4フィート。約三・六立方メートル。普通《ふつう》の二階建家屋でひと冬六コードあれば暮らせるという）使うばかりになっている。それでもまだ足りないのはわかっていたから、春、夏、秋と何日も午前中をつぶして、大わくのこぎり（H《エイチ》字型のわくの下辺にのこぎりを固定した丸太切り用の大のこぎり）――これは店から筒形《つつがた》の新しいのを持ってきた――で木を切り、納屋《なや》から持ち出した古い手おし車で薪小屋に運んだ。居間と食堂のほかはすっかり閉《し》めきって、この二部屋だけならけっこう暖《あたた》かい――ほんとにポカポカしていたわ。とびきり寒さの厳《きび》しかった二、三日は別として。そんな日はセーターを一、二枚《まい》よけいに着こめばそれでしのげた。ガスはなるべく節約したので、どうにかひと冬持ちこたえた。そのあとは暖房で煮炊きしたけど、なんとも始末が悪い。ガスを使いだす前に、かあさんが煮炊きに使っていた時代ものの褐炭用《かったんよう》のストーブが納屋にしまってある。この夏はあれをなんとか母屋《おもや》まで引っ張ってこよう。――ほんとはもうそのつもりでとりかかっている。重すぎてわたしの手には負《お》えないけど、分解すればいいんだわ。ボルトをゆるめようと思って、ひとつ残らず油をさしておいた。

これを書き始めたのは、今朝ひと休みしているとき。それからまた仕事をいくつか片《かた》づけて、昼食を食べた。もう正午を過ぎている。

また煙《けむり》が昇《のぼ》った。まちがいなくクレーポール尾根《おね》のこちら側に来ている。できるだけ正確に見積もって、尾根とバーデン・ヒルとのほぼ中間点といったところ。ということは、男（ふたり以上？　それとも女？）がこの谷に気づいて、こちらに向かっているということだわ。

これで何もかもおしまいになるような気がする。さあ、どうするか覚悟《かくご》しなくちゃ。

それにしても変ね。どんな人かわからないけど、どう見ても進み方がおそいわ。尾根を越《こ》えれば――それ以外の道はない――この緑につつまれた谷間はもう見えたはずなのに。尾根のほうがバーデン・ヒルより高いのだから。尾根に立てば谷間が見える――少なくとも、むこうのはじは見える――わたしが自分でなん度も見てみたのだから確かだわ。だからだれが考えたって一気にここへやって来るはずだわ。

あの男はルート9をディーン町のほうへ歩いてみたのか、それとも反対に東のほうへ歩いてみたのか、どちらにしてもわたしが木のてっぺんに登ってながめたとおり、何もかも茶色と灰《はい》色《いろ》の、木という木が煙突《えんとつ》みたいになってただつっ立っている死んだ世界ばかりだったはず。どこから来たって、おそらくそんなものよりほかは、何も見えなかっただろう。でもあの男は尾《お》根《ね》とバーデン・ヒルの間でぐずぐずしている。そこはまだ死の世界なのに。距離《きょり》にしてわずか十三キロばかりのところを、どうやら半ばまで来ていながら、今夜はそこで野宿《のじゅく》をするらしい。

明日の朝、バーデン・ヒルの頂上《ちょうじょう》近くまで行って、木の上から偵察《ていさつ》してみようかしら。まともに道路を歩くのはよそう。細い小道が山の中腹《ちゅうふく》の森の中を、道路と同じ方向に走っている。実際、森の中にはずいぶんたくさんの小道がある。どれも知りつくした道だ。行くときには銃《じゅう》を一ちょう持っていこう。軽い二十二口径《こうけい》ライフルがいい。あの銃を持たせたら、わたしの腕前《うでまえ》もちょっとしたもので、ジョーゼフやデビッドよりもうまい。ただし、実際に撃《う》ったのは缶《かん》やびんだけだけど。大きいほうはとうさんがシカ狩《が》りに使っていたライフルで、これは反動が強すぎる。撃ってみたことはあるけど、引き金を引くときにどうしてもぐらついて、ねらいがはずれる。どっちみち銃を使うようなことにはならないと思う。そうよ。銃なんか使いたくないわ。ただ持っていかなければと思うだけ。結局、何が起こるかわからないもの。

今夜のうちにほら穴《あな》に水をもう少し運びこんで、何か食べ物をこしらえておかなくっちゃ。

男が谷間へ来てしまったら、火をおこすこともできなくなるもの。火をたくとしたら外しかないし、昼間は煙《けむり》が見え、夜は夜で炎《ほのお》を見られる心配がある。いつか弟たちとほら穴の中で火をおこしたことがあったけど、煙があんまりひどくて外へ飛び出さずにはいられなかった。今夜は鶏肉《とりにく》を焼いて、卵《たまご》をいくつかゆで（かたゆでにする）、トウモロコシの粉でパンケーキを焼こう。そうしておけば、さしあたりは缶詰《かんづめ》ばかり食べないですむわ。

水なら、夜の間にこっそり小川へくみに行けばいいのだけど、少しはくみおきしておくほうが安心。ふたつきの大びん――リンゴ酒用の――が六つあるから。

電気が止まってしまったとき、暖房《だんぼう》のほかにもうひとつ解決しなければならないことがあった。――水だ。うちの水は、母屋《おもや》のそばの深さ十八メートルほどの掘《ほ》りぬき井戸から電動ポンプでくみ上げていた――むろん今でも井戸はある。電気湯沸《ゆわ》かし器《き》、シャワー、風呂《ふろ》も、何もかもそろっていた。でも、もちろん今はこんなもの使えない。あれが使えなくなったのは、みんながまだ家にいるときのことだもの。

水はくみに行くより仕方がなかった。井戸穴はごく小さいものだから、その井戸ではバケツをおろすわけにはいかない。そうなると、二つの小川のどちらかからくんでくるしかない。ひとつはここからも見える。ほら穴の前を母屋のほうへ流れて、そこから左へ折れ、牧草地《ぼくそうち》へ入って川幅《かわはば》を広げ、大きな池をつくっている――池というより小さな湖だ。水は澄《す》んでいるし、そうとう深い。コイやバス（スズキの一種）のような魚もいる。バーデン・クリークというもうひとつの小川は（これもバーデン・ヒルと同じく、わが一族の名をつけた――この谷間に最初に住みついたのがわがバーデン一家だったので）さっきの小川よりも深くて川幅《かわはば》も広いし、家からも近い。道路からつかず離《はな》れずに、流れは南の山あいを通って谷の外へ流れ出ている。小川というより、ちょっとした川で、すばらしいながめ――かつてはすばらしいながめだった。

バーデン・クリークのほうが家に近かったから、わたしたちはそこから水を運ぼうと思った（バケツを両手に下げて）。でも本当にあぶないところだったわ――というのは、最初に川へおりていったジョーゼフとわたしは、たいへんな発見をしたのだ。池の魚ほど大きくないし、数も少なかったけど、バーデン・クリークにも魚がいた。ところが、わたしたちが初めて水をくみに行ったとき、目の前を死んだ魚が流れていったのだ。土手ではカメが一匹《ぴき》死んでいた。この川はバーデン・ヒルの左側にある岩山の裂《さ》け目《め》のようなところから谷に流れこんでいる――この水は谷の外からの水で、すっかり汚染《おせん》されていたのだ。わたしは弟とふたりで長い間ながめていた（といっても川にはあまり近づかないようにして）。その川にはもう生き物は何ひとつ、カエル一匹、ミズスマシ一匹生き残っていないってわかった。

ふたりとも、ぎょっとした。それから、一目散《いちもくさん》に池まで走り（バケツを持ったまま）、小さな流れが注ぎこんでいるむこうのはしまで行ってみた。そこで小魚を見たときのうれしかったこと！　たかがザコの群れを見たぐらいで、あんなに躍《おど》り上《あ》がったことってなかった。魚は、いつものようにさっと散った。この水はだいじょうぶだった。そして今でも安全だ。水源《すいげん》は丘《おか》のこちら側の斜面《しゃめん》にある泉《いずみ》だが、きっと地下の深いところから湧《わ》き出《で》ているにちがいない。わたしはしじゅうこの池で魚を釣《つ》っては食べている。ここの魚もわたしの重要な食料源だ。ただし、魚がえさに食いついてこない真冬はだめだけど。

明日の朝、明るくなり次第、必ず行ってみよう。そう決心してから、今度は我《われ》ながらまったくばかげているとは思いながら、ひとつだけ気になることができた。わたしがどんなふうに見えるか、どんなかっこうをしているかってこと。今朝家にいるとき、そんなことをちらっと考えて、鏡をのぞいてみた。このごろは鏡にもとんとごぶさた。今はいているジーンズは男ものだから（店には、男ものなら何ケースもあるのに、女ものはぜんぜんない）あんまりわたしにぴったりしているとはいえない。だぶだぶっていったほうがいいくらい。それに男ものの作業着、男ものテニスシューズ。かっこうがいいというにはほど遠い。髪型《かみがた》だってお世辞にもすてきとはいえない――首のあたりでバッサリまっすぐに切ってあるだけだもの。ひとりになってしばらくは、学校に行くときしていたように毎晩《まいばん》カーラーで髪を巻《ま》いたけど、それには時間がかかるし、そのうちに自分のほかはだれも見てくれる人がいないんだって気がついた。だから、今はまっすぐのまま、清潔《せいけつ》だけがとりえってわけ。家の外で過ごす時間が長いものだから、髪《かみ》の色があせてしまった。でも前ほどガリガリにやせてはいないんじゃないかしら。もっともこんなだぶだぶの服を着ていては、それもわからないわね。ところで、どうしよう、ドレスにしたほうがいいのかしら？　もしも本物の救助隊なら、つまりどこからか正式に派遣《はけん》された人たちだったら？　そのときはそっと戻《もど》ってきて着がえればいいわ。そうだ、ちゃんとしたスラックスが一本しまってあったんだ。あとは全部すり切れてしまったけど。でもドレスは戦争からこっち一度も着ていない。どっちみちスカートでは木登りするには不自由だわ。やっぱり、中をとって上等のスラックスをはくことにしよう。

五月二十四日

やっぱり男だ。しかもたったひとり。

今朝、わたしはきのうの計画どおりに出かけた。とっておきのスラックスをはいて、二十二口径《こうけい》の銃《じゅう》を持ち、首から双眼鏡《そうがんきょう》をぶらさげて。木に登った。男が道路を歩いてくるのが見える。顔かたちまですっかりわかったわけじゃない。緑がかったプラスチックのようなものでできた服に全身をすっぽりつつんでいたから。頭まですっかりおおって、目の部分にはガラスがはめこまれていた——ちょっとだぶだぶしているけど、まるでスキンダイバーが着るウェットスーツだ。背中《せなか》に空気ボンベをしょっているところもスキンダイバーそっくり。顔は見えなくても体格や動作からみると、絶対に男にちがいないわ。

あんなにのろのろしていたのは、ワゴンを引っ張っていたからだ。自転車の車輪を二つあわせて、その上に大きな荷物入れを乗せ、これも服と同じ緑色のプラスチックでおおっている。きっと重いのね。引っ張りながらバーデン・ヒルを登るのに苦労していたもの。二、三分おきに立ち止まっては休んでいた。頂上《ちょうじょう》まであとおよそ一キロ半。

さあ、もう心を決めなければ。

3　死のクリークで泳ぐ男

まだ五月二十四日

もう夜になる。あの男は、家の中だ。

でも、もしかすると家の中じゃなく、家のすぐ外に張った小さなビニール・テントの中かもしれない。暗くてはっきり見えないから、どちらとも言いきれないわ。ほら穴《あな》からわたしはじっと見張っているけど、あの男が家の前庭でおこした火が消えている。うちの薪《たきぎ》でたき火をしたんだ。

あの男は今日の午後、バーデン・ヒルの頂上《ちょうじょう》を越《こ》えてきた。わたしは昼食をすませ、ジーンズにはきかえてから、また見張りに戻《もど》った。あの男の前に出ていかないことに決めた。今はそのつもりだけど、考え直すことならいつだってできる。あの男が頂上にたどりついたとき、いったいどう思っただろうか。まだ自然が生きている世界にたどりついたことはまちがいないらしいとはわかっても、確信が持てたわけじゃないと思う。前にも書いたように尾根《おね》からは谷間の緑が見える。でもそれとわかるほどはっきり見えやしない――かなりの距離《きょり》だもの。あの男は、たぶんこれまでに何度も見まちがえ、あざむかれてきたはずだ。この谷の景色《けしき》だって幻《まぼろし》だと思ったかもしれない。

尾根から来た道路がバーデン・ヒルの頂上を登りきると、その先は平地になっている――距離にして九十メートルぐらい。それからまた下り道になって谷間に入る。その平地の半ばまで来ると、谷は初めて手にとるように見えてくる。川も家も納屋《なや》も、木や牧場《ぼくじょう》、何もかも。谷をしばらく留守にしたとき、わたしはそこまでたどりついてながめる景色が大好きだった。たぶんその景色に出会うと、家に帰ってきたんだなって気がするからだ。今は春、今日あたり、谷間は若葉《わかば》の緑一色だ。

男はその場所まで来て足を止めた。ワゴンの柄《え》を放り出して、一分ほどじっと見入っていた。それから道をかけおりる。プラスチックの服を着ているから、ひどくぶざまで走りにくそうなのに、腕《うで》までふりまわしている。道端《みちばた》の木にかけより枝を引っ張って葉をちぎり、その葉をガラスのマスクにぐっと近づけた。きっとこう思ったんだ。本物だろうかって。

わたしは銃《じゅう》を離《はな》さずに、丘《おか》を少しだけ登ったところにある森の小道から見ていた。男はマスクをつけているので、わたしが動いたところで、聞こえるかどうかわからなかったけど、とにかくわたしはじっとして物音ひとつ立てなかった。

やにわに男はマスクを引っ張った。それを脱《ぬ》ごうとするように首のあたりについている留め具に手をかけた。それまではガラスにさえぎられて男の顔はまったく見えなかったから、わたしはじっと目をこらした。でも男はその手を止めて、ワゴンのほうへかけ戻《もど》った。荷物入れにかけてあるプラスチックの留め金をはずし、おおいのはしを持ってひっぱがし、中に手をつっこんでガラスでできた何かをとり出した——金属棒《きんぞくぼう》を中に通した筒状《つつじょう》の、いってみれば大きな温度計のようなものだ。それに刻《きざ》まれているダイヤルまたはゲージのようなものを読んでいる。こちらからは見えないけど、男はマスクの前にその筒を持っていき、ゆっくり回しながら観察していた。それから、さっきの木のところまで筒から目を離《はな》さずにおりていき、今度はその筒を下へ向けて、アスファルトぎりぎりまで近づけたり、空中に高く持ち上げたりした。そして、またワゴンのところへ戻っていった。

男は別の器具をとり出した。最初にとり出した筒型のものと似ているけれど、もっと大きい。次は黒くて丸い形をしたもの。イヤホーンだ。線がぶらさがっている。その線を器具につなぐと、イヤホーンをマスクのわきまで持ち上げて耳へ持っていった。男のしていることは、わたしにもわかった。片方《かたほう》の器具でもうひとつのほうを検査してるんだわ。何をするものなのかもわかる。読んだことはあったけど、見るのはこれが初めて。放射能《ほうしゃのう》測定器、ガイガー・カウンター。男は道路をおりてきた。かなり下まで――片方のカウンターを見つめ、もうひとつを耳に当てながら、少なくとも八百メートルほどはおりた。

それからマスクを脱いで叫《さけ》んだ。

わたしは肝《きも》をつぶして、後ろへ飛びのいた。それから逃《に》げようとして、ふと足を止めた。なぜって、わたしに向かって声をあげたわけじゃないんだもの。歓声《かんせい》だったのだ――フットボールの試合を見ているときのように「ウァー」と高くのばした声だった。わたしがかけだそうとしたときの物音は、聞こえなかったんだ（助かった！）。男の叫び声は谷じゅうにこだました。わたしは指一本動かさずにつっ立っていた。でも心臓《しんぞう》のほうはドキンドキンと大きな音を立てている――なんて久しぶりに人の声を聞いたことだろう、人間の声なんて、たまに自分が歌を歌えば、それが聞こえるくらいのものなんだもの。

叫び声のあとは静まり返っているだけで、答える者はもちろんいない。また男は口もとに両手を当てて、丘《おか》のふもとに向かって大声をあげた。今度は割《わ》れるような大声で叫んだ。

「だれかいるかー？」

こだまがまたいくつも返ってくる。それが聞こえなくなったら、前よりいっそうシーンとなった。静けさに慣れてしまうと、そのことに気がつかなくなるものなのね。それにしても、あの人の声は気持ちのいい、力強い声だわ。わたしはもう少しでさっきの決心をかなぐりすてるところだった。あの人の前へ出ていきたいという思いが、どっと湧《わ》き上《あ》がってきた。森の道を一気にかけおりて、叫《さけ》びたかった。「ここにいるわ！」って。わたしは叫びたかった。あの男の顔にも手をふれてみたかった。だけど、あやういところで自分をおさえ、そのままじっとしていた。男が向きを変えたので、わたしは双眼鏡《そうがんきょう》で見張った。男はマスクを脱《ぬ》いでフードのように背中《せなか》にたらし、ワゴンへ戻《もど》っていく。

あの男はひげをはやし、髪《かみ》は長くて褐色《かっしょく》だ。でも何よりも驚《おどろ》いたのは、顔色の異様《いよう》な青白さだ。わたしはすっかり日焼けした自分の腕《うで》や手を見慣れてしまっていたが、そういえば一日じゅう陽のささない地下で働く炭鉱夫《たんこうふ》の写真を見たことがある。あの男はちょうどそんな感じ。わたしの見たかぎりでは、面長《おもなが》で、とても堂々とした鼻をしている。のびほうだいの長い髪とひげ、それに青白い顔のせいで狂人《きょうじん》めいて見えるけど、それだけじゃなくて、どことなく詩人のような感じもしたのだ。それにあまり健康そうな印象じゃない。

男は何度も肩越《かたご》しにわたしの家のほうをふり返りながら、ワゴンのところへ戻っていった。家の中にだれかいるんじゃないか、ここからでは声がとどかないのだと考えていたんだわ。そのとおりよ。バーデン・ヒルの頂上《ちょうじょう》から家までは一キロ半近くもあるもの。男は片方《かたほう》の器具のひとつをワゴンに戻し、思いもよらないことをした。銃《じゅう》をとり出すと、まるでいつでも使えるようにと言わんばかりにプラスチックのおおいの上に置いたのだ。イヤホーンのついたほうのガイガー・カウンターも出したままだ。それからやっとワゴンの柄《え》をつかんで、バーデン・ヒルをおり始めた。坂が急になるとワゴンをぐるっと回して前にやり、転げ落ちないように自分のほうへ引きつけながらおりた。十五分かそこら進むたびにワゴンを横向きにしては立ち止まり、イヤホーンを耳に当てた。そしてまた二回、大声で叫んだ。

そんな調子だったから、男が丘《おか》を下りきったのが五時ごろで（わたしの時計では）、家にたどりついたときには、もうあたりはうす暗かった。わたしは上のほうの小道を通って、今いるほら穴《あな》に戻り、双眼鏡をのぞき、男のようすをうかがった。

家に着くと、男は前庭でワゴンの柄をおろした。いそがしくて庭の芝《しば》刈《か》りをするどころじゃなかったけど、それがかえってよかったわ――去年の夏から、芝がのびても気にしないことに決めていたから、今は膝《ひざ》の高さまであり、雑草もかなり混じっている。男はそれから妙《みょう》なことを始めた。とたんに用心深くなったのだ。ドアには近寄らないで、家のまわりを歩き、窓《まど》という窓を残らずのぞきこんだ。他人に見られるのを警戒《けいかい》しているのか、見られたくないのか、なかなか家の中には入らない。それでもようやく男は戸口のところへ行って、さっきと同じことを言った。

「だれかいますか？」

今度はおだやかな声だ。返事のないことは、どうやら承知しているようだ。前にも何度か、こんなことを経験してきたんだわ。ノックもしないでドアを開けて、中へ入っていった。こうなると今度は、わたしのほうが心配になる。何か置きっぱなしにしてこなかったかしら？　くみたての水をバケツに残してやしなかったか？　棚《たな》の卵《たまご》はどうしたか？　いろんなことが頭の中をかけめぐる。そのうちどれかひとつがあるだけでも、人が住んでいるってことがばれてしまう。ヘマはしなかったとは思うけど。

二十分ばかりすると、男は狐《きつね》につままれたような顔で出てきた。玄関《げんかん》の前に立ち止まり、道路をじっと見つめ、考えこんでいる。そのうち、道路に向かって歩きだした。はた目にも、はっきりと考えを変えたのがわかる。最初は教会や店へ行こうとしていたのだ。家からは見えないけど、もちろん丘《おか》の頂《ちょう》上《じょう》に立ったあの男には二軒《けん》とも見えたはずだわ。だからどのへんにあるかも承知している。でも今は行くのを思いとどまったらしい、男は空を見上げた。太陽がしずんで暗くなりかけているのに気づいたのか、ワゴンへ戻《もど》り、プラスチックのおおいを開けた。いろんなものを引っ張り出す。その中に、かさばった四角いものがあり、男はそれを広げて組み立てた――テントだ。

さっき台所の窓《まど》から外を見たとき、薪小屋《たきぎごや》を見つけたにちがいない。テントを組み立て終わると、家をぐるっとまわったなと思ったら、薪を何本かかかえてきて、火をおこしたのだ。火がおきると、男はまたワゴンから何かをとり出した。たき火の光ではよく見えない――もう真っ暗になっていたから——きっと食べ物を用意しているんだわ。食べ終わると、たき火のそばに長い間すわっていたけど、火はだんだん消えていった。さっきも書いたように、よく見えたわけじゃないけど、男は火が消えてからテントの中へ入ったのだと思う。今ごろは眠《ねむ》っているんだわ。家の中で寝《ね》ることだってできるのに、まだ安心できないってわけね。あの緑色のプラスチック——服、テント、ワゴンのおおい——は放射能《ほうしゃのう》をさえぎるものなんだわ。

そろそろわたしもほら穴《あな》の中へ入って寝ることにしよう。今もまだ不安は不安だけど、でもこういうのをなんて言ったかしら——そう、心丈夫《こころじょうぶ》っていうんだわ。この谷間に自分のほかにも人がいるってわかってるんだもの。

五月二十五日

あの人はとり返しのつかないことをしたのかもしれない。はっきり言いきれないけど、もしそうだとしたら、どんなにひどいことになるのだろう。やめさせることだってできたはずだと思えば、気がとがめる。でも、どうしたらいいのかわからなかった。わたしのことを感づかれないで止めるなんて、できっこないわ。

今朝、用心しながら頭を下げたまま穴からはって出てきたときには、太陽がほんの少し顔を出したばかりというのに、あの男はもう起きていた。テントをたたんでいるところだった。たたみ終えると、それをワゴンの中にしまった。そのとき、矢つぎばやにいろんなことが起きた。

まず最初は、ニワトリの囲いの後ろあたりでメンドリが一羽コッコッと鳴いた。卵《たまご》を生んだにちがいない。そこへすかさず、オンドリも時を告げた。つづいて遠くから、それに答えるように牛がモオーと鳴いた。長く尾《お》をひいて、大きくひと声。それを聞いた男は飛び上がるほど驚《おどろ》いて、持っていた鍋《なべ》をとり落とし、耳をすました。とても信じられないとでもいうように、茫然《ぼうぜん》としていた。たぶん動物の声なんて一年以上も聞いたことがなかったんだろう。

男はしばらく立ちつくしたまま、ただ耳をかたむけ、じっと目をこらして考えていた。それから、せわしく動き始めた。またガイガー・カウンター――小さいほう――をとり出し見つめた。まだプラスチックの服を着たままだが、ヘルメットはかぶっていない。そで口の留め金を引っ張り、手をおおっていた部分を袖《そで》から離《はな》し、手袋《てぶくろ》のようなものを脱《ぬ》いだ。ワゴンの荷物入れの奥《おく》のほうに手をつっこみ、もうひとつ大きい銃《じゅう》をとり出した。軍隊の銃みたいだ。カービン銃だと思うけど、四角い弾倉《だんそう》が銃身の底からつき出ている。男はその銃をじっと見ていたが、それをもとに戻《もど》して、テントから小さい銃を持ち出した。それはわたしのと同じ二十二口径《こうけい》、わたしのはポンプ・アクション式で、あの男の銃はボルト・アクション式だ。男はそれを手に、ニワトリの囲いのほうへ向かった。

もちろん、ニワトリは囲いの中にはいない。ニワトリを追い出したあと、木戸を閉《し》めてしまったから。でも何羽かはまわりをうろついていた――そこでえさをやっていたのだから、当然いるはずだ。家と柵《さく》の間には、かなり大きな灌木《かんぼく》（ライラックとレンギョウ）があるので、男が裏《うら》へまわると見えなくなる。でも、すぐに銃声が聞こえ、二、三分すると、撃《う》ち殺《ころ》したニワトリをつかんで戻ってきた。わたしのニワトリなのに！

もちろん責めるわけにはいかない。ワゴンに積んである食料がどんなものかはわからない。何かあるにせよ、新鮮《しんせん》な肉や生き物を積んでいるはずないもの。だから、ニワトリのことを考えただけで、どんなに食欲《しょくよく》をそそられたか、痛《いた》いほどわかる（二、三日もすれば、わたしだって同じ気持ちを味わうんだわ）。それにしても飼《か》っているニワトリをつぶすのに普通《ふつう》は撃ち殺したりしないものだわ。わたしだってニワトリを食べるし、わたしたちみんないつだって食べていた。でも、自分の銃で撃つなんて。戦争前も、戦争後も、一度もそんなことしなかったわ。男は羽をむしったり、内臓《ないぞう》の始末をする間も惜《お》しんで、鶏《とり》をワゴンの上にのせたまま、すぐに教会と店のあるほうへ――そっちへ行けば牛もいる――歩きだした。男は小さなライフルを持っている。それから、あのガラスの筒《つつ》、ガイガー・カウンターも。

せめて最初の日だけでも、できるだけあの男の姿《すがた》を見失わないほうがいい――あの男のやり方がわかるまでは。だから、またわたしは丘《おか》を三分の二ほど登ったあたりの、勝手を知った森の中の小道を歩いた。こうすれば、ほら穴《あな》にいるよりもずっと近くから男のようすを見張れる。ほら穴からだと道路の近くに木があるところでは、かなり長い距離《きょり》、見通せないところがあるのだ。わたしは双眼鏡《そうがんきょう》と自分のライフルを持った。

男はたちまち牛を見つけた。納屋《なや》と柵《さく》を通り過ぎてすぐにだった。牛は遠い芝地《しばち》の池の近くに行っていた。そこは以前とうさんがカラス麦を植えていたけど、幸い去年の春にウシノケグサ（牧草《ぼくそう》の一種）に植えかえたのだ。牛たちは子牛を間にはさんで、おとなしく草をはんでいた。囲いに入れられているわけじゃないのに、思ったとおり家の近くにいたんだわ。男が近づいていくと、見かけない顔だと思ったのか、牛は逃《に》げた。といっても、それほど遠くへ行ったわけじゃない。牛はちゃんと人間を区別することができる。区別したからといって、それにこだわるわけでもなさそうだけど。

男は牛のあとを追い始めたが、やがて考え直したらしく、池のふちへ歩いていった。男はのぞきこむように水を見つめた。最初は一メートルほど離《はな》れたところから見ていたけど、そのうちとても興味をそそられたように、膝《ひざ》をついて顔をぐっと水面に寄せた。きっと小魚を見ていたにちがいないわ——池のふちにはいつだって何匹《びき》か泳いでいるもの。男はガラスの筒《つつ》をとり出して水に近づけた。そしてとうとうその片方《かたほう》のはしを水の中に入れた。それから片手をのばし、水を少しすくって口にふくんだ。あそこの水はおいしいのよ。わたしはいつも飲んでるから、よく知っている。もっとも、わたしがくむのは反対側にある小川のほうだけど。あの男は、水が飲めるのを知って有頂天《うちょうてん》だったにちがいない。

男はまた歩き始めた。教会へ行き、そこには五分か六分いただけで、次に店へ行った。なかなか出てこない。中で何をしていたのかわからない。――店の品物を調べて、ガイガー・カウンターで検査していたのじゃないかしら。店から出てきたとき、何かの箱を持っていた。おそらく缶詰《かんづめ》。店が終着点なんだわ。箱とライフルとガイガー・カウンターをかかえているので、かなり重い荷物だ。

帰り道で一度、急に箱をおろしたかと思うとライフルをかまえ、道端《みちばた》の灌木《かんぼく》に向かって撃《う》った。たぶんウサギを見つけたんだわ。谷間にはかなりウサギがいる。リスだっているし、それにカラスも。このあたりにいたほうが安全だとカンが働いたらしいのが二、三羽いる。ほかの鳥類はいつものように飛びまわっているうちに死の世界にまぎれこみ死んだのだ。どうやら、ウサギはしとめそこなったらしい。

もうそろそろ十一時。太陽は高く昇《のぼ》って、まぶしい。暖《あたた》かくなってきた。男は例のプラスチックの服を着ているし、あれだけいろいろなものを運んでいるんだもの、暑くてたまらないんだわ。二度も休んで荷物をおろしたくらいだから。そのせいだったのだ、家にたどりついたとたんに、あんな失敗をしてしまったのは。あの男は死の川になったバーデン・クリークへ泳ぎに行って、体を洗《あら》ったのだ。

男はまず箱をワゴンの上に置き、いろいろなものを箱から出した。思っていたとおり、ほとんどは缶詰《かんづめ》だったが、固形石鹸《せっけん》も二、三個見えた――あの青い包み紙に見覚えがある。びっくりしたことに、次に男はプラスチックの服を脱《ぬ》いだのだ。無造作《むぞうさ》に前のジッパーを開ける。スーツを足までおろし、足をぬいて脱《ぬ》ぎ捨《す》てた。下には見たところとてもうすくて軽そうな青いつなぎを着ていた。背中《せなか》も両腕《りょううで》も汗《あせ》でぐっしょりぬれている。

服を脱いでからは、それまであんなに用心深かったのに、うってかわって気にかけなくなった。あの男がどうしてあんなことをしたのか、わたしには手にとるようにわかる。谷間の地理をよく知らないから、川はみんな同じだと思ったんだわ。川が二つあるなんて思いもしなかっただろうし、それに池では魚だって見てるんだもの。ひどく暑くて――それにたぶんずいぶん長い間、風呂《ふろ》に入っていないのだろう――男は石鹸をつかむと、道路を横切って走った。そこでつなぎを脱ぎ捨てて、ザブンと飛びこんだのだ。水に入りたいという気持ちがあれほどあの男をはやらせなかったら、その川に魚がいないことや両岸に沿《そ》って幅《はば》六十センチくらいは芝《しば》も草も枯《か》れつくしていることに気がついたかもしれないのに。川に沿ってかなりたくさんある木もやっぱり枯れている。でもそんなものは目に入らなかったんだ。男は石鹸を手にして、ずいぶん長い間水につかっていた。

前にも書いたように、それがとり返しのつかない失敗なのかどうかはよくわからない。あそこの水の何が悪いのかわからないからだ。この川はもうひとつの川、つまり池から流れ出る川と谷の南のほうで合流し、山あいをぬけるときはひとつになる。合流地点から下流は一本の死の川だ――わたしは何度もながめたことがある――そして思った。あれからずいぶん時がたっているから、バーデン・クリークの水がまたきれいになったってこともあるかもしれないって。だけど池の魚は合流地点より先へは一匹《ぴき》も泳いで行かないし、行ったとしても死んで流されていくだけ。

あの男が例のガラスの筒《つつ》を持って行っていれば、水が放射能《ほうしゃのう》に汚染《おせん》されているってわかったかもしれない。でも、そうと断言できるわけでもないのだ。戦争が終わるころ、ラジオでは敵が神経ガスや細菌《さいきん》、それに「その他の対人兵器」を使っていると放送していた。だから、そのどれかのせいかもしれない。わたしにできるのはじっと待つこと、見守ること、ただそれだけ。あの人が死んだりしませんように。

4　ファロと男

五月二十五日つづき

また夜が来た。

ほら穴《あな》の中でランプをひとつともしている。

なんてことだろう。犬が、あのファロが戻《もど》ってきた。こんなことってあるのかしら。今までどこにいたんだろう。どのようにして生きてたのかしら。ひどくあわれな姿《すがた》になって——骸骨《がいこつ》みたいにやせこけ、体の半分は毛がごっそりぬけ落ちている。

ファロがデビッドの犬だってことは、もう書いたと思う。デビッドがわたしたちと住むようになったとき、連れてきた犬だ。あれはデビッドのとうさんが亡《な》くなり、あの子が孤児《こじ》になった、今から五年くらい前のことだ（デビッドのかあさんは、あの子を産むとすぐに死んでしまった）。ジョーゼフとデビッドはおない年で半年もちがわなかったから、ふたり——というより、実際はわたしも入れて三人――は本当に仲がよかったわ。でもファロにとっては、デビッドだけがほんとのご主人だった。デビッドがいっしょじゃなければ、決してわたしにもジョーゼフにもついてこようとはしなかったんだから。ファロは雑種だった――だったと書いてはいけないわね。生きているんだから――でも、セッターの血が濃《こ》いから猟《りょう》が大好きだった。わたしたちが猟に出ようとして、銃《じゅう》を持ち出すのを見ただけで、すごく興奮《こうふん》した。獲物《えもの》を前にしてじっとしていられるとはとうてい信じられないほど、はしゃいでたわ。でも、ファロはいつも見事にやりこなしたわ。ほんとに優秀《ゆうしゅう》な犬だった。だからデビッドがとうさんやかあさんといっしょに行ってしまい、そのあとファロの姿も見えなくなったとき、きっとデビッドを探《さが》しまわっているうち、山あいをぬけて谷の外へ迷《まよ》い出《で》てしまったんだと思いこんでた（トラックがデビッドを乗せて出かけるとファロがあとを追いかけていくことがときどきあり、つないでおかなければならなかった）。でも、ファロは山あいをぬけていったんじゃなかったんだわ。どこかあの近くの森をねぐらにしながら、つかまえられるものならなんでも食べて、デビッドの帰りを待っていたんだわ。

あの二発の銃声を聞きつけて、それで戻ってきたのね。そのときわたしはずっと男を見張っていた。一時半ごろだ。あの男は青いつなぎを着て――もうあのプラスチックの服は着ていなかった――ワゴンから持ち出したナイフで鶏《とり》をさばき終わって、手製《てせい》の焼《や》き串《ぐし》にさして焼いていた。そこへファロがおそるおそる近寄っていったのだ。前庭に入るところで立ち止まり、じっとながめては鼻をくんくんさせている。顔を上げてファロの姿《すがた》を見た男は焼《や》き串《ぐし》をひっくり返す手を止め、目をすえて動かない。それからファロのほうへ一歩ふみ出す。さっと後ろへ飛びのくファロ。男はしゃがみこみ、膝《ひざ》をたたいて口笛を吹《ふ》いた。何か言っている。口笛は聞こえるけど何を言っているのかはわからない。でもあれはファロをよんでいたんだわ。手なずけるつもりだったんだ。男がまた前へ進むと、ファロもまたそれだけあとずさりするので、間の距離《きょり》はさっぱりちぢまない。

あきらめて、男はたき火へ戻《もど》った。といっても、あきらめたわけじゃない、あきらめたふりをしただけ。わかってるわ。ごくあたりまえのことを思いついたんだわ。だから、ちょくちょく顔を上げては犬がまだそこにいるのかどうか確かめていた。ほんの二、三分して、鶏《とり》が焼き上がると、男は家の中へ入り、皿を二枚《まい》手にして出てきた（わたしの皿だ！）。鶏の肉を大きく切りとって、箱の中から出した何かの肉らしい缶詰《かんづめ》を開けた。鶏肉と缶詰の肉を少し皿にのせると庭の境を通《とお》り越《こ》し、犬が最初に姿《すがた》を見せたあたりまで、そろりそろり運んでいった。男はそこへ皿を置いた。

それから、おまえなんか眼中《がんちゅう》にないといった顔でもとの場所へ戻り、自分用に鶏肉を切りとって、ワゴンから持ってきた干《ほ》したパンみたいなものといっしょに食べた（あれは乾《かん》パンかしら？　焼きたてのトウモロコシパンを食べさせてあげられるのに！）。男は鶏をまるまる一羽分、しかもあっという間に食べてしまい、その間もぬかりなく横目でファロを見ていた。ファロのほうでも、男からえさの皿へ、それからまた男、皿というようにかわりばんこに視線《しせん》をうつしながら、じりじりと皿のほうへ寄っていき、とうとう皿まで行きついた。それでもまだ体だけはできるかぎり皿から離《はな》し、首を思いっきりのばしながら、鶏肉をひっさらって十五メートルほどもかけ戻った。それをふた口で飲みこんでしまうと、次は缶詰の肉をとりに行き、また同じ要領《ようりょう》でさらってきた。

食べ終えると、ファロはまた皿のところへ行ってペロペロなめてから、ゆっくり庭をまわり始めた。あちこちかぎまわりながらも、依然《いぜん》、男とは距離を置いている。こんなふうにして家のまわりをすみからすみまでふたまわりもした。そのときだ、ほんとに髪《かみ》の毛《け》の逆立《さかだ》つ思いをしたのは。獲物《えもの》のにおいをたどっているときによくやるくせだ。おまけに家に背《せ》を向けると、ほら穴《あな》めがけて丘《おか》をかけ登ってきた。わたしの足跡《あしあと》をかぎつけて来たんだわ。

男はかけていくファロの後ろ姿から目を離《はな》さず、高く口笛を吹いてあとを追い始めた。でもファロがまたたくまに見えなくなったので、二、三歩行きかけてあきらめた。助かった。家とほら穴の間に大きな木や灌木《かんぼく》が多いから、いったん見失ったが最後、見つかりっこない。わたしがほら穴へはって戻ると、二分後にはもうファロが飛びこんできた。かわいそうに、あわれな姿《すがた》をして。近くに来ると双眼鏡《そうがんきょう》で見たよりもっとひどい。ふた声短くキャンキャンと鳴いて、わたしに飛びついてきた。でも、わたしはおじけづいた。だって、ファロがこのあたりに居つくと、どうしたってわたしを裏切《うらぎ》る結果になるんだもの。ああ、どうしたらいいのかわからない。そんなことを思っていたから、わたしはファロを大喜びで迎《むか》えてやる勇気がなかった。それで、「よく帰ってきたね、ファロ」と、小声で言うだけにしておいた。本当はぎゅっと抱《だ》きしめてやりたかったのに。わたしもファロが好きだし、ファロもわたしになついてはいたけど、ファロがほんとうになついているのはわたしじゃない。以前、三人がほら穴《あな》で遊んでいたころ、ファロもしょっちゅうここへ来ていた。だから今もそこいらじゅうかぎながら走りまわってデビッドのにおいを探《さが》している。ほんの二、三分いただけで、見つからないとわかって、またほら穴を出ていき、家に向かって丘《おか》をかけおりていってしまった。困《こま》ったことになったわ。あそこには男もいるし、えさだってもらえるんだもの。あの男がファロを飼《か》いならしてしまえば、デビッドのときのように口笛ひとつで飛んでいくだろう。男はファロを引きつけておけるし、そうなればファロのあとをつけてここまでやってくることもできる。こんなことはそれほどびくびくすることじゃないのだろうか。でも、あの男がどう出るかは見当がつかないのだから。わたしはたいていの人は好きになれた。学校でも友だちが大勢いた。だけど、あのころは選ぶことができたんだ。好きになれない人だっていたし、つきあいのない人だってたくさんいた。でも今は地上に残された男はあの男だけかもしれないのだ。どんな人なのかもわからない。もし好きになれない人だったらどうすればいい？　それどころか、あっちのほうでわたしに好意を持ってくれなかったら、もっと悲劇《ひげき》じゃない？

ほとんど一年間、わたしはひとりぼっちでここにいた。だれか来てほしい、話しかけたり、いっしょに働いたり、谷間の将来《しょうらい》の計画を立てたりするだれかがいればと、どんなに願い、祈《いの》ったことか。男の人だったらなあと夢見たりもした。だってそうなればいつか遠い将来――そんなこと夢でしかないってわかっているけど――でも、もしかしたら、この谷間で子どもが産まれることになるかもしれないもの。だけど、いざ現実にひとりの男が現れてみると、わたしの願いはあまりにも無邪気《むじゃき》すぎたのだと思い知らされた。男といったっていろいろあるわ。なんとかして生きのびようと必死になっていた放送局のあのアナウンサー、あの人が見たのも、死にものぐるいになった文字どおりのガリガリ亡者《もうじゃ》たちだったじゃない。尾根《おね》を越《こ》えてきたこの男は、見たことも会ったこともない人だし、わたしより大きくて力もある。いい人だったら、こんな心配をしたのを笑えばいい。でも、もしそうじゃなかったらどんなことになるのかしら？　あの男は、したいほうだいのことができる。そうしたら、わたしはこれから先死ぬまであの男の奴隷《どれい》になるしかない。だから、せめて、できるかぎりようく観察して、あの男がどんな人間か、つきとめたい。

ファロが出ていってしまうと、わたしはほら穴《あな》の入り口へ戻《もど》って家を見おろした。男は小さな鏡を前に立てかけて、はさみで髪《かみ》とひげを切っているところ。長いことかかって両方ともかなり短く刈《か》りこんでしまった。ずいぶんいい感じになったことは確かね。ハンサムといってもいいくらい。ただし、頭の後ろの片方《かたほう》がちょっと短すぎる。そこは鏡にも映《うつ》らないところだものね。

五月二十六日

よく晴れている。きのうと同じ、でもちょっと暑い。わたしのカレンダーでは今日は日曜日（カレンダーは目ざまし時計といっしょにほら穴《あな》にうつしてある）。いつもなら、午前中は教会へ行って、あとは夜まで何もしないでいるんだけど。ときには魚釣《さかなつ》りにも行く。気晴らしと実益《じつえき》をかねて。教会へ聖書《せいしょ》を持っていく。春や夏には祭壇《さいだん》にそなえる花も。だからといって、礼拝《れいはい》らしいことをするつもりはない。ただ腰《こし》かけて、聖書のどこかを読むだけのこと。ときには自分で選んで――たとえば、わたしの好きな「詩篇《しへん》」とか「伝道の書」だったり、またときには、ぱっと開いたところだったり。真冬には行かないことが多かった。なにしろ暖房《だんぼう》がないので寒くてすわっていられないもの。

だいたいあの教会で本式の礼拝なんかしたことはなかった。ともかくわたしたち一家がそろっていたころは、牧師《ぼくし》もいなかったし、とても小さな建物で、ずっと昔、うちの先祖のだれかが――とうさんは「初代バーデン」って言ってたわ――この谷間に住みついたころ建てたものだ。ここに村ができると思ったんだろう。でも村なんてものはできなかった。ご先祖たちがここに住みついてからも長い間、道路はここまで来ないで、ただふみかためた小道があるきり。当時の郡道はオグデン町をぬけて州道にぶつかったところで終わり。わたしたちはわざわざオグデンの教会まで礼拝に行っていた。

だけど今は、こんな追憶《ついおく》にひたってなんかいられない。あの男は早々と起き出して朝食を作った。今朝も前庭で火をたいた。てきぱきとして、目的があるって感じ。明らかに何か計画してるんだわ。その計画がどんなものかはすぐにわかった。谷間をはしからはしまでさぐって、谷のむこうもひと目見ようというつもりなんだわ。あの人はまだ緑の土地がどのあたりまでつづいているのか知らないのだ。

男は出かける前に缶詰《かんづめ》の肉をまたファロのお皿に入れて、それを外に出した。そのときは当のファロはどこにも姿《すがた》が見えなかったけど、男が行ってしまうとすぐに薪小屋《たきぎごや》から現れた。あそこで寝《ね》ていたんだ。そして、えさを食べると男のあとを追った。あの男といっしょに行くつもりなんだ――あの男が小さな銃《じゅう》を持って出かけたからだ――でもファロにはまだその勇気がなかったらしい。百メートルかそこら行って戻《もど》ってくると、もう一度皿をかいで、テントから遠くないところに寝《ね》そべった。

わたしは丘《おか》の高いところを通る森の小道をたどりながら、男の行くほうへ歩いた。そのうちに、あの男はここもさぐりに来るだろう。そうしたらわたしは谷を横切ってむこう側にうつらなければならなくなる。そうなれば油断《ゆだん》は禁物《きんもつ》。森の中では相手の姿《すがた》は見えにくくなるから。

でも今日のところ、あの男は道路からそれなかった。プラスチックの服は着ていないし、身軽になったら、比べものにならないほどきびきび歩いた。だから、あの男を見失わないようにするのは、かなりほねだった――こっちの小道は道路みたいにまっすぐではないし、その上、物音を立てないように気をつけなければならない。

男は店に着くと、中へ入っていった。出てきたのを見てびっくりしたのなんのって――あの男だとは思えないくらい。しわくちゃのつなぎは消えて、上から下まで新品を身につけているんだもの。スカッとしたカーキ色のあや織《お》りズボン、青い作業用のシャツ、それに新しい作業《さ》靴《ぎょうぐつ》から麦ワラ帽子《ぼうし》まで、みんなおろしたてだ（みんなわたしが着るはずのものだったけど）。まるっきり別人みたいで、なかなかすてきだ。髪《かみ》やひげを整えたせいもあるけど、こうして身ぎれいにしてみると、ぐっと若《わか》く見える。わたしよりははるかに年上だけど。三十か三十二ってところかしら。

男は道路を南の方角へ、谷間のいちばんはずれの山あいに向かった。歩きながら、何もかもめずらしいというように、まわりをキョロキョロ見ていたけど、歩調はゆるめないで、やがて川が地下へもぐるところまで来た。いったん池に流れこんだ小川はまたそこを出て、曲がりくねりながら、牧草地《ぼくそうち》をぬけたあと、上がり斜面《しゃめん》に行きあたり（谷はここで終わるから）、右へまわりこんでバーデン・クリークと合流するのだ。

男はそこで足を止めた。このとき初めて、川が二つあることに気がつき、あの池に流れこんでいるのはバーデン・クリークではないんだってわかったんだろう。あそこまで行くと、よく見れば二つの川のちがいがはっきりする。わたしはそれを何回も確かめた。小さいほうの川には地下に入る一メートル手前にだって生き物がいる——小魚、オタマジャクシ、小さい虫（アメンボ）、それに岩肌《いわはだ》はつややかなコケでおおわれている。だけど、バーデン・クリークにはなんにもない。二つの川が合流したあと、山あいまでずっと下がって、それから谷の外に流れ出るけど、水は澄《す》んでいるのに、生き物は住めないのだ。

はたしてあの男がそのことに気がついたかどうか、はっきりしない。地面に膝《ひざ》をついて長い間川を見つめてはいたけど、ほんとうに汚染《おせん》に気がついたのなら、そろそろ心配になったはずだわ。たぶん、体の調子が変だなと思ったのはそのときだろうから。もしそうなら、いくらもたたないうちにひどく悪くなるだろうから。

気にしているのかいないのか、ともかく男は数分すると今までどおりきびきびした歩調でまた歩きつづけた。もう十五分もすれば谷のはずれにさしかかる。そのむこうは、何もかも死《し》に絶《た》えた世界だ。あそこから道路は山あいをぬけ、さらにむこうのアーミッシュの農場までのびている。

もちろん、あの男にはそんなことはわからないはず。地理をよく知っている人でなければ谷の南に外へ通じる道があるなんてとても信じられないもの。山あいの道はとても大きなS《エス》字型にくねっているから、間近まで行ってみないと、目の前にそそり立つ岩や木の壁《かべ》にぶつかるような錯覚《さっかく》を起こしてしまう。ところが、その山あいから、道は（それに沿《そ》って流れている小川も）急角度に右、左、さらに右へと折れながら、尾根《おね》を登らないで、トンネルのように尾根をつきぬけていく。

谷の反対側はバーデン・ヒルがひかえているので、その結果、この谷間は完全に閉《と》じこめられた形になっている。だからよく、この谷間では気候《きこう》さえ、ほかとはまったくちがうと言われていた。谷の外は風《ふ》が吹いていても、それが谷間を吹きぬけていくことはないのだから。

あの男が南の山あいにたどりつくと、姿《すがた》を見失ってしまった。わたしが陣《じん》どっている丘《おか》の中《ちゅう》腹《ふく》からは、あのあたりはどうしても見通せない。でも、山あいをぬける道はせいぜい百八十メートルしかつづかない。またすぐに姿が見えてくるのはわかっている。谷の外に広がる不毛の地を目にしたら、きっと回れ右して戻《もど》ってくるだろう。あのプラスチックの服をつけていなかったら、そこから先へは行けっこないのだから。

わたしは待つ間、日なたにすわって目の下に広がる景色《けしき》をながめていた。細く黒く見える道はまっすぐにのび、その横を川がくねくねと流れている。道路をはさんで谷の反対側は、ここからだとつい目と鼻の先だが、ゆるやかな勾配《こうばい》の森になっている。大きなカシやブナの老木が枝を広げて地面に黒い影《かげ》を落としている。さらに上のほうへ目をやると、灰色《はいいろ》の岩肌《いわはだ》が大きく露出《ろしゅつ》している。崖《がけ》だ。よくあそこに登ったっけ。遠くで見るほどけわしくはないもの。そろそろ十一時だわ。とても暖《あたた》かくなっている。わたしの後ろでは、ブラックベリーのいいにおいがただよい、花房《はなぶさ》の中でミツバチがブンブンうなっている。小鳥の鳴き声が恋《こい》しくなるのはこんなとき。

あの男は山あいのいちばんはしのあたりでしばらくたたずんでいたんだわ。ひと休みしていたのかしら、ともかく姿を現すまでに二十分はかかっていたから、景色を見ていたのかもしれない。家へ向かう足どりは、行くときよりもどことなく重そうだ。

そして道を半ば戻ったところで、とうとう始まったのだ。男は立ち止まったかと思うと、いきなり道のまんなかにくずれるようにすわりこみ、ひどく吐《は》きそうなようすを見せた。数分間そこにすわったまま、片方《かたほう》の腕《うで》をついてかがみこみ、吐いた。それから立ち上がりまた歩きつづけた。

途中《とちゅう》で同じことを三回もくり返したが、三回目に吐《は》いたあとはライフルをずるずる引きずって、よろめきながらやっと歩いていた。ようやくテントにたどりつくと、テントの中へはいずりこんで、それっきり出てこない。ファロが出てきて、大胆《だいたん》にテントの入り口でにおいをかいだ。ちょこちょことしっぽをふったりしたけど、そのうちそこを離《はな》れて、空《から》っぽのえさ皿のそばにすわりこんだ。

あの人はファロにえさをやるどころじゃなかったのだ。だけど、明日の朝になれば元気になるかもしれない。

5　谷間に来た男

五月二十七日

今朝は朝食をすませてから、この日記をつけ始めた。ほら穴《あな》の入り口に腰《こし》をおろし、あの男の無事を確かめる手がかりはないかと双眼鏡《そうがんきょう》で家とテントを見張っている。今のところなんの気配もない。ただ、ファロがまたテントのそばへ行ってしっぽをふり、一、二分の間、何かを待ってるみたいにすわりこんだだけ。あの男が出てこないので、家をぐるっとまわってから、丘《おか》を登ってこちらへやって来た。かわいそうに、ファロはおなかをすかせている。家に戻《もど》ってきたんだから、えさをもらえると思ってるんだわ。店に行けばドッグフードがたくさんあるけど、ファロが戻ってくるなんて夢にも思わなかったから、ここにはひとつも持ってきていない。それでトウモロコシパンをひとかけと缶詰《かんづめ》のハッシュドビーフを少しやった。ファロが来てくれてほんとうにうれしい。ファロがここをかぎつけて来たときは、こんなにすなおに喜べなかったけど。当分あの男がファロのあとをつけてくる心配がないからだわ。わたしはファロの背中《なか》を軽くたたきながら話しかけた。食べ終わると、ファロは入り口にすわっているわたしの横に寝《ね》そべって、頭をわたしの足にのせた。デビッドにはよくこんなふうにしていたけど、ほかの人には一度だってしたことがなかったから、いじらしくてたまらない。でも、二、三分もすると起き上がり丘《おか》をかけおりていった。家のそばに姿《すがた》を現すと、テントの入り口近くにすわりこんだ。ファロはわたしのことも好きなんだろうけど、あの男を主人にするつもりらしい。

でも肝心《かんじん》の男は、テントの中にもぐりこんだまま。

病気だってことはわかっている。でも、どのくらい悪いのかしら。それがわからなくては、どうしてあげようもないんだわ。ただちょっと気分が悪くて寝ているだけのことかもしれないし。

それとも、起き上がれないほどひどいのかしら。ひょっとして死にかけているのじゃないかしら。

ゆうべはあの人のことがこんなに心配になるなんて思いもしなかったのに、ひと晩《ばん》たったらどうも気になって仕方がない。そもそも、今朝目がさめる直前に見た夢が悪かった。あれは夢というよりも白日夢《はくじつむ》ってやつだわ。わたしは半分さめて半分眠《ねむ》ったような状態のとき、そういう夢を見る。なんとなくこれは夢なんだという意識がありながら、自分で筋書《すじがき》を書いて、それを見ているようなところがある。半ば眠っているくせに、どうにも現実のように思えるのだ。今朝見た夢（または白日夢）は、テントの中にいるのが病気のとうさんで、家族全員がまたそろって家の中にいた。あんまりうれしくって、はっと息をのんだとたんに目がさめた。やっぱり夢だったんだわと思いながら横になっていて、ふとほかのことを考えた。ひとりぼっちでいることや、これから先もずっとひとりなんだと思うことにわたしは慣れっこになったつもりでいた。でも、そうじゃなかった。現実にだれかが現れてみると、また男が来る前のように家にも谷にもわたしのほかには人っ子ひとりいない状態に戻《もど》るなんて考えただけで――それもこの機会を逃《のが》したら、きっと永久にだめなんだ――耐《た》えられないほど恐《おそ》ろしい。

だから、あの男のことはなんにも知らないし、こわい気もするけど、やっぱり病気のことが心配で、ひょっとすると死ぬかもしれないなんて思うと、生きていく気力もなくなるような気がする。

今、この日記をつけているのは、ひとつには頭の中を整理して、これからどうするか決心するためでもある。夕方までわたしがすることといったら、待つことと見張りをつづけること。それまで待ってもあの男がテントから出てこなかったら、暗くならないうちに足音を立てずにおりていき、なるたけ遠くからあの人のようすがわかるかどうか確かめよう。そのときは銃《じゅう》を持っていくつもり。

五月二十八日

家に戻《もど》ってきた。今は自分の部屋にいる。男はテントの中だ。でもずっと眠《ねむ》りっぱなし。起き上がれないほど悪いらしい。たぶんわたしがここにいることもわかっていないだろう。

きのうの夕方四時、計画どおりわたしは銃《じゅう》を持って丘《おか》をおりた。家の裏《うら》まで来ると、耳をすませながら物音を立てないようにして正面へまわった。少しでも何かの気配がしたら、見つからないうちにすぐに逃《に》げるつもりでいた。前庭まで来ると、ファロが勢いよくかけ寄ってきた。吠《ほ》えるんじゃないかと気が気じゃなかったけど、だいじょうぶ、膝《ひざ》のあたりをかいで、しっぽをふり、わたしを見ているだけ。わたしはそっとテントに近づいてのぞきこんだ。入り口に垂《た》れ布《ぬの》がかかっていたが、きちんと閉《し》めてなかったので、中が少し見えている。でもテントの中は暗くて、最初は男の足しか見えない。少しずつ近寄っていき、頭を中に入れて見ているうちに、目が暗がりに慣れてきた。男は寝袋《ねぶくろ》を敷《し》いて、それをちょっとかけたかっこうで倒《たお》れていた。両目を閉《と》じ、頭は自分の吐《は》いた物の中につっこんでいる。呼吸《こきゅう》がとても早くて浅い。かたわらには緑色のプラスチック製の水筒《すいとう》が転がっている。そのそばに大粒《おおつぶ》の白い錠剤《じょうざい》が入ったびんが、ふたをとったまま、これもひっくり返って中身が少しこぼれていた。

テントは高さが一メートル二、三十センチしかない。膝《ひざ》をついて中へ入り、ほんの少し進むと、寝袋の上に置いた男の手にとどいた。ひどいにおいが鼻をつく。わたしは男の手にふれてみた。熱が高いためにかさかさにかわいて熱い。ちょうどそのとき、ファロが鼻先を中につっこんで鼻を鳴らしたので、その声とわたしがさわったのが重なったためか、男は目を開けた。

「エドワード」

男は言った。

「エドワードか？」

男はわたしを見てはいない。わたしのほうを見ていたとしても、男の目に映《うつ》っていたのはわたしじゃない。わたしがそのときも手から離《はな》さなかった銃だと思う。それはあの男がこんなことを言ったからだ。

「弾《たま》をこめた。もう止められないぞ」

言い終わらないうちに大きく息をついで、また目を閉じた。夢を見ているんだわ。熱に浮《う》かされて、うわ言を言っている。のども口の中も腫《は》れ上《あ》がっているらしく、その声はしわがれていた。

「病気なのよ。熱があるんだわ」

わたしが言うと、男はうめいて目を閉じたまま言った。

「水、水をくれ」

これで事情がのみこめた。男は倒《たお》れる前に水筒《すいとう》を開けて薬を飲もうとしたんだわ。でも意識がもうろうとしていて、倒してしまい、水筒が空《から》になってしまったのに、くみに行く力がなかったというわけ。

「わかったわ、お水を持ってくるわね。ちょっと待っててね」

わたしは台所からバケツをとって、いつも水をくんでいる小川へかけだした。小川が池に流れこんでいるあたりが、いちばん澄《す》んでいる。バケツになみなみと水をくんだので、引っかえしてきたときはバケツが重い上に暑くて息が切れそうだった。家からコップを持ってきて、それに半分ほど水を入れた。

男はまた眠《ねむ》っていたので肩《かた》に手をかけた。

「さあ、これを飲んで」

男は起き上がろうとしたけどだめだった。ひじをつくこともできない。コップを受けとろうとしたが、それさえできずに落としてしまった。またバケツから半分くらいくんで、わたしは片手《かたて》でコップを持ち、もう片方の手で男の頭を少し持ち上げて飲ませた。一気に飲みほしたところをみると、よほどのどがかわいていたのね。

「もっと飲ませてくれ」

男が言った。

「あとでね。また吐《は》いてしまうわ」

医学のことなんてまるっきりわからないけど、こんな衰弱《すいじゃく》した体で一度にたくさん飲んじゃいけないことくらいはわかるわ。男はあおむけに倒れるとあっという間に眠ってしまった。

本当のところ、病人の看病《かんびょう》なんてよく知らない。デビッドやジョーゼフが病気のとき（インフルエンザや水疱瘡《みずぼうそう》なんかのとき）、ときどきかあさんを手伝って世話をしたことはあったけど、だれもこんな病気にかかったことはなかったもの。とはいっても、わたしよりほかに看病してあげる人はいないんだから、やってみなくちゃ。

わたしは家からぼろ布を持ってきて、水にぬらし、男の頭のまわりをできるだけきれいにふいた。きれいな枕《まくら》を当てて、清潔《せいけつ》な毛布をかけた。散らばっていた錠剤《じょうざい》を――汚《よご》れていないのだけ選びとって――びんに戻《もど》してふたをし、ラベルを見た。システアミン（放射線宿《しゅく》酔予《よい》防薬）っていったいどんな薬かしら。家に置いてある薬といったら、アスピリンとかぜ薬だけ。もっとも、ほかに薬があったとしても、どれを飲ませたらいいかわからないだろうけど。

水を飲ませても吐かなかったので、何かおなかに入れなきゃと思った。でも何がいいのか――スープがいいわ、鶏《とり》のスープにしよう。わたしたちが病気になったとき、かあさんがよく作ってくれたわ。わたしがほら穴《あな》へうつったとき、缶詰《かんづめ》を何個か家に置いていった。ひとつもなかったら、そのほうが不自然に思われるもの。でもその中にスープはなかったから、店までとりに行かなくちゃ。ついでにほかにもいくつか食料を手に入れて持ってきた。ひとまずほら穴《あな》から家に戻《もど》ることにしたけど、万一のことを考えて、ほら穴にあるものはしばらくそのままにしておこう。荷物がたくさんになってしまい、戻ってきて火をおこすころには、もう日が暮《く》れかけていた。

スープを持っていくと、驚《おどろ》いたことに、いくぶんよくなってるみたいに見えた。目をさましていて、テントの中に入っていったわたしをまじまじと見つめ、ひどくうろたえている。それから、どうにかこうにか片《かた》ひじをついて体を起こした。正気でわたしに話しかけたのはそのときが初めて。声はまだとても弱々しかったけど。

「ここはどこだろう？」

男がたずねた。

「きみはだれだ？」

「谷間よ」

わたしは答えた。

「あなたは病気なの」

スープを男のわきに置いた。食べさせてあげなきゃいけないだろうと思って。

「谷間、ああそうだった。見わたすかぎり青々とした木々だった。でもだれもいなかったようだけど」

男はまた頭を枕《まくら》につけた。

「わたし、いたのよ。ずっと森の中にね（ほら穴のことは言わないほうがよさそう）。あなたが病気なのを見て、助けがいるだろうと思ったの」

「病気か」

男が言った。

「ああ、そうだ。ひどく具合が悪い」

「スープを作ってきたわ。飲んでごらんなさい」

男は飲もうとしたけど手に力が入らなくてこぼしたので、結局わたしが口へ入れた。スプーンに七杯《はい》も飲み、「もうけっこう。気持ちが悪い」と言ってまた眠《ねむ》った。少しだけでもスープを飲んだんだもの、多少は体にいいはずだわ。前よりもおだやかに眠っているようだ。呼吸《こきゅう》もそれほど速くない。熱をはかるために家から体温計を持ってきたけど、明日の朝まで待ってもいい。額《ひたい》にふれてみた。まちがいなく熱い。間近に見ると、うす暗いテントの中でもすごく衰《すい》弱《じゃく》しているのがよくわかる。

いったんほら穴に戻り、目ざまし時計とカレンダー、ランプ、この日記帳、そのほかいくつかをかかえて家に帰ってきた。時計を夜中の十二時にセットして、ベルが鳴ったら次は二時に、その次は四時に、そのつどセットしなおした。ベルが鳴るたびに懐中電灯《かいちゅうでんとう》を持ってテントに男のようすを見に行った。そのうちの一度は男も目をさまして、水がほしいと言うので、コップに一杯《ぱい》飲ませた。そのほかのときは、ぐっすり眠《ねむ》っていた。

今朝はトウモロコシパンの残りをくだいてミルクに入れ、朝食のつもりで持っていった（牛はまだ放したままなので、粉ミルクを使わなければならない。もうそろそろ連《つ》れ戻《もど》してこなくちゃ。それにニワトリもね）。

もうずいぶんよくなっているみたい。目にも以前のようなもうろうとしたところはない。パンとミルクの礼を言い、自分でスプーンを口に運ぶこともできる。食べ終わると、しばらくの間きちんと起き上がった。それからまた横になって言った。

「具合が悪くなったのはどうしてか、つきとめなければいけないな」

「バーデン・クリークで泳いだせいじゃないかしら」

「バーデン・クリーク？」

「道路のむこう側にある小川のことよ」

「ぼくがあの川で泳いだって知っているんだね」

「見ていたのよ――遠くからだけど」

「その水のことは知ってるのか？」

「生き物は何もいないわ。ただ、どうしてなのかよくわからないけど」

「それはぼくも気がついた。でも気がついたのは水浴びをした翌日《よくじつ》だったんだ。今まで無事に過ごしてきながら、ここで気をぬくなんて、なんというばかだろう。一年間も体を洗《あら》わなかったから、矢もたてもたまらなかったんだ。でも調べてみるべきだった。もうひとつの池のほうの水はなんでもなかった。だから……」

男は言葉を切って、しばらく無言で横になっていた。それから言った。

「調査したほうがいいかもしれんな。できるかな、きみに」

「なんのことかしら？」

「ガイガー・カウンターを知ってるかい？」

「あなたが持っているガラスの筒《つつ》でしょう」

「ああ、目盛《めも》りが読めるかい？」

「読めないわ。使ったことがないもの」

わたしはワゴンの荷物入れの中から小さいほうのガラスの筒をとり出した。男はその片方《かたほう》のはしについている目盛りを見せた。動かすと細い針《はり》が方位磁石《じしゃく》のように少しゆれる。目盛りはゼロから二百まで。わたしはそれを持って道路を横切り、バーデン・クリークへ行った。テントの中や道路をわたっているときには、針《はり》は五前後のところをさしていた。それなのに川辺に近づくにつれてだんだん上がり始めた。できるだけ遠くから手をのばして水面より三十センチぐらい上のところに計器をさし出すと、針はピンとはね上がった——もうこれ以上はないくらいに——百八十あたりまで。あの人はそんな水の、しかも中にまで入ったんだもの。病気になるのはあたりまえだわ。こんなところに長居は無用と、すぐに道を横切ってひき返す。

針がさした目盛《めも》りを伝えると、男はうめき声をあげて目をおおった。

「百八十だって。少なくとも十分間は水の中に入っていた。ああ、なんてことだ。三百ガンマは浴びてるにちがいない。それ以上かもしれないし」

「どういうことなの？」

「放射能《ほうしゃのう》にやられたってことだ。こっぴどくさ」

「でも、よくなってきてるじゃない」

「この病気にはいろんな段階《だんかい》があるんだ」

あの人は放射能による病気のことをずいぶんくわしく知っている。どうみても戦争が起きる前から研究していたようだわ。第一段階はむかついて吐《は》く。それが一日か二日つづくとおさまる。でも放射能というのは細胞《さいぼう》内のイオン化とかいう反応をひきおこすのだそうだ。それが人間の体を食いあらしてゆく。細胞の中の分子がこわされるので、細胞が正常に働かなくなって成長も分裂《ぶんれつ》もできなくなるのだ。もうしばらくしたら——一日か二日、あるいはもう少し先かもしれないけど——あの人の具合はもっと悪くなる。とても高い熱が出るだろうし、血液の細胞が破壊《はかい》されて再生しないから貧血《ひんけつ》も起こす。何より悪いのは細菌《さいきん》や感染《かんせん》に対する抵抗力《ていこうりょく》を失うことだ。肺炎《はいえん》にかかる可能性が非常に高くなるし、食べ物や水にほんのちょっとでも悪い物が混じっただけで感染してしまう。

「悪くなるって、どの程度のことなの？」

わたしはきいた。口には出せなかったけど、死ぬかもしれないのっていう意味だ。それはあの人にも通じたようだ。

「γ《ガンマ》の意味を知ってるかい？　レントゲンといって放射能をはかる単位なんだよ。川で浴びたのが三百レントゲンなら、まだ望みはあるかもしれない。でも四百も五百も浴びていたのなら絶望的さ」

あの人はそんなことをごくあたりまえのことのように口にした。とり乱《みだ》したりはしなかった。これがわたしだったらヒステリックに泣《な》き叫《さけ》んでいたわ。でもあの人が冷静なのだから、わたしも落ち着いて現実に立ち向かう心がまえでいなくっちゃ。そこでわたしは言った。

「あなたの気分がいいうちに、わたしはどうすればいいのか、みんな言っておいてちょうだい。薬は持っているの？　食べ物はどうしたらいいの？」

あの人はわたしが置いたままにしていた床《ゆか》の薬びんに目をやった。

「あの薬は役に立たないだろうね、今となっては。効《き》く薬なんてないんだよ。病院では輸血や栄養剤《えいようざい》の点滴《てんてき》をするがね」

もちろん、わたしにそんなことできっこない。結局、わたしにできることなんて、ほとんど何もないようなものだ。実際に病状がどんな具合に進んでいくのか、この目でそれを見るまではね。今のところ、ものすごい高熱を出して貧血《ひんけつ》を起こすことぐらいしか、あの人にもわかっていないらしい。必ずってわけじゃないけど、肺炎《はいえん》や赤痢《せきり》のような伝染病《でんせんびょう》にかかることがあるらしい。わたしにできることと言ったら余病をふせぐことぐらい。食べ物も食器も全部煮《に》たてて消毒をすればいいんだわ――ちょうど赤ちゃんにするのと同じように。牛とニワトリを連《つ》れ戻《もど》してくれれば、しぼりたての乳《ちち》や、生みたての卵《たまご》を食べさせてあげられる。栄養もあるし、消化もいい。

もし明日、少しでも歩けるようだったら、手を貸して家に連れてこよう。デビッドとジョーゼフの部屋に寝《ね》てもらえばいい。ベッドに寝かせてあげられるわ。家の中のほうがじめじめしていないし、暖《あたた》かい。看病《かんびょう》するのもそのほうが楽だもの。

そういえば、今気がついたけど、こんなにいろいろなことがあったのに、わたしはあの人の名前さえ知らないんだわ。

6　ルーミスさんの身の上

五月二十九日

ジョン・R・ルーミス。これがあの人の名前。ニューヨーク州イサカで化学の仕事をしていた人だ。イサカにはコーネル大学（アイヴィー・リーグ八大学の一校）がある。あるというか、つまり、あったところだ。

今朝はルーミスさんの具合はとてもいい。とても調子がよさそうなので、いったいまたぶり返すなんてことがあるのかしらって思い始めた。でもルーミスさんの話によると、被曝《ひばく》すればたいていそういう経過をたどるそうだ。あの人は放射能《ほうしゃのう》に関しては、まぎれもなく専門家《せんもんか》だった。実際、専門家だったからこそ、どうにか生きのびて、この谷間にたどりつけたといってもいい。

今朝は早く目がさめる。病人だとはいえ、話しかけられる相手がいると思うと、心がはずむ。

川からいつもより多く水を運んできて、暖炉《だんろ》でわかして風呂《ふろ》に入る。久しぶりの入浴（風呂場の浴槽《よくそう》に湯を運びこんで、風呂に入るんだけど、慣れてしまえば、お湯はバケツに二杯《はい》もあれば充分《じゅうぶん》）。それからとっておきのスラックスをはく。ルーミスさんはどう言おうと、いちおうは〝お客さま〟、少しは身だしなみってことも考えなくっちゃ。初め鏡をのぞいたときは、ちょっぴりきまりが悪かった。長い間男もののジーンズばかりはいてたせいね。

ゆうべ寝《ね》る前に（今はわたしの部屋に戻《もど》っている）、ニワトリの囲いへ行って戸を開け、地面にえさのトウモロコシをまいた。今朝服に着がえて表に出てみると、思ったとおりにニワトリは戻っているし、思いがけず鶏小屋《とりごや》の中には生みたての卵《たまご》が三つもあった。その卵をゆで、残っていたトウモロコシパンをあたため、コーヒーをいれ、トマトジュースの缶詰《かんづめ》を開けた。なかなか見栄《みば》えのする朝食ができあがり、盆《ぼん》にのせ、ラズベリージャムのびんもそえて、テントに運んでいく。太陽がちょうど東の尾根《おね》に昇《のぼ》ったところだから、八時半ごろだ。カラスが二羽、谷に向かって鳴いている。幸せで心がはずむ。

びっくりしたわ。テントの入り口から、ルーミスさんが起き上がっているのが見えるんだもの。

「具合がいいのね」

と、わたしは声をかけた。

「今のところは。ともかく、何か食べられそうだ」

ルーミスさんの前に盆を置いたら、それを穴《あな》の開くほど見つめた。

「驚《おどろ》いたなあ」

かすれ声しか出てこない。

「なんのこと？」

「これだよ。ほんものの卵、トースト、コーヒー。それにこの谷。きみがたったひとりで暮《く》らしてることだってそうだ。ほんとうにひとりっきり？」

これは、いってみれば重大問題だから、聞きながらも、どこか疑《うたが》っているみたい。まるでわたしか、それともだれかに、たぶらかされているって感じ。そう思うのは勝手だけど、今さらうそをついたって始まらない。

「ええ、ひとりよ」

「今日まで生きのびて、ニワトリや卵や牛の世話までしてきたってわけ？」

「そんなにたいへんなことじゃあなかったわ」

「それにこの谷間だ。どうして無事だったんだろう？」

「本当のことは、わたしにもわからないわ。でも、昔からこの谷間の気象はほかとはちがうんだって言われてたわね」

「気象学でいう飛び地だな。大気の逆転とかいうやつだ。そんなことは理論的に可能なだけだとばかり思っていた。しかしその確率《かくりつ》は――」

わたしは口をはさんだ。

「食べたほうがいいわ。すっかりさめちゃうわよ」

病気がぶり返して食物を受けつけなくなるのなら、今のうちに食べて体力をつけなきゃいけないわ。谷間のことはわたしだってずいぶん不思議に思い、何度も考えた。特に初めの二、三か月の間、谷間のむこうからあの不気味な世界がじわじわしのび寄ってくるんじゃないかと思っていたから、なおさらね。でも、結局この谷間は無事だし、現実にわたしたちは、ここで暮《く》らしているもの。理論上の可能性なんて論じても、あまり意味のないことだわ。この話をしていたときは、あの人が科学者で、化学が専門《せんもん》だなんてまだ知らなかった。なんといっても科学者というのは、できごとをありのままに受け入れるだけでは気がすまないんだから――どんなときだって、なぜ、そうなるのか理屈《りくつ》をつけなきゃいられないのね。

ルーミスさんは朝食に手をつけた。体を起こしたままで、自分でジョン・R・ルーミスだと名乗った。もちろんわたしも名前を言った。

「アン・バーデンというのか」

と、あの人は言った。

「だけど、この谷間にはきみのほかはだれも住んでいなかったの？」

「わたしの家族がいたわ。それにお店をやってたクラインさんとおばさんも」

みんなが車で行ったときのようすや、そのまま帰ってこなかったことを話した。アーミッシュの農場のことも、とうさんがオグデン町で見てきたことも。

「きっと足をのばしすぎたんだ」

と、ルーミスさんが言う。

「適当なところで切り上げるのは、なかなかむずかしいんだ。ことに最初はね。ぼくにはわかる。まだ先にある、まだ何かあるって思わずにいられないんだ。それに戦争が終わって、いく日もたたないところは、まだ神経ガスが効《き》いていたしな」

「神経ガスって？」

「たいていの人はこれでやられた。まあ、そのほうがよかったのさ。眠《ねむ》ってしまうだけで、それっきり目がさめないいんだからね」

あの人がイサカからこの谷まで来るのに十週間かかっていた。なのに、それだけ長い道中でただの一度も生命のあるものに出会わなかったのだ――人も、動物も、小鳥も、木や草、虫一匹《ぴき》さえ――目に入るものは灰色《はいいろ》の荒野《こうや》、空《から》っぽのハイウェイ、全滅《ぜんめつ》した大小さまざまの町だけ。最後にクレーポール尾根《おね》にたどりついたときには、もうあきらめて引き返すつもりだった。そのとき、夕闇《ゆうやみ》の中に、ぼうっとかすむ青緑色を見た。初めは湖だと思ったそうだ。それまで出会った湖がどれもこれも放射能《ほうしゃのう》にやられていたように、今度もそうだと思った。ところが翌朝《よくあさ》明るくなってから見ると、その緑が湖のそれとはちがって、もう忘《わす》れかけていた葉っぱの色だということに気がついた。わたしの想像は当たっていたんだわ。あのとき、ルーミスさんはまだ半信半疑《はんしんはんぎ》で、とにかく調べるだけは調べてみようとここへやって来たのね。バーデン・ヒルを越《こ》すまでは、生きているものの世界に、ついに行きあたったことがわからなかったんだわ。そのときのようすは、わたしもこの目で見ている。つまり初めてあの人の姿《すがた》を見たときのことだ。

ルーミスさんは朝食を終えた。すっかり食べて、コーヒーも飲んだ。でもまだ元気はなく、テントの中にひっこんで、寝袋《ねぶくろ》の上に横になった。

「どうしてテントで寝るの？」

わたしはたずねた。

「また具合が悪くなるのなら、家で寝たほうがいいんじゃない？」

「テントは放射能を通さないから」

と、ルーミスさんは答えた。

「でもこの谷間には放射能はないわ。もうわかったでしょう」

「わかった。でも最初は信じられなかったんだ」

「今はわかってるじゃない」

「ああ。だけど、もうきみが戻《もど》ってきたんだから、家はきみのものだ」

「あなたが病気で、わたしが看病《かんびょう》しなきゃならないんだったら、家にいてくれたほうが都合がいいの」

　ルーミスさんはそれ以上何も言わずに立ち上がった。足もとがひどくふらつき、家のほうへ二、三歩進んだと思うと立ち止まる。

「ひどく目まいがする。休まないと」

「わたしに寄りかかっていいのよ」

　と、わたしは言った。

　ルーミスさんはわたしの肩《かた》に手をかけて、ずしりと重たくもたれかかってきた。ちょっと休んでまた歩く。こんな調子で家まで歩き、ポーチの階段《かいだん》を上がり、ジョーゼフとデビッドの部屋へたどりつくまで、およそ十分もかかった。部屋は、幸い一階にあって、居間のとなりだ。ルーミスさんはデビッドのベッドに横になると、寝てしまった。毛布をかけてあげた。

　ルーミスさんは昼近くまで眠《ねむ》った。その間に池を通り越して遠くの芝地《しばち》へ行って雌牛《めうし》二頭と子牛を連れ戻し、囲いへ入れた。牛はしばらく放されていた間に好き勝手な生活に慣れてしまって、いっしょに帰ろうとはしない。とうとう、小枝を手に持って追いたてなければならなかった。もちろん子牛はあちらこちら逃《に》げまわっていたけど、やっと雌牛《めうし》二頭を囲いの中に追いこみ、入り口の戸を閉《し》めた。数分すると、子牛も入りたがって大声で鳴いた。乳《ちち》の出るほうの牛（母牛）を納屋《なや》に入れて、しぼった。今でも、一回しぼると四リットルほど乳が出る。それでも一年たたないうちに出なくなるのはわかりきっている。そうなると、雄《おす》の子牛が成牛になるまで（子種ができるまで、という意味）当分は牛乳《ぎゅうにゅう》なし、クリームなし、バターなし。成牛になるのにいったい何か月かかるのかってことも、わたしにはわからない。家に戻《もど》ってみると、ルーミスさんはちょうど目をさましたところで、まだベッドにいた。昼食を作っていくと、ルーミスさんは自分のことをまた少し話した。

話はあの人がコーネル大学の大学院生だったときのこと。ルーミスさんはそのころ有機化学を勉強していて、プラスチックとポリマー（重合体）の研究をしていた（ルーミスさんの説明によると、ポリマーとはナイロン、ダクロン、伸縮性《しんしゅくせい》のあるプラスチックのラップを作る高分子化合物だ）。ルーミスさんの研究室の主任教授《きょうじゅ》はキルマー博士《はかせ》といって、前にノーベル賞をもらったことのあるとても有名な学者だった。

キルマー教授は大学の研究活動のほかにも、政府から助成金を受けて、教授のために建てられた特別研究室にこもって仕事に没頭《ぼっとう》していた。その研究所はコーネル大学の敷地《しきち》内ではなくて、三十キロばかり離《はな》れた山の中にあった。そこでの研究はすべて極秘《ごくひ》だったが、それもプラスチックとポリマーに関連のあるもので、この分野もやはり教授の専門《せんもん》だった。

ルーミスさんは教授をかなりよく知ってはいたけれど、（なにしろ教授の弟子だから）教授は四六時中、自分の研究にかかりっきりで、特につき合いのいい人ではなかった。ある日、コーネル大学の理学部にある教授の部屋に、ルーミスさんはよばれた。教授は見るからに興奮《こうふん》していた。ドアが閉まるが早いか、ルーミスさんに、秘密《ひみつ》の研究所でいっしょに仕事をする気はないかと切り出した。教授の話では、とても重大な発見をしたので、研究員をふやしたいということだった。ルーミスさんは考えた末に、その話を受け入れた――教授の説明によると、どのみちルーミスさんの研究と同じ分野の仕事だったし、引き受ければ研究しながらお金も入る。

新発見というのは、プラスチックを磁気化《じきか》する方法だった。ルーミスさんは「分極化」（ポラライジング）なんてむずかしく言ったけど、磁性を持たせるっていう意味だ。プラスチックはポリマーでできているから、磁性化したプラスチックは「ポラポリー」と名づけられた。

それを聞いただけでは、教授がどうしてその発見をそれほど喜んだのか、わたしにはわからない。その用途《ようと》を説明されてみると、確かに政府にしたら一大発見だった――そうにちがいないっていうことがわたしにもわかった。肝心《かんじん》な点は、磁気が放射能《ほうしゃのう》を通さない、というか、その表現が適当でなければ、少なくともそらす力があるということだ。人間を宇宙線《うちゅうせん》から守っているのが地球の磁場《じば》であることを（学校で教わっていた）ルーミスさんの話で思い出した。だから磁気をおびたプラスチックが放射能《ほうしゃのう》から身を守る服に活用されてもいいわけだ。

政府が――軍隊のことだけど――ほしかったのは、これなのだ。これさえあれば、原子爆弾《ばくだん》が投下された地域《ちいき》でも軍隊が生きつづけられる（戦いつづけられる！）からだ。政府は、いつかは一般《いっぱん》市民にもその服を支給するつもりだったんだろうけど、軍隊にその服がすっかりいきわたったあとのことなのだ。

これは戦争の始まる三年ほど前の話だ。次の日ルーミスさんが出かけていった研究所は、山《さん》腹《ぷく》の岩壁《がんぺき》をくりぬいて、地下二十四メートルのところに作られていた。家一軒《けん》くらいの広さがあった。ルーミスさんはそれから三年間、ほとんど毎日そこで研究し、たびたび泊《と》まりこんだ。寝泊《ねと》まりできる設備があったから、手をぬけない実験にかかっているときは、イサカまで帰らなくてもよかった。食料もあり、炊事《すいじ》する部屋もあった。

政府の計画がプラスチックの服を作るだけでなくて、もっとやっかいなものだということが、そのうちにルーミスさんにわかってきた。兵士がまわりの空気を呼吸《こきゅう》したり、水を飲んだりできなければ、いくら放射能をふせぐ防護服を支給してもたいした意味はない（食料なら、むろん容器ともどもプラスチックでつつめば解決する）。でもキルマー教授《きょうじゅ》はすでにそのプラスチックを加工する作業にとりかかっていた――磁気をおびたプラスチックを、うすい、わずかに浸透性《しんとうせい》のある膜《まく》にして水を濾過《ろか》させる。この膜を通すと、水に不純物《ふじゅんぶつ》が多ければ多いほど、少ししか濾過されない。でもいったんこされた水は飲める水になるという仕組みだ。このプラスチックのフィルターは放射性物質を通さないからだ。次に空気を浄化《じょうか》する似たような膜を考え出した。このほうが水の濾過よりもむずかしい。きれいになった空気を逃《に》がさないようにして圧縮《あっしゅく》し、ボンベにおしこまなければならないからだ。でもとうとう成功《せいこう》した。人が持ち運べて、しかも手動ポンプで操作《そうさ》できるように、一連の装置《そうち》をコンパクトにまとめたのだ。つまり、これが（今になってわかった）、ルーミスさんの持ってきたものだ——初めてあの人を見たとき着ていた緑色っぽい服、それと背中《せなか》にしょっていた空気ボンベ。水の濾過装置とこした水は、ワゴンの荷物入れの中にしまってある。もちろんテントも服と同じプラスチックでできているし、荷物入れだってそうだ。

この装置は全部研究所で考え出され、戦争の始まる直前に、試作品がそれぞれひとつずつ完成した。完成したという報告書がワシントンに送られ、あらゆる角度から検査するために国防総省の調査団が来るばかりになった。検査に合格し、万事オーケーとなったら、全国のプラスチック工場で生産を開始するはずだった。

でも、国防総省の人々はついにやって来なかった。すべてがあとの祭り。戦争が始まり、防護服はただのひとりの手にもわたらないうちに、戦争は終わってしまった。とても一般市民に支給するどころの話じゃない。爆撃《ばくげき》の始まった夜、ルーミスさんは研究室で夜ふけまで仕事をしていた。爆撃のニュースをラジオで聞き、少なくともしばらくの間は、休憩所《きゅうけいじょ》にとどまって、なりゆきを見ることにした。食料は充分《じゅうぶん》あった——ほとんどが軍用のフリーズドライ食品（保存期間は無限）だったのは、食料包装用《ほうそうよう》のプラスチックも実験中だったためだ。キルマー教授《きょうじゅ》は研究所にいなかった。イサカへ戻《もど》っていたのだが、ルーミスさんはそれっきり教授の姿《すがた》を見ることはなかった。

研究所では食料のほかに、世界でただ一着きりの放射能《ほうしゃのう》から身を守る服と、空気と水の濾過《ろか》装置《そうち》がルーミスさんの手もとに残された。

ルーミスさんもわたしと同じように、放送局が次々と聞こえなくなるのを自分の耳で確認《かくにん》している。それでもなお、自分の研究所と同じように地下の施設《しせつ》に生き残った人がきっといると思っていた。たとえば空軍にはシェルター（核退避壕《かくたいひごう》）があるだろうし、その中には何か月も生きのびられるようにあらゆる設備が整っていたはずだ。ルーミスさんとちがうところは、万一中の人が生き残ったとしても、その人たちは一歩も外へ出られないのに対し、ルーミスさんは出歩けることだ。

ルーミスさんは研究所に三か月間こもって、大気中の放射能値が下がるのをひたすら待った。でも、それはいっこうに下がらなかった。そこで何度か外のようすをさぐりに出るようになった。初めのうちは、小手調べ程度のものだった。防護服は研究所の中でこそ、慎重《しんちょう》に検査され、予想されるどんな放射能濃度《のうど》の中でも安全なはずだった。でも〝実地〟に使われたことは一度もなかったのだ。だからこそルーミスさんは用心したわけだが、その用心深さがあの人の命を救った。たとえば、まず最初は大きい町の中ではいちばん近いイサカへ車を走らせたくて、矢もたてもたまらなくなった。だけど、乗る前に、研究所のガイガー・カウンターを使って車内の放射能値をはかってみた。ところが、車内はなんと大気中の十倍も高い濃度を示した。金属の車体が車内で、前後左右上下から放射能を反射させたために、予想をはるかに上まわる濃度となったのだ。どう見ても防護服を着ていればだいじょうぶだという理論的限界ぎりぎりだったので、ルーミスさんはそんな冒険《ぼうけん》はとてもできなかった。

それからは、数知れない自動車でためしてみたけど、結果はどれも同じ——ルーミスさんの言葉を借りれば、安全基準《きじゅん》をはるかに上まわっていた。オートバイでさえ危険《きけん》だった。自転車はなんとか乗れそうだったが、ごわごわかさばったプラスチックの服を着ていたんじゃあ、とても乗れたものではない。結局歩くことにして、荷物はワゴンの荷台にのせた。ワゴンには自転車の部品を使い、大きくて軽いベニヤの箱にポラポリーをかぶせて、自分で組み立てた。

初めて遠出をしたときは西へ向かった。目的地はシカゴだ。そこに地下の空軍司令部があるのを知っていたからだ。地図を調べて一日に歩く距離《きょり》、所要時間、持っていくフリーズドライ食品の必要量を計算した。道中食べられる物が手に入らないのはわかっていた。地下司令部にさえいれば、食料があるかもしれないが、それをあてにすることはできない。

空軍基地は無事だった。バリケードもへいもフェンスも建っているし、一キロ半ほど手前から「立ち入り禁止」の標識《ひょうしき》が並《なら》んでいた。でも、まるで屠殺場《とさつじょう》。外の兵舎に駐屯《ちゅうとん》していた人たちが、我先《われさき》に安全な地下壕《ちかごう》目がけて殺到《さっとう》したのは一目瞭然《いちもくりょうぜん》だった。その中には基地周辺の市民も混じっていたし、戦争のようなさわぎの中で、手榴弾《しゅりゅうだん》まで使われたのだ。シェルターの外にも、入り口を入ってすぐのところにも、死体は累々《るいるい》とつづき、だれひとり生きている気配はなかった。ルーミスさんはエレベーターで地下におりようとしたけど、エレベーターは動かない。仕方なく、トランクから懐中電灯《かいちゅうでんとう》をとってきて、急勾配《きゅうこうばい》のはしごのような階段《かいだん》をおりた。十段ほどおりると真っ暗で、もう何も見えない。

さらに九十段おりて、司令部に入った。そこは思ったほどやられていなかった。大きい楕円《だえん》形《けい》の部屋は、壁《かべ》に地図がかかっていて、机《つくえ》、電話、それにコンピューターがずらりと並んでいる。軍服姿《ぐんぷくすがた》の男が三人、机におおいかぶさって死んでいた。弾《たま》をこめたライフル銃《じゅう》が三ちょう、それぞれのわきに置かれていた。でも、撃《う》たれてはいなかった。窒息死《ちっそくし》だろうと、ルーミスさんは言った。地下の空気はボンベに入った酸素混合物《さんそこんごうぶつ》にたよっていたのに、地下のいりくんだ構内のどこかで、空気循環《じゅんかん》ポンプがこわされていたのだ。

シェルターを見まわしてからルーミスさんのくだした結論は、ポンプが無事だったとしても、結果にたいしたちがいはなかっただろうということだ。シェルターは、このシカゴのでも、世界中のどこのものでも、それぞれ有効《ゆうこう》期限があり、それを過ぎれば外へ出ても安全だという仮《か》定《てい》のもとに、三か月か六か月、あるいは一年分の水と空気がたくわえられていた。だが、現実は、計算どおりに運ばなかった。

ルーミスさんはこれまでの話を、昼食をすませたあと、デビッドのベッドに横になったまま、しゃべりつづけたのだ。話さずにいられない気持ちはわかるけど、だんだん疲《つか》れてきているのも確かだ。今ここに書いたところまで話し終えると、腕《うで》をのばして、盆《ぼん》の上のコップをとりあげ、水を飲もうとした。コップは空《から》になっていたので、わたしは盆とコップを台所にさげた。水をくみ、部屋へひき返す途中《とちゅう》、どうしても聞いてみたいことをもうひとつ思い出した。

水をわたし、そのことをたずねた。

「エドワードって、だれ？」

テントで初めてわたしを見たとき、あの人は錯乱《さくらん》した頭で、わたしのことをエドワードってよんだもの。

そうたずねたとき、一瞬《いっしゅん》ルーミスさんの病気がぶり返したんじゃないかと思った。なぜって目がまたギラギラして、まるで悪夢を見ているようだったから。コップをつかんでいた手が思わずゆるんで、コップは床《ゆか》にすべり落ちた。その音に、ルーミスさんはっとして我《われ》に返り、いやいやをするように頭をふった。それから目つきがおだやかになった。それでもわたしから目を離《はな》さない。

「どうしてエドワードのことを知っているんだ？」

「テントの中で初めてあなたに会ったとき」

と、わたしは答えた。

「わたしをエドワードってよんだのよ。ルーミスさん、どうしたの？　気分が悪いの？」

あの人はほっと緊張《きんちょう》をといて、

「突然《とつぜん》で、びっくりしたんだ」

と言った。

「エドワードはキルマー教授《きょうじゅ》やぼくといっしょに研究所で仕事をしていた仲間だ。しかしぼくがあいつの名前を言ったとは知らなかったな」

わたしはもう一度水をくんできて、さっきコップを落とした床を片《かた》づけた。

7　うなされるルーミスさん

六月三日

四日たった。ルーミスさんが身の上話をしてくれた翌日《よくじつ》も、容態《ようだい》はあまり変わらない。ルーミスさんに体温計をわたし、いっしょに熱の上がり下がりを調べ始める。朝は三十七度五分《ぶ》、昼になると三十八度三分に上がり、夜はまた三十七度五分に戻《もど》る。ルーミスさんによれば、このくらいの熱はまだ〝序《じょ》の口《くち》〟。本格的な症状《しょうじょう》はこれからだそうだ。

アスピリンを飲めばいいのにと思ったけど、そんなもの飲んだって効《き》きやしない、それにアスピリンは大事にとっておかなきゃいけないと、ルーミスさんはとりあわない――店に半ダースあるあのびんは、それこそこの世に残された最後のアスピリンだからって、ルーミスさんはまじめくさって言ったけど、半分は冗談《じょうだん》のようにも聞こえた。

仕事は山ほどある。この谷間で――この家の中で――ルーミスさんといっしょに暮《く》らすんだもの、ひとりぼっちのときよりもまともな料理をしなくちゃ。前にも書いたように、ルーミスさんの具合がまた悪くなるのなら、まず体力をつけることだわ。どのみち、わたしは料理がきらいじゃない。ひとりきりだったころは、手間をはぶくことなんてしょっちゅうだった——自分ひとりのために手をかけて作るのがばからしい気がしたのだ。

そんなわけで料理の材料をとりにクラインさんの店へ何度も足を運ぶことになった。材料といったって、もちろん全部缶詰《かんづめ》か乾物《かんぶつ》だ。もう一度畑仕事をやれるようになるまでは、新鮮《しんせん》なものは牛乳《ぎゅうにゅう》と卵《たまご》しか手に入らない。もう六月に入っているんだもの、ほんとに急がなくては。あんなにそこいらじゅうめちゃくちゃに掘《ほ》り返《かえ》さなきゃよかった——そうすれば今すぐにもとりたての青菜が食べられたのに。レタスだって食べごろになっていたはずよ。青菜もレタスも今からまき直すのは、たぶんおそすぎる。でも、とにかくやるだけはやってみよう。たのみの綱《つな》は、このまま涼《すず》しい日がつづいてくれること。そうしたら収穫《しゅうかく》は無理でもせめて来年のために種をとる分くらいはできるわ。とはいっても、ひと皿の野菜サラダと新鮮な青菜がとても食べたい。

鍬《くわ》と鋤《すき》をかかえて畑に行った。ファロが寄ってきて、最初に掘り起こしたシャベル二、三杯《ばい》分の土に鼻を近づけてくんくんかいでいる。それから自分でも土をかき出して小さな穴《あな》を掘り、その上に寝《ね》そべった。日なたはぬくぬくと暖《あたた》かい。ファロは帰ってきたときよりも、見ちがえるほど元気になった。

鋤で掘り起こすのは、簡単《かんたん》だった。前に一度掘り返してあったので。肥料《ひりょう》もまだきいているから、わざわざ運んでくる必要もない。種はたっぷりある。ほら穴へうつったときに、運んでおいたものだ。でも、畑を掘り起こしてみて――じっさいは種まきをしたところもあった――この程度の広さではまかないきれないわって気がついた。ふたりなら、当然何もかも二倍必要になってくるし、貯蔵分《ちょぞうぶん》にも少しはまわしたい。店にある缶詰だって、いつまでもあるわけじゃないもの。畑を二倍に広げなければならないわ。

あいてる土地はたっぷりある。新しく広げるところは、芝地《しばち》に鋤を入れなくちゃいけないから、掘り返すのは、今までよりずっと骨《ほね》がおれる。でもけっこうはかどったわと思いながらふと気がつくと、ファロが立ち上がってしっぽをふっている。わたしは顔を上げた。ルーミスさんだ。門柱によりかかってわたしを見ていたんだ。昼食をすませてわたしが出かけるときには、ルーミスさんはまだデビッドのベッドで横になっていた。

そろそろ日が暮《く》れる。もう仕事をやめて夕食の仕度《したく》にとりかからねば。

ルーミスさんに見られているのがなんとなくはずかしい。わき目もふらずに働いていたから体じゅう泥《どろ》まみれで、ほてっているし、汗《あせ》だくだ。汚《よご》れを落としてさっぱりしてから、ルーミスさんの部屋に行くつもりだったのに。

それよりもっと気になるのは、ベッドをぬけ出してこんなところまで来るなんて、あの人はいったい何をしていたのかしら。わたしは鋤《すき》を持ったままルーミスさんのそばへ行ってきいた。

「どうしたの?」

「いや、別に。ただ退屈《たいくつ》でね。暖《あたた》かいし、それで出てきたんだ」

退屈だなんて、そんな気分、とっくに忘《わす》れていたわ。いつだって仕事が山ほど。もっとも、病気で寝《ね》こんだことがないから、わからないのもあたりまえね。ルーミスさんに読み物を数冊《さつ》わたしておいたけど、あれはかあさんが愛読していた歴史小説だ。きっとルーミスさんの好みじゃないのね。本は二階のわたしの部屋にもまだ何冊かある。でもほとんど教科書か子ども向けのものばかり。本を読みたいときは、いつもオグデン町の公立図書館を利用していたもの。

「土を掘《ほ》り返《かえ》していたのよ」

とわたしは言った。もちろんわたしが何をしていたのかルーミスさんは先刻《せんこく》承知だ。

「ここを畑にするの」

「女の子にはきつい仕事だね」

ルーミスさんはたぶん、目もあてられないわたしのようすを見て言ったのだと思う。

「慣れているのよ」

ほとんどは前に一度掘り返したところだから、はたで見るほどたいへんでもないのよと言いかけて、口をつぐんだ。言わないでおこうと思った。あの人がやって来ると最初に気がついたとき、わたしがどんなに恐《おそ》ろしい思いをしたか、ルーミスさんには知られたくない。

ルーミスさんはけげんそうだった。

「それにしても、全部手でやらなくちゃならないのかね？　おとうさんはトラクターを持っていなかったの？」

「納屋《なや》にあるわ」

「きみは運転できないの？」

「できるわよ。でもガソリンがないでしょ」

「いや、店にガソリンポンプが二台あった。ガソリンはあるはずだよ」

そのとおりだった。アーミッシュの人たちは自家用車を乗りまわしたりはしなかったけど、トラクター、刈《か》り取《と》り機、干《ほ》し草《くさ》の梱包機《こんぽうき》、そのほかの農機具類はずいぶん使っていて、クラインさんからガソリンを買っていたのだ。

「あることはあると思うけど、電気がなくちゃポンプが動かないでしょう」

「それできみはシャベル一ちょうで畑仕事を全部やってきたってわけだ。ポンプからモーターをはずして手動に切りかえるくらい、わけはないことだって思わない？　四千か五千ガロンはあるんじゃないかな」

ルーミスさんは笑った。それを見ていたら自分がひどく間抜《まぬ》けだなって気がしてきた。

「電気モーターだのポンプだのって、まるでチンプンカンプンなんだもの」

「ぼくならわかる。少なくともその程度のことならね」

「あなたがまた元気になったらね」

そのことについては話し合ったことはなかったけど、ふたりともルーミスさんが回復するのは当然だという気になり始めていた。

ルーミスさんがガソリンとトラクターのことを話すのを聞いて、飛び上がるほどうれしかった。どうか実現しますように。三頭の牛に冬の間食べさせる牧草《ぼくそう》はどうにかまにあいそうだ。でもぎりぎりだから、トラクターを動かすことができたら、黄金色に変わった牧草を刈《か》り入《い》れ、干《ほ》し草《くさ》にだってできる。そうなれば家畜《かちく》もふやせるわ。

わたしたちが、家路をたどるとき、太陽はしずみかけていた。この谷は周囲を高いびょうぶのような山々にとり囲まれているので、いつも早々と日がしずみ、朝はなかなか太陽が姿《すがた》を見せない。うす暗くなってから日が暮《く》れるまでが、とても長い。平地で見られるような、壮大《そうだい》な日没《にちぼつ》風景なんてここでは見られない。でもこんなことはまだ序《じょ》の口《くち》。とうさんの口ぐせでではないけど、「谷ではね、本物の日没は東側なんだな」ということになる。そしてほんとうにそのとおりなのだ。太陽が西の尾根《おね》に消えると、オレンジ色の残光が東側の丘《おか》のふもとからだんだん染《そ》めていき、そのあとを夕闇《ゆうやみ》が追いかけて昇《のぼ》っていく。ついには頂上《ちょうじょう》の高い木立のてっぺんだけが光るのだが、そのときのながめは、まるで木々が燃えあがったのかと思うほどだ。それからだんだん色あせていき、やがて見えなくなると夕闇がおとずれる。

わたしたちはちょっと足を止めて、夕日に見入った。ルーミスさんはさっき門柱に手をかけていたときのように、わたしの肩《かた》に手を置いて寄りかかった。わたしがルーミスさんの役に立っていると思うと、ちょっといい気分だ。でもそれから家までは、ルーミスさんはひとりで歩いた。ルーミスさんは目に見えて元気になり、しっかり立っていられるようになった。こうしてみると、ルーミスさんて、ほんとにとてもノッポなんだわ。

その夜は冷えこんできたので、夕食をすませてから居間の暖炉《だんろ》に火をおこし窓《まど》を閉《し》めた。居間はルーミスさんの――かつてはジョーゼフとデビッドのものだった部屋ととなりあっているので、わたしは境のドアを開けて、むこうも暖まるようにした。ルーミスさんは食事がすんでも、すぐには部屋に戻《もど》らないで暖炉の椅子《いす》にすわっている。

居間には布張りの大きな椅子が二脚《きゃく》とソファがひとつ、全部暖炉に向けて置いてある。冬になると、とうさんもかあさんも、こうして並《なら》べておくのが好きだった（今年の冬、火のそばが恋《こい》しくて、このソファをベッドがわりにした）。ルーミスさんがすわった椅子は、とうさんの愛用していた椅子だ。電気スタンドは、まだ椅子の横に置いてある――そこにスタンドを置くと部屋がひきたつので、そのままにしておいた。それにあかりがともることはもうないだろう。部屋の一方の壁際《かべぎわ》にプレーヤー、もう片方《かたほう》の壁にはピアノが置いてある。

「本を持ってきましょうか」

ルーミスさんが退屈《たいくつ》しているのではないかと思って聞いてみた。

「椅子《いす》の横のテーブルにランプを置けばいいんだから」

「いや、せっかくだが、しばらくこうして火を見ているだけでいい。そのうちに眠《ねむ》くなるさ。火っていうのはそうしたものだから」

ルーミスさんはそう言ったけど、何をしてあげればいいのか、今ごろになって気になった。ルーミスさんがすることは何ひとつない。わたしがひとりのときは——ひとりだったときは——いつだって一日が終わればぐったり疲《つか》れていたし、洗《あら》い物《もの》とか針仕事《はりしごと》とか、そんな仕事がなければ、たいてい夕食をすませて眠ってしまった。こんなときはラジオを聞けたらいいんだけど。それともプレーヤーがまわってくれないかしら。なかなかすてきなプレーヤーだけど。レコードだっていっぱいある。電気がなければ宝《たから》の持ちぐされね。わたしは、今までならとてもできないことをしてのけた。

「ピアノをひきましょうか？」

それからあわてて言いそえた。

「あんまりじょうずじゃないけど」

驚《おどろ》いたことに、ルーミスさんはわたしの言葉に飛びついてきた。興奮《こうふん》したといってもいいくらい。

「ほんとにひいてくれるの？　音楽なんてもう一年以上聞いてないんだ」

そんなに喜ばれると、なんだか悪いみたい。うまくひけないだけじゃなくて楽譜《がくふ》もあまりないんだもの。あるものといったら、ジョン・R・トンプソンの教則本第二巻《かん》とトンプソンの『やさしい曲集』。それにいつか習った「エリーゼのために」の譜だけ。教則本は指の部分練習のための曲ばかり。

わたしはピアノのそばにランプを持ってきて、『やさしい曲集』をひき始めた。ほとんどとてもやさしい、他愛《たあい》のない曲ばかり。けど、ページが進んで終わりころになると、むずかしくて、なかなかすてきな曲もいくつかある。ひきながらときどきルーミスさんに視線《しせん》を走らせた。あの人はわたしのピアノに聞きほれているように見えた。喜んでくれたからこそ、いつもよりじょうずにひけたような気がしたし、まちがえずにすんだのかもしれない。ルーミスさんは、手をたたいてくれたわけでも、ほめ言葉ひとつかけてくれたわけでもない。椅子から身を乗り出して身じろぎもせずに聞いていただけだ。『やさしい曲集』をひき終わると、次は「エリーゼのために」、その次は教則本から二、三曲ひいた。賛美歌を別にすれば、わたしがひけるのはそれだけ。

賛美歌なら日曜学校の子どもたちにいつも伴奏《ばんそう》していたから、どんな曲よりも自信がある。讃美歌集を開いて、好きな曲を二つひいた。「おおいなるかな、主なる神」と「エデンの園にて」。メロディはきれいなんだけど、歌うための曲だから、ピアノでひいて楽しむように作られていない。「エデンの園にて」をうんと静かにひいてから、もう一度ふりむいたら、ルーミスさんは眠《ねむ》っていた。前のめりの姿勢《しせい》のままなので、椅子《いす》から落ちるんじゃないかと心配になって、ひく手を止めた。とたんにルーミスさんが目をさました。

「ありがとう。すばらしかった」

と言って、ちょっと間を置いてからつけ加えた。

「こんなすばらしい夜、ぼくは初めてだ」

わたしは聞き返した。

「初めてって、戦争以来っていうことでしょ？」

「文字どおりの意味だ。ぼくは〝初めて〟だと言ったんだ」

ルーミスさんの声は何か腹立《はらだ》たしそうだ。熱もあるんだし、気分だってまだよくないんだもの、無理もないわ。

ルーミスさんは寝室《しんしつ》へひきあげた。

「部屋のドアは開けたままにしておけば」

と言い、わたしは暖炉《だんろ》に薪《たきぎ》を数本足した。太い丸太だから、ひと晩《ばん》は持つだろう。わたしも二階の自分の部屋に行った。驚《おどろ》くほど気温が下がっている。冬の寒さほどではないにしても、それでもやはり相当なものだ。毛布を二枚《まい》かけてベッドに横になり、どうしたら暖《あたた》まるかしらとばかり考えていた。

なぜかしら、賛美歌をひいてから悲しくなってしまった。自分の家にいるのに、まるでホームシックにかかったみたい。賛美歌をひいたら日曜学校を思い出したんだわ。通学のときはほかの子たちといっしょにバスに乗って行ったけど、日曜学校に行くときは、よそいきの服を着て、とうさん、かあさんといっしょにうちの車でオグデンまで出かけた。そんなときはいつだってお祭りみたいに楽しかった。日曜学校には思い出がいっぱい。行き始めたのは二歳《さい》のとき。わたしには、あれが保育園や幼稚園《ようちえん》のようなものだった。アルファベットを覚えたのもあそこでだ。『聖書《せいしょ》の文字の本』という一冊《さつ》の絵本があった。最初のページが、「A《エー》はアダムのA」で、リンゴの木のそばに立っているアダムの絵がのっていた。白く長い服を着ているところが聖書とはちがっていたけど、もちろん子ども向けのものだから、ああなっていたのだろう。次は「B《ビー》はベンジャミンのB」、「C《シー》はクリスチャンのC」とつづいて、最後のページが「Z《ゼット》はザカリヤのZ」（Z For Zechariah は本書の原題）で結んであった。アダムがこの世で最初の人間だとは知っていたから、ザカリヤという人（洗礼者《せんれいしゃ》ヨハネの父）は最後の人間にちがいないと、長い間思いこんでいた。この一冊《さつ》で、アルファベットの二十六文字を全部覚えてしまい、小学校に入学するころには、たどたどしいながら本を読めるようになっていた。

日曜学校のことを思い出したり、ルーミスさんがきげんを悪くしたことを考えているうちに、またほら穴《あな》に行きたくなった。なんとなくあちらのほうが居心地がいいような気がし、ついにほら穴へ行って寝《ね》ることに決める（毛布を二、三枚《まい》と身のまわりの物がまだほら穴に置いたままになっている）。ぬけ出したことをルーミスさんにさとられないうちに、朝早く帰ってこよう。起き上がり階段《かいだん》をおりて、玄関《げんかん》へ向かった。ルーミスさんが寝《ね》ている部屋のドアを通りすぎたとき、ひと声叫《さけ》ぶ声がした。間をおいて、またひと声。大声でしゃべっているけど、何を言っているのか聞きとれない。声のようすでは何か困《こま》っているようだ。助けてほしいのかしら。

わたしはドアのところに引き返した。ルーミスさんは夢を見ていたのだ。いやな夢、きっと恐《おそ》ろしい夢なのね。はげしい感情にかられてまくしたてているけど、ときどきすさまじいけんまくで怒《おこ》っている。ふっと口をつぐむのは、まるでだれかが答えているのを聞いているって感じ。わかったわ。ルーミスさんはだれかと話しているんだ。わたしが聞いているのは、ルーミスさんがその人に言っている部分なんだ。すべてがはっきり聞きとれたわけではないけど、ルーミスさんはエドワードに向かってしゃべっているんだわ。

「預《あず》かっているって、何を預かったんだ？」

と、ルーミスさんが言った。しばらく間をおいて、また、

「もうだめなんだ、エドワード。今となっては、そんなことしてもなんにもならんのだ」

——沈黙《ちんもく》。

「何になるんだい？　まちがいなくみんな死んでいるんだ。万が一なんてことはないんだよ。わからないのか？　メアリーはもう死んでいるんだ。ビリーも死んだ。どうしようもないんだよ」

こんな会話がつづいているうちに、ルーミスさんの声はだんだん静かになっていき、ついには低いつぶやきになり、聞きとれなくなった。ふいにまたルーミスさんは大声をあげる。とてもせっぱつまった調子で。

「出ていけ。いいか。出ていくんだぞ。——」

最後は何を言ったのかわからない。あとは身の毛もよだつようなうめき声。すごく苦しそうなので、てっきり怪我《けが》をしたのかしらと思ったほど。でも、そのあとはシーンとしている。

寝室《しんしつ》のドアにしのびより、聞き耳を立ててた。ルーミスさんは規則正しい静かな寝息を立てている。どんなにひどい夢だったのか知らないけど、とにかく終わったんだわ。だけど、まだ気がかり。あれはただの悪夢、それともまた錯乱《さくらん》したのかしら？　病気がぶり返してくるんじゃ

ないかしら。わたしはひやひやした。

結局、ほら穴《あな》へは行かないほうがよさそうね、と思い直す。万一ルーミスさんが助けをよんだら困《こま》るもの。

わたしは二階へ引き返し毛布にくるまった。それからすぐに、ドアの外でフンフンと鳴く声がしたので、ドアを開けファロを部屋の中に入れた。ファロが横にもぐりこんできた。いつの間にか、わたしは眠《ねむ》っていた。

8　来年の六月には

六月三日つづき

夜明け前、いいことを思いついたような気がして目がさめた。どうすればサラダを作れるか。ヒントは夢。柳細工《やなぎざいく》のかごを手にさげたかあさんが野原を横切って、森の中へ入っていく夢だった。目がさめると、そうだ、かあさんはつみ草をしていたんだって思い出した。クレソンやタンポポの若葉《わかば》やアメリカヤマゴボウの新芽をつんでいるところ。あれは、かあさんの六月初めの年中行事だった。池のむこうの遠い芝地《しばち》のはずれに、そんな野草が生えている。野ゼリはオランダガラシによく似ていて、タンポポの若葉と混ぜると、おいしいグリーン・サラダになる。アメリカヤマゴボウの新芽は、火を通さないと食べられないけど、やわらかいうちは、ホウレンソウみたいな味がする（大きくなったものは苦いし、腹痛《ふくつう》を起こすことがある）。毎年春になるとかごを持ってつみ草に出かけるかあさんに、デビッドとジョーゼフとわたしはいつだってついて行った――もちろんファロもいっしょに。こんなすてきなことを今の今まで忘《わす》れていたなんて。夢もときには役に立つことがあるんだわ。

わたしはこの思いつきにすっかりうれしくなって、ベッドを飛び出した。かごのありかは台所の食器戸棚《とだな》の中だし、野草の生えている場所もちゃんと知っている。わたし自身、新鮮《しんせん》な野菜を食べたいのはやまやまだけど、ルーミスさんのほうがもっと切実な思いをしているにちがいない。久しぶりとはいってもわたしは去年の夏、畑でとれた野菜を食べた。ルーミスさんはたぶん一年以上も野菜と名のつくものは口にしていないはず。かごをとりに行こうとして、ふと、ゆうべルーミスさんが夢でうなされていたのを思い出した。病気の再発かと気になったけど。足音をしのばせ、階段《かいだん》をおり、あの人が寝《ね》ている部屋のドアの外で耳をすました。ドアはまだ開いたまま。おだやかに眠《ねむ》っているらしく、静かな寝息が規則正しく聞こえてくる。このようすなら出かけたってだいじょうぶだわ。いずれにしろ、あまり長時間留守にするのはよそう。わたしは戸棚からかごをとり、地下室から牛乳《ぎゅうにゅう》をコップ一杯《ぱい》持ってきて（あそこはいつでも涼《すず》しいので卵《たまご》やバターといっしょに、牛乳も置いてある）、それを飲んでから家を出た。朝食は帰ってから作ろう。

外は寒いけど、風もなく気持ちがいい。かれこれ七時だというのに、まだあまり明るくない。太陽はいつだって八時近くにならないと、尾根《おね》の上に顔を出さないからだ。道路を歩いて池を通り過ぎ、それから左に折れて野原を横切った。ファロがついて来て、そこいらじゅう鼻をヒクヒクさせている。草が朝露《あさつゆ》にぬれているので、運動靴《うんどうぐつ》はまたたくまに中までぐっしょり水を吸《す》った。ジーンズのすそがしめってきたので、膝《ひざ》までまくり上げる。それでもわたしはうきうきしていた。大きなバスが飛び上がってはバシャンと池の水面をたたく音が後ろで聞こえる。そうだ、野ゼリやほかの野草をつんで朝食の仕度《したく》をしたら釣《つ》りに来よう。運よくバスが一匹《ぴき》か二匹釣れたら、グリーン・サラダもできることだし、すてきな夕食になるわ。油と酢《す》でおいしいパンケーキも焼こう。

野原のはずれ近くまで来たとき、ファロがいきなりしっぽをピンと立て、前片足《まえかたあし》を折って鼻先をつき出した——獲物《えもの》ですって？　まさか！　わたしはあっけにとられた。この谷間にまだウズラがいるなんて、そんなこと、あるかしら？　信じられないわ。鳴き声を聞いたこともなかったし、ウズラの鳴き声ならひと声聞けばまちがえるはずがない。ファロの後ろからそろりそろりついて行くと、ウサギが一匹背《せ》の高い草むらの中をピョンピョン逃《に》げて行った。ファロがウサギを見つけて知らせると、デビッドはよくしかったものだけど、今はしかってなんかいられない。なにしろほかに追いかけるものはないんだし、ウサギはけっこうおいしいんだもの。しかるどころか、背中《せなか》をポンポンとたたいて、「ファロ、よくやったね」ってほめてやった。でもわたしが銃《じゅう》を持って来なかったので、ファロはがっかりしている。

野原では、野ゼリとタンポポが見つかった。そのむこうの森の周辺では、地面から顔を出したばかりの、まだ食べられそうなアメリカヤマゴボウの若菜《わかな》が見えている。三十分もするとかごはいっぱいになっていた。もうひとつかごを持って来てもよかったくらい。そのときわたしは妙《みょう》な錯覚《さっかく》を起こした。野草の入ってるかごから、突然《とつぜん》、甘《あま》いすてきな香《かお》りが立ちのぼってくるような気がしたからだ。でもそんなこと、あるはずはない。不思議に思って、その香りがどこから漂《ただよ》ってくるのかと、あたりを見まわした。ちょうどわたしが立っているところから五、六メートルほど離《はな》れた森のわきに、野生リンゴの木が一本あって、見事に花をつけている。

あの木がそこにあるのは知っていた。ときどき実を食べたし、かあさんがそれでゼリーを作ったりもした。小さくて固くて、とびきりすっぱい実だったけど、香りはよかった（生で食べるのなら、もっとおいしい実のなるリンゴの木が、納屋《なや》の後ろに何本かある）。

でもこの木が、こんなに美しい花をつけ、こんなにいいにおいがするなんて、ちっとも気がつかなかったわ。風がなくて香りが吹《ふ》き散《ち》らされなかったから、こんなに濃《こ》くなったのね。それにまだ夜が明けきらないので、リンゴの枝と白い花が早朝の薄墨色《うすずみいろ》ににじんで、不思議な美しさをたたえている。二、三歩近づいていって、そこにすわりこんだ。朝露《あさつゆ》にぬれた草にペタンと腰《こし》をおろして、じっとながめた。もしわたしが結婚《けっこん》することがあったら、手に持つ花はリンゴの花にしたいな。そうすると、結婚式は五月か六月の初めってことになるわね。

リンゴの花から、わたしは結婚へと思いをはせた。来年の六月には十七歳《さい》になる。それにしても、今までデートらしいデートをしたのはあとにもさきにも、たったの一回きり。あのときわたしは十三歳、中学生だった。ハワード・ピータースンという男の子が、学校のダンス・パーティにさそってくれたのだ。だけど連れていってくれたのはかあさんで——学校はオグデン町にあった——かあさんはダンスの間じゅうずっとほかのおかあさんたちといっしょに、壁際《かべぎわ》にすわっていた。ハワードが一枚《まい》五十五セントの切符《きっぷ》をわたしの分まで買ってくれたのだから、デート気分はちっともしなかったけど、やっぱりデートにはちがいない。ほかにもボーイフレンドは何人かいたけれど、学校にいる間か、せいぜい放課後に会うだけ。本当のところ、高校でいっしょだった男の子たちはほとんどオグデン町に住んでいて、わたしたちのようにバスで通学する連中は、よそものというか、要するにいなかっぺでおくれていると思われていた。

だから、結婚なんて考えるだけでとても大それたことのように思えた。でも、やっぱり考えずにはいられない——ルーミスさんの病気がなおったら、一年後には結婚の計画を立てたってかまわないわよね。来年の六月、わたしの十七歳の誕生日《たんじょうび》のころに。司式してくださる牧師《ぼくし》さまはいなくても、結婚式の手順なら賛美歌の裏表紙《うらびょうし》に全部のっている。絶対に式はあげなくちゃ。これはどうしてもきちんとしたいわ。それも教会であげないとね。結婚式だなんて、ドキドキしてくるわ。かあさんのウェディングドレスだって着られるかもしれない。ドレスは、かあさんの衣装戸棚《いしょうとだな》の箱にたたんである。

そこまで考えて、あっと思った——当のルーミスさんはどう見ても、まるっきりその気がなさそうなのに。でも知り合ってから間もないのだし、病気が重いんだから。すっかりよくなれば、話し合うときがくるかもしれない。こんなことも考えた——今から十年後のある朝、わたしの子どもたちを連れて今日のようにここへ来てつみ草している——なんてどんな気持ちかしら？　そんなことを想像していたら、かあさんのいないさびしさがこみ上げてきた。今までずっと必死になってこらえてきたのに。わたしはそんな気持ちをふりはらうように立ち上がる。ナイフをとり出してリンゴの花をひと枝切った。ルーミスさんの病室にかざってあげよう。

家のほうへ帰り始めた。途中《とちゅう》、太陽が尾根《おね》の上に顔を出したけど、またたくまに雲にかくれ、空気は相変わらずひんやりしたまま。これはもっけの幸い。なぜって、種まきの終わっていない畑が残っていて、時期がおくれているので、涼《すず》しければ涼しいほど、都合がいい。

家に帰ってみると、中はひっそりとしている。花びんに花を活《い》け、つんできた野草を涼しい地下室にしまった。野草は夕食に使おう。ルーミスさんには思いがけない贈《おく》り物《もの》ってとこね。卵《たまご》と缶詰《かんづめ》のハムとそれにパンケーキをフライパンで焼き、朝食の用意をし始める。あらためて納屋《なや》からあの薪《たきぎ》ストーブを持ってこられたらいいなと思う。あれなら本格的なオーブンとして使えるから、ちゃんとしたオーブン料理ができる。さっそく、前に油をさしておいたボルトを試しに回してみよう。分解できるかもしれない。

朝食と花をさした花びんを盆《ぼん》にのせて、ルーミスさんの部屋をノックした。戸は少し開いている。返事がないので戸をもう少し開けてのぞきこみ、ようやく家の中がひっそりしていた理由がわかった――ルーミスさんはいなかった。

急に心配になる。いても立ってもいられない。あの人が悪い夢にうなされていたことや、それが高熱の始まる前ぶれかもしれないと承知の上で、あの人をひとりにしておいたなんて、わたしが、ばかだった。今この瞬間《しゅんかん》にも、熱にうなされてどこかをさまよい歩いているのかもしれない。家の中かしらと思ってよんでみたけど、返事がない。盆をおろし、朝食がさめないように暖炉《だんろ》のそばに並《なら》べて、玄関《げんかん》へかけだした。

ああ、よかった。ルーミスさんはすぐ見つかった。道路のむこう側の、バーデン・クリークからそう遠くないところで、大きな丸い石に腰《こし》かけていた。イヤホーンのついたガイガー・カウンターを手に、クリークの上流をじっと見つめている。わたしが近づくと、気配に気づいて顔を上げた。そして言った。

「ぼくはてっきりきみが逃《に》げ出《だ》したのかと思ったよ」

「気分悪くないのね？」

わたしはまだ気が気でなかった。

「だいじょうぶだ」

ルーミスさんが言った。

「それどころか、目がさめてみたらずっと気分がよくなっていたから、この川のことが気になり出したんだ――もしかしてきみが目盛《めも》りを読みちがえたか、でなけりゃガイガー・カウンターがぶっこわれていたんじゃないかってね。それでこいつで確かめに来たんだよ」

本当にわたしの読みちがいだったのなら、とてもうれしい！　今まで何を望んだときでも、これほど切実な気持ちになったことって一度もないわ。

でも、読みちがいじゃなかった。ルーミスさんはつづけた。

「骨折《ほねお》り損《ぞん》だったよ。きみは正しく読みとったんだ。ぼくが浴びた放射能《ほうしゃのう》は三百レントゲンをくだらないのは確かだろう」

あの人はがっくりしているはずなのに、相変わらず冷静な口調をくずさない。びくついてるふうでもない。

「わたしの読みちがいだったら、どんなによかったかしら」

「低く読んでいたんじゃないから、事態が悪化したわけじゃないんだ。もしかしたらって思っただけさ。とにかくきみがいないもんだから、ひと休みしながらあの川のことを考え始めたんだ」

「川のことって？」

「放射能に汚染《おせん》されていることは確かだ。だからって川が役に立たないってわけじゃない。あそこは……」

と言ってルーミスさんは三十メートルほど上流を指さした。そこは岩場で、玉石が水をせきとめ、小さな滝《たき》ができている。

「天然のダムってところだな。以前にだれかが石を積み足そうとした形跡《けいせき》さえある」

「ええ、そうなのよ」

わたしが言った。

「とうさんが言ってたわ。今あなたが腰《こし》かけている石は、水車場のだったそうよ。すっかりスベスベになってるでしょう」

「ぼくが考えていたのは粉ひき水車じゃなくて、電気のことなんだ。あのダムをもう一メートルかそこいら高くできたら――幸い水量もたっぷりある。小さな発電機なら動かせるかもしれない」

「でも発電機なんて、ここにはないわ。それにダムを築こうとすれば、どうしたって川の水をかぶってしまうわ。危険《きけん》すぎるわよ」

「ぼくが防護服を着てやれば危険はない。用心すればいいんだ。発電機なら簡単《かんたん》だ。モーターのひとつもあれば――少しばかり手を加えるとできあがる」

「でも、そのモーターはどこから持ってくるの？」

そう言いかけて、思い出した。そうだ、納屋《なや》にモーターが二つ三つあった。とうさんの仕事場だ。確かにひとつは回転砥石《といし》に接続してあって、もうひとつは丸のこぎりについている。そのことを教えてあげたらルーミスさんは顔をほころばせた。

「モーターというのは、農場のそこここに必ずあるものなんだ。やっかいなのは、水力タービンの部分だろうな。しかしね、ぼくにはできると思う。材木とタービンの心棒《しんぼう》になるものがあればいいんだ。上等ってわけにはいくまいが、動くことは動く」

「電灯《でんとう》もつくかしら？」

「そうだな、少しチラチラするかもしれんが、つくだろう。まずは冷蔵庫《れいぞうこ》や冷凍庫《れいとうこ》、そういったものが使えるようになる。こういう器具はあまり強い電流がいらないからね」

また冷蔵庫が使えるようになったら、すてきだわ。それに冷凍庫もですって！　冬に備えて野菜やくだものを冷凍しておけるわ。食べ物のことから、ルーミスさんの朝食をやっと思い出した。暖炉《だんろ》のそばに置いていったので、すっかりパサパサになっていた。わたしだって牛乳《ぎゅうにゅう》と野ゼリを二本つまんだきりで、ほかにはなんにも食べてなかった。

朝食をすませてから、乳《ちち》しぼりをして、また野菜畑に少し種をまいた。メロンとビートと豆を幾畝《いくうね》か。ジャガイモは種イモがまだ残っている。かなりひからびているようだけど、なんとかなるさという気分で張り切っていたので、とにかくこれも野菜畑に植えた。もしかしたら、芽が出るかもしれないもの。

釣《つ》り竿《ざお》をとりに家に帰り、ルーミスさん（横になっていた）に池に行ってくるわと、声をかけた。ルーミスさんはベッドのはしに腰《こし》かけて言った。

「どう思う……」

わたしは黙《だま》って次の言葉を待った。

「釣りに？」

「その――ぼくもいっしょに行きたいんだけど」

困《こま》っちゃったな、ルーミスさんがいっしょに来れば楽しいだろうけど、池までは四百メートルじゃきかないもの。

「熱はどう？」

「相変わらずさ。七度七分《ぶ》くらいだ。たいしたことはないよ」

「外は冷えるわ」

「毛布を持って行けばいい」

「それじゃ、コートをとってきてあげるわ」

玄関《げんかん》わきの洋服入れに、とうさんの古い布のレインコートがあった。釣《つ》りに行ったたってルーミスさんの体に悪いこともないだろうし、かえっていいかもしれない。

「本当に釣りに行きたいの？」

わたしはたずねた。

ルーミスさんは困《こま》ったような顔をした。

「やったことはないんだ。釣り方も知らない」

「教えてあげるわ。とっても簡単《かんたん》。わたしのやり方でやればだけどね。釣り針《ばり》にミミズをくっつけて、ただ水にたらすだけ。うきはつけたりつけなかったりよ」

「うきってなんだい？」

ルーミスさんは本当に釣り方を知らないんだ。

「コルクでつくった小さな玉のことよ」

わたしはうきを一個、ポケットからとり出して見せた。

「これをつけると、釣り針が水の底までしずまないのよ」

「余分があるのかい？」

「ええ、竿《さお》ならデビッドのがあるわ」

あれはデビッドの物入れの中だ。わたしたちは池へ向かった。ルーミスさんはとうさんのコートを着てデビッドの竿をかついでいた。でも結局釣りはできなかった。百メートルほど歩いたところで、ルーミスさんの足がなんだか変におそくなったと思うと、すぐによろめき、釣り竿を落とした。

「すまん。これ以上、無理だな」

いつの間にかひどい顔色になっていて、真っ青だ。ただことではない。

「わたしにつかまって。釣り竿なんかそこに置いて。さあ、戻《もど》りましょう」

「貧血《ひんけつ》だ」

ルーミスさんが言った。

「こうなることはわかっていたんだが、この病気には貧血がつきものなんだ。放射能《ほうしゃのう》を浴びてから五日から七日して出てくる。今日は七日目だ」

わたしたちは戻り始めた。ゆっくり、ひと足進んだけど、ルーミスさんは立っているのもつらそうだった。

「少し横になったほうがいいわ」

「うん」

ルーミスさんは道路わきの草むらにくずれるようにあお向けに倒《たお》れこんで、目を閉《と》じた。幸い顔色は少しずつよくなってきた。

「貧血《ひんけつ》ってずいぶん急にくるのね」

と、わたしが言った。

「いや、歩いたせいだ。少し貧血気味なのはわかっていたんだ」

「わたしはどうすればいいのかしら？　手当ての方法はあるの？」

「ないね。ぼくを家まで連れて帰ってくれ。そのあと、きみだけまた釣《つ》りに行けばいい」

わたしは言われたとおりにした。家にたどりついてしばらくの間は、ルーミスさんのベッドのわきにすわっていた。それからまた釣りに行った。でもなんとなく落ち着かなくて、ちっとも気が乗らない。ルーミスさんの説明だと、貧血はこれ以上ひどくならないけど、ひととおりの経過をたどったあとでほんとうになおりきるまでは、あんまり体を動かしてはいけないそうだ。そのあと貧血もだんだんおさまっていくらしい。そうだとしても、このことがまるで最悪の始まり――とは言わないまでも、何か不幸の前ぶれのような気がして、つい今朝がた、うきうきしながら思いめぐらしていた将来《しょうらい》の計画が、どれもこれもあさはかでばかばかしいものに思われた。

バスを三匹《びき》釣り上げたところで切り上げて家へ帰った。かれこれ三十分も糸をたれていただろうか。今日はうまい具合によく食いついてきたわ。

帰ってみると、ルーミスさんはさっきよりずっと気分がよさそうで、昼食のときは起き上がってテーブルで食べたほどだ。でも動作はのろいし、かなり用心しながら体を動かしている。食事が終わるとすぐに横になった。しばらくして寝室《しんしつ》をのぞいたら、眠《ねむ》っている。くみたての水をコップに一杯《ぱい》、枕《まくら》もとに置いた。

納屋《なや》のストーブのことが頭から離《はな》れなかったので、ルーミスさんが眠っている間に納屋へ行き、とうさんの仕事場からスパナ、ねじまわし、それにかなづちを持ち出し、さっそく仕事にとりかかる。意外なことに、ストーブはらくらく分解できた——種明かしをすれば、去年の冬、ねじにさしておいた油がきいてきたのだ。だけど手の爪《つめ》に二か所ほど怪我《けが》をした。ストーブは日がしずむころには、すっかりバラバラになり、納屋の床《ゆか》の上に並《なら》んだ。部品はどれもわたしの力で持ち上げられることがわかったけど、たったひとつ、どうしても動かせないものがあった——鋳物《いもの》の火室《かしつ》だ。あの火室は火格子《ひごうし》とふたをとりはずしてもまだ重い。転がして動かせば、とうさんの仕事場で見つけたメゾナイト板の上に乗せられる。メゾナイト板は片面《かためん》がつるつるしているから（この面が下になるように確かめておいた）、ある程度の距離《きょり》ならそりにして引っ張って行ける。トラクターの荷台を納屋の入り口ぴったりにバックさせて、火室をこのそりに乗せてドアまで運び、それから荷台にうつせばいい。どうしてもだめなら、ルーミスさんが回復して、力仕事ができるようになるまで待たねばならないわ。だけど今日はそこまでできなかった。というのも準備万端《じゅんびばんたん》整って、さあやろうというときには、もう乳《ちち》しぼりの時間で、あとはおそうじや夕食の仕度《したく》でいそがしかったのだ。

今日は一日じゅういろんなことがあったけれど、バスとゆでたばかりの野草、それに生のままの野草を盛《も》り合《あ》わせた夕食はごうせいだった。新鮮《しんせん》な緑の野菜を何か月もありつけなかったあとで久しぶりに口にしたらどんなにおいしいものか——何か月どころか、ルーミスさんの場合は一年以上もたっているわ。テーブルにはかあさんが日曜日やクリスマス、感謝祭《かんしゃさい》、誕生日《たんじょうび》のためにとっておいた〝上等の〟食器を並《なら》べた。たったひとつ忘《わす》れたもの——それはロウソク。家にあった何本かはほら穴《あな》に持っていってしまっていたし、店にはあるけど、それを思いついたときにはもうおそかった。でも石油ランプの光もすてきね。ロウソクのロマンチックな光にはおよばないけど。魚も野草もサラダも四人分はたっぷりあったのに、ふたりだけですっかり食べてしまったわ。

夕食のあと、相変わらず寒かったのでまた暖炉《だんろ》に火を入れる。わたしが見つけておいた本に、ルーミスさんが興味を持った。『農業機械』というシリーズだ。これは『世界年鑑』のように、年に一度発行されていたもので、どの巻《かん》にもモーターや電気系統《けいとう》の配電図、ポンプ、サイロ、干《ほ》し草梱包機《くさこんぽうき》、そのほかいろいろな図がいっぱいのっている。ルーミスさんは熱心に、いつまでもこの本（全部で八巻もある）を読んでいた。きっと頭の中で発電機の組み立て方とか、そのほかいろんな計画を練っていたんだわ。

9　サバイバル計画あれこれ

六月三日つづき

次の朝、トラクターは見事に動いた。まさに、あの『農業機械』シリーズのおかげ。

朝食の仕度を終えてから部屋をのぞくと、ルーミスさんはベッドにひじをついて横になったまま、シリーズの一冊《さつ》を読んでいた。ルーミスさんはわたしにも見せてくれた。ガソリンポンプの内部構造を図解したものだ――クラインさんの店にあるのとほぼ同じたぐいだ。考えてみれば、そんな図がのっていたって少しも不思議じゃない。農家の中には自家用のガソリンポンプを備えているところはずいぶんある。とりわけ大規模《だいきぼ》な農場ではあたりまえのことだった。たとえばアーミッシュの農場の家にも三軒《けん》や四軒はあったと思う。だから当然農民だってガソリンポンプの修理法ぐらい心得ておかなくてはならないわけだ。

「見てごらん」

そう言って、ルーミスさんは図の中のひとつを指さした。それは小型のモーターのみぞ車がもう少し大きなみぞ車にベルトで連結している図だ。

「実際にポンプを動かすのはこのモーターのみぞ車なんだ。こっちを見てごらん」

その図を見ると、大きいほうのみぞ車のへり近くに、小さな丸い穴があって、そこに矢印がついている。矢の根もとには、丸でかこんだ7という数字が見えた。

「次は表の7のところを見てごらん」

図の下に数字の説明が表になっている。七番の説明はこう書いてあった。「停電《ていでん》の場合および送電されていない地域《ちいき》では、ハンドル『H《エイチ》』をここにとりつけ、手動に切りかえる。その場合V《ヴィ》ベルトは取りはずしておくこと」

「『ハンドルH』ってなんなの?」

ルーミスさんはとなりのページのもうひとつの図を見せた。「ハンドルH」とは、一見ドアのとってみたいな形をしたものだとわかった。はしっこに釘《くぎ》がついていて、その釘が矢印で示された7にはまるのだ。ごく単純《たんじゅん》に見える。ハンドルHをとりつけると、みぞ車が一種のクランクに変わるのだ。

「それを回せば、ガソリンが出てくるの?」

「まず、おまじないを唱えるんだね。ガソリンは出てくるはずだ。ベルトは必ずはずしておくんだよ」

「どうやって？」

「ドライバーをてこにしてはずすんだ」

「ベルトを切っちゃったっていいでしょう」

「だめだ」

ルーミスさんはきっぱり言った。

「Vベルトは重要なものだ。もう買おうにも買えないんだから」

わたしは店へ行って、表に並《なら》んでいるガソリンポンプを調べた（こんなことをしたのは初めて！）。今までに数えきれないほどそばを通ったことのある、赤と白のごくあたりまえのガソリンポンプで、ひとつは沸点《ふってん》の低いガソリン用、もうひとつはレギュラーガソリン用だ。よく見れば、前面は片側《かたがわ》にちょうつがいをつけたドアのような作りで、ねじ釘でしめてある。店からドライバーを持ってきて、ねじ釘をはずした。それからドライバーをさしこむと、前面のパネルがひどくきしんだ音を立てて開いた。中はすっかりあの図のとおり――モーター、ベルト、みぞ車、それに管《くだ》が何本か下のほうへ走っている。そしてドアには例の「ハンドルH」がバネ式の留め具で留めてあった。

みぞ車からベルトをはずそうとしたが、ベルトはどっしりとした固いゴムでできているし、ずいぶんきっちりはまっていた。結局ねじを何本かぬいて、モーターからみぞ車をとりはずし、次にベルトをはずしてまたみぞ車をもとへ戻《もど》した。とりはずしたベルトはみぞ車の上に置いておく。このベルトを使うときがくれば、いつでもここにかかっているというわけ。

すっかり夢中になって、次はハンドルH《エイチ》を留め具からはずし、大きいみぞ車（直径約三十五センチ）の穴《あな》にはめこんだ。それからガソリンポンプのホースを掛《か》け具《ぐ》からはずし、片手《かたて》にホースのノズルを持ち、片手にノブをつかんで、いよいよ回すばかりになった。だけど、どっちに回すのかしら？　みぞ車の上に矢印が左まわりについている。指示どおりに回すと十秒ほどして、足もとの砂利《じゃり》に液体が勢いよくふき出した。そのにおいはまぎれもなく――ガソリンだ。

わたしは回す手を止め、店の中から五ガロン（約十九リットル）入りの缶《かん》を持ってくると、それにガソリンをいっぱいに入れた。歩くたびに缶がドスンドスンとすねにぶつかる。それを納屋《なや》まで運んで、トラクタータンクを満たした。オイルも点検した――だいじょうぶだ。自動始動機《セルフスターター》はついているけど、もちろん、バッテリーは切れている。でも、そんなことは今に始まったことではないし、クランクで始動させる方法はわかっている。とうさんがやってみせてくれたとおり、まずキャブレーターにガソリンを送り（わたしたちは八歳《さい》のころから、みんなトラクターを運転していた）、次に、ガソリンポンプのときは忘《わす》れたおまじないを唱えてから、力いっぱいクランクを回した。たちまちエンジンがバタバタ音を立てて回り出したから、思わずボンネットをたたいてねぎらってやりたくなった。ドンドン、わたしはほんとうにボンネットをたたいた。エンジンの音はびっくりするほど騒々《そうぞう》しい。一年も耳にしていないと、機械の音がどんなにやかましいものか忘れてしまう。騒々しかったのは、トラクターがまだ納屋の中だったせいもある。わたしは運転席に乗りこみ、ギアをバックに入れて後ろ向きにトラクターを納屋から出した。騒音はいくらかやわらいだ。きっとルーミスさんにも聞こえたにちがいないと思ったけど、実際に動いているところを見てもらいたかったので、家まで運転してルーミスさんの部屋の窓《まど》の外にトラクターを止めた。四、五年前はトラクターの運転がいやでたまらなかったことをふと思い出し、思わず吹《ふ》き出《だ》しそうになった。なぜって、オグデンの女の子たちはトラクターなんか運転しなかったから。でも今は、これのおかげで時間と労力が節約できるのだからありがたい。わたしは成功《せいこう》をいっしょに喜んでもらいたくて、家の中へかけこんだ。

ルーミスさんはベッドのはしに腰《こし》かけていたが、そんなことあたりまえさという顔をしているので、わたしのほうがびっくりしてしまった。

「ハンドルHがあっただろう」

ルーミスさんは言った。

「一回、回したら、もうガソリンが出てきたのよ。きっとあれは満タンなんだわ」

とわたしが言った。

「だとすれば、三千ガロン（約十一・四キロリットル）はあることになる。少なくとも『農業機械』にはそう書いてある――標準的な地下タンクの場合だがね」

あんまりうれしかったものだから、もうひとつのポンプは試してもみなかった。もしかして合わせて六千ガロンはあるかもしれないんだわ！

わたしはトラクターを納屋《なや》へ戻《もど》して、鋤《すき》をとりつけた。これからやることはもう決めている。母屋《おもや》から納屋へひき返すときには、牧草地《ぼくそうち》も遠くの芝地《しばち》も池も小川も、みんな右手に見える。左手には果樹《かじゅ》が二、三本、さらにその奥《おく》には約一エーカー半（約六千平方メートル）の小さな畑がもうひとつある。ここでとうさんが一時期メロンやカボチャ、ウリのたぐいを育てて、オグデンに出荷していた。とうさんはすぐにそれをやめてしまった。時間を食う割《わり》には、もうからないからなと言っていた。あれからもう五年。父さんはそれ以来、草刈《くさか》りだけはしていたが、何も植えていなかった。

わたしはとっくに決めていた。もしトラクターが動かせるようになったら、あの芝地になっている畑を耕してトウモロコシをまき、二畝《うね》か三畝くらいは大豆とエンドウ豆にしようって。この手の作物はずいぶん場所をとるので、家のそばの小さな野菜畑では無理なんだもの。トウモロコシはわたしたちの食料にもなるし、ニワトリのえさにもなる。それでもなおあまれば、牛に食べさせてもいい――茎《くき》ごとそっくり。

白状《はくじょう》すれば、トラクターを使えるようになって、やっと、なるべく考えないようにしてきた事実を直視《ちょくし》することができた。まったく気の滅入《めい》ること――店においてある食料がいつまでもあると思うのは幻想《げんそう》にすぎないという事実。

ことに初めのうちは、必要なものはほとんどなんでも、店に行けば手に入るような気がしていた。でもそうじゃないことは、ほんとうはわかっていた。店には何袋《ふくろ》も小麦粉、オートミール、トウモロコシ粉、砂糖《さとう》、塩があったし、それに缶詰《かんづめ》だって何箱もあった。でも塩と砂糖以外は、わたしが使いきるより前に、ほとんど保存期間が切れるだろう。すでに一年たっているんだもの。あと五年かそこいらで、大部分だめになってしまう（もっとも、缶詰にはもう少し長くもつものがあるかもしれない。けど、よくわからない）。

そのほかにもあらゆる種類の種がそろって――トウモロコシ、小麦、カラス麦、大麦、それに市場向けの野菜やくだものはたいていの種類がある――店にある。この土地で栽培《さいばい》できるものの種ならおよそなんでもある。今までは花なんて考えるゆとりがなかったけど、植えようと思えば花の種だってあるわ。そうは言っても、種だって一年くらいならいいけど、二年も放っておけば発芽率は落ちるだろうし、三年四年とたつうちにすっかり使いものにならなくなってしまう。

ルーミスさんの来る前にも、あの一エーカー半の畑をシャベルでどうにかしなきゃと、真剣《しんけん》に考えていた。五年間も、一面に芝が根を張っていたんだからシャベル一ちょうでは気の遠くなるような大仕事だったわ。トラクターが使えるようなら勇気百倍、わたしは早く耕したくてむずむずしていた。

穀類《こくるい》は、小麦やカラス麦や大麦より、トウモロコシをまこうと決めていた。ほんとうは小麦を栽培《さいばい》してパンを焼きたかったけど、小麦を粉にする方法がない――脱穀機《だっこくき》も製粉機《せいふんき》もないから――でも、トウモロコシなら粉にしたり、ひき割《わ》ったりする古い手まわしの機械が納屋《なや》にある。それに、トウモロコシはそのままでも食べられる。豆だって同じこと。

わたしが鋤《すき》を入れ始めたころ――やっと――太陽が昇《のぼ》ってきて背中《せなか》がポカポカと心地よくなった。ファロが畑までついて来たが、びっくりするほど元気そうだ。毛だってまた生えてきた。ファロはトラクターのまわりをぐるぐる走りまわった。四、五年も前、とうさんがここに鋤を入れたり草刈《くさか》りをしたりしていると、ひそんでいたウズラがさっと飛びたったものだ。ファロが走りまわるのはそのころ覚えた習慣なのだ。もちろん、鳥なんて、もう一羽もいない。それでもファロはうれしそうだ。歌でも歌いたい気分だけど、トラクターに乗っていては歌っているわけにもいかない。なにしろ、自分の声さえ聞こえないもの。そこで歌うかわりに詩の文句を思《おも》い浮《う》かべようとした。わたしってときどきそんなことをするの。詩は大好きで、中でもこれはお気に入りのソネット。出だしはこうだ。

おお、地球よ、やがて滅《ほろ》びゆく運命《さだめ》を背負って生まれた不幸せな惑星《わくせい》よ、
もしわたしがおまえにかわってペンを持ち、おまえにかわって告白するならば……

戦争が終わってからこのかた、何度となくこの詩を思い出し、地球の運命を、地球にかわって記録し懺悔《ざんげ》するのは、まさしくこのわたしだと勝手に思いこんできた。だけどこうなってみれば、そのどちらでもない。つかの間の命にせよ、地球の命運を担《にな》っていく人間はふたりいたのだ。つまり、わたしがそのうちのひとりだったわけ。そんなことを考えたり、また、自分の将来《しょうらい》に対する考えがこの一週間ですっかり変わってしまったことを思うと、思わず頰《ほお》がゆるんでくる。耕していると、やがてやかましいトラクターの音に混じって、頭上にギャーギャーというかん高い鳴き声を聞いたような気がした。トラクターを止め、エンジンの回転を落として見上げた。カラスが芝地《しばち》の上空にくっきりと黒く、輪を描《か》いて飛んでいる。数えてみると十一羽。鋤起こしの音を覚えていたんだわ。次に種まきが始まるってわかっているんだ。とうさんはカラスを害鳥よばわりしていたけど、わたしはその姿《すがた》を見てうれしかった。たぶん、地上に生き残った鳥はあのカラスだけだろう。

昼までに芝地の半分をすき、午後はそこをすっかり耕した。明日の午前中はまぐわ（馬や牛に引かせて田畑

を耕す道具。）でならして種まきをするつもり。
でも、結局予定どおりにはいかなかった。
その夜、ルーミスさんの熱が四十度にも上がったのだ。

10　人が弱るとこちらは強くなる

六月三日つづき

わたしが今こうして日記をつける時間のゆとりができたのは、ルーミスさんの病気がぶり返したからだ。

今は、一回につき四、五分以上はとても家を空《あ》けられない状態。でも今朝はそれをやった。納屋《なや》へ乳《ちち》をしぼりに走ったのだ。大急ぎですませたつもりだけど、十五分ほどかかった。戻《もど》ってみるとルーミスさんは起き上がっていた。ふとんは床《ゆか》の上に落ちているし、寒さで真っ青になってふるえていた。わたしをよんだのに答えがなかったものだから、おろおろしていた。熱が出たので、ひとりでいるのが不安だったのだ。ルーミスさんをもとどおり寝《ね》かせて、上がけをかけなおし、さらに毛布を二、三枚《まい》のせた。やかんにお湯をわかしていたので湯たんぽにつめて、毛布の下に入れる。肺炎《はいえん》にならなければいいんだけど。

そもそもの始まりは、ゆうべの食事のときだ。ルーミスさんは自分でそれに気がついたが、初めのうちは何がどうしたのか、わたしにはさっぱりわからなかった。わたしたちはテーブルについていた。ルーミスさんはふた口ほど食べただけで、なんだかいつもとちがう声で言った。

「もういらない。食欲《しょくよく》がないんだ」

そのときは、わたしの作った料理が気に入らないのだろうと思った。夕食はゆでた鶏肉《とりにく》にグレービーをかけたものと、パンケーキとエンドウ豆だった。

そう思ったからわたしは、

「ほかのものを作りましょうか？　スープはどうかしら？」

ときいた。

なのにルーミスさんは、やっぱり妙《みょう》な声で「いらない」と言って、椅子《いす》をおしやった。そのときになって、やっとルーミスさんの目つきが普通《ふつう》じゃなくてぼやーっとしているのに気がつく。ルーミスさんは暖炉《だんろ》のそばの椅子にすわりこんだ。

「火がもう消えそうだ」

「このところまた暖《あたた》かくなってきたから、火を落とそうと思ってたの」

と、わたしは言った。

ルーミスさんは、「寒いんだ」と言って立ち上がり、寝室《しんしつ》にひっこんでしまった。

わたしはそのまま食事をつづけた（畑を耕したり、いろんな仕事をして、おなかがペコペコだった）。ほんとうなら、そくざに、ルーミスさんの具合が悪くなったからだと、ピンとこなきゃいけなかったのに、まるっきり考えつかなかった。二、三分すると寝室からわたしをよぶ声がした。

「アン・バーデン」

ルーミスさんがわたしを名前でよんだのはこれが最初だったけど、なんとまあ姓《せい》までつけたのだ。寝室に行ってみると、起き上がって体温計を見ている。それをわたされたので、わたしも目盛《めも》りを見た。

「始まったんだ」

と、ルーミスさんは言った。

気の毒なルーミスさん。がっくり肩《かた》を落としたようすは気力も失せて、いかにも弱々しい。見たところ、とり乱《みだ》してはいなかったけど、内心は不安でたまらないのがよくわかる。きっと自分だけは奇跡的《きせきてき》に発病をまぬがれることを念じていたにちがいない。

「だいじょうぶよ。四十度ならそれほどひどくないもの。でもじっと寝《ね》てなくちゃ。寒けがしたのも無理ないわ」

不思議なことだった。いずれ高い熱が出るとふたりともわかっていたし、わたしなんか本人よりも（というか、あの人の見せかけよりも、わたしのほうが）熱をこわがっていたのに、いざほんとうに熱が出始めると、ルーミスさんは見るからにがっくりしていたが、わたしの不安は吹《ふ》き飛《と》んでしまった。むしろ落ち着いている――まるでわたしが年上みたい。あの人が弱るとその分だけわたしが強くなるのかしら。医者や看護師《かんごし》がどんなに恐《おそ》ろしい伝染病《でんせんびょう》のただなかでも、しゃんとしていられるのがわかったような気がするわ。

医者と看護師！　ああ、この人たちは最小限、自分たちがしなければならないことを知っていて、仕事に当たっていた。わたしときたら、高校で「保健衛生」を一学期間勉強しただけ。先生たちがもっといろいろ教えておいてくれたらよかったのに。でも、心を静めて、準備をしよう。高い熱が最低一週間、もしかしたら二週間つづくって、ルーミスさんは言った。その一、二週間に、どれほど衰弱《すいじゃく》してしまうものか、わたしにはわからない。だけど今のところはまだ動けるんだから、できるだけ手を打っておかなきゃ。

何よりもまず暖《あたた》かくしてあげること。残りの火を掘《ほ》り起《お》こして、薪《たきぎ》を足す。次に二階のとうさんたちの寝室《しんしつ》へ行って、とうさんのたんすから、ネルのパジャマをとってきた。肌《はだ》ざわりがやわらかいし、厚手で、とうさんが冬の寒い晩《ばん》しか着なかったパジャマだ。引き出しにはあと二着あるし、クラインさんの店にはもっとあるはずだ。今持ってきたのは赤と白の格子《こうし》じま。

その一着をルーミスさんの部屋へ持っていき、ベッドに置いた。

「これを着てね」

わたしは言った。

「暖かいわよ。それから薪をまたくべたわ。今、牛乳《ぎゅうにゅう》もわかしているから、ちょっとさまして飲むといいわ」

「まるで看護師だな」

ルーミスさんは小さく笑った。少し不安がうすらいだのかしら、それとも隠《かく》し方《かた》がじょうずになったのかしら。

「ほんとに看護師だったらよかったわ。役に立つようなことは知らないのよ」

「迷惑《めいわく》をかけるな、アン・バーデン。ぼくが来なけりゃよかったって思い始めてるんだろう」

心の中で思《おも》い描《えが》いていたバラ色の将来《しょうらい》なんて、とうてい口に出せない。リンゴの木のことや、あの朝、花やヤマゴボウの若芽《わかめ》をつみながらどんなことを考えていたかなんて、どう話す？　畑を耕しながら、わたしの気持ちがどんなだったかなんて、言えっこないわ。今となっては、あの朝のことは遠い遠い昔の場ちがいな空想としか思えない。そんなことを思ったら悲しくなってきた。それでわたしは話をそらした。このところずっと悩《なや》んでいたことだ。

「今になってこんなこと言っても……」

「うん？」

「あなたに危《あぶ》ないって言ってあげればよかったんだわ。あなたが……あのクリークに泳ぎに行ったとき」

「止められたっていうのか？　そのとき、きみはどこにいたんだい？」

「丘《おか》に登っていたわ」

このとき、なぜかひっかかるものがあって、ほら穴《あな》のことは言わずじまい。

「実際止められたかどうかわからないわ。でも、気づかせるくらいのことはできたかもしれない」

「しかし、あの水が汚染《おせん》されてたのを知らなかったんだろう？」

「ええ。でも、なんだか変だってことはわかってたの」

「ぼくも気がつかなきゃいけなかった。そうだろう。ガイガー・カウンターを二つも持ってたんだ。それなのにはかりもしなかった。あれはぼくの失敗さ」

そう言われても、わたしはやっぱり気がとがめるし、今だってすっきりしていない。

これはゆうべのこと。ルーミスさんはとうさんのパジャマを着て、牛乳《ぎゅうにゅう》がほどよい熱さになるのを待ってコップに一杯《ぱい》飲んだ。コップも煮沸《しゃふつ》ずみだ。これからは食べ物に関係のあるものは、どんなものでも煮沸するつもり。それができないものは焼けばいい。

ルーミスさんは、アスピリンさえ、文句を言わずに二錠《じょう》飲んだ。それから眠《ねむ》ってしまった。

わたしはベッドの横にあったランプを片《かた》づけて火を消した。ほんとうはつけっ放しにしておくほうがいいけど、眠っているうちにルーミスさんに倒《たお》されてはいけない。夕食のあと片づけがすんでから窓際《まどぎわ》の椅子《いす》にすわり、一時間ほど過ごした。何もせずに考えごとばかりして。

それからやっと自分の部屋にひきあげて眠った。だけど一時間おきくらいに起き出して、病人のようすを見たり、暖炉《だんろ》の火加減《ひかげん》を確かめた。あの人はひと晩《ばん》じゅうおだやかに眠った。ファロも静かに眠ってくれるといいのに。ずっと夢を見ているのか、フンフン鼻を鳴らしどおし。ファロは、何かいつもとちがうって感じているんだわ。

今朝、前に書いたように、乳《ちち》をしぼりに納屋《なや》へ行った。帰って来たら、家に入らないうちにルーミスさんがわたしをよんでいるのが聞こえた。悪い夢を見て目をさましたのね。でも、ルーミスさんはそんなことひと言も言わない。焦点《しょうてん》の定まらない、おかしな目つき、わたしがだれなのかも初めはわからなかったみたい。わたしの顔を穴《あな》の開くほど見つめていた。

ベッドに寝《ね》かせてふとんをかけてあげると、ふるえが止まって、ルーミスさんは、「いなかったね」と言った。

「乳をしぼってたの」

わたしは答えた。

「きみがいないとき」

と、ルーミスさんは話し始めた。

「ぼくは考えていたんだ――」

「何を？」

「いや、なんでもない」

と、ルーミスさんは打ち消した。

「熱のせいだ。熱が高いと妙《みょう》なことばかり頭に浮《う》かぶんだ」

でも、何が浮かんだのかは言わなかった。熱をはかってみたら上がっている――四十度五分《ぶ》。水銀が体温計のてっぺんまで上りきっているって異様《いよう》なものだわ。あと五分上がれば目盛《めも》りがなくなってしまう。

ルーミスさんは、わたしが体温計を読んでいるのをじっと見ていた。

「何度ある？」

「そうねえ、ちょっと高くなったわ」

「どのくらい上がった？」

わたしが答えると、「それはまずいな」と言った。

「熱のことは考えないこと。それより朝食を持ってきてあげるわ」

「ほしくない」

「でも、とにかく食べなきゃ」

「わかってるよ。食べてみよう」

ルーミスさんはどうにか食べた。上半身を枕《まくら》で支え、ゆで卵《たまご》をほとんど残さず食べ、牛乳《ぎゅうにゅう》も少し飲んで、あたためたパンケーキをちょっぴり口に入れた。食べ終えてから、

「ぼくのほしいものがわかるだろ？　アイスティーだ。砂糖《さとう》を入れたやつだよ」

と言った。てっきり冗談《じょうだん》を言っているのだと思ったけど、ルーミスさんは本気だった。かわいそうなルーミスさん。

「氷がないのよ」

と、わたしは言った。

「わかってる。発電機が間にあわなかったな」

数分もするとルーミスさんはまた眠《ねむ》ってしまった。せめて、わたしにできるだけのことはやってみよう。氷を入れたアイスティーは無理でも、冷やした紅茶《こうちゃ》なら作れる。アイスティーがほしいというより、あの人は甘《あま》い飲み物がほしいんだと思う。熱が高いと変わったものがほしくなるものだから――わたしの場合は決まってチョコレートアイスクリームがほしくなる。食《しょく》品棚《ひんだな》に半分ほどティーバッグのつまった缶《かん》がある――かあさんが置いといたものだ。新しいとは言えないけど、まだ香《かお》りはぬけていないわ。お湯をわかして水さしに注ぎ、ティーバッグを

二袋《ふくろ》入れる。しばらくそのままにしておき、袋をとり出し、砂糖《さとう》をどっさり入れて、水さしを地下室に置いてきた。三、四時間したら冷えるから、ルーミスさんにあげて喜んでもらおう。

でも、今、ほんとうに困《こま》ってる。小川へ行ってもっと水をくんでこなきゃならないし、近いうちに店へも行かなくちゃ。粉だの砂糖だの、いろいろ足りなくなっている。でもあの人はひとりで残されるのをこわがっているから、とうてい行かれそうもないわ。乳《ちち》だってまたしぼらなきゃ。

今朝、ルーミスさんがまだ眠《ねむ》っている間に乳しぼりに行った。だけど、真っ昼間、それも目のさめているときに、どこそこへ行くからって、きちんと伝えていけば不安がらないかもしれないわ。やってみよう。ほかに手がないもの。

ついに、小川へも店へも行った。悪いとは思ったけど、仕方がないもの。これでどうにか三、四日は出かけないですむ。だけど、これからいよいよたいへんになりそう。

この日記は居間で書いている。もう夜なのでランプをつけた。あたりは静まり返っている。少なくとも、この一時《いっとき》は。

今日のことを書いておこう。午後の四時ごろ、ノックしてルーミスさんの部屋に入った（きのう今日は、一日のうち九割《わり》がた、うとうとしている）。そのときも眠っていたけど、わたしが入って行くと目をさました。見たところ落ち着いている。出かけてこなきゃいけないと説明したけど、困《こま》ったようすやとり乱《みだ》したそぶりは少しも見せなかった。それどころか、わたしがそんなことを心配しているのを知ってびっくりしていたほど（もちろんルーミスさんのほうから、家にいてくれと言い出したんではない。今朝のできごとで、外へ出ないほうがいいと判断したのはわたしだもの――ほんとうのところ、あの人は今朝のことなんかまるっきり覚えていないみたい）。なんだか大げさに考えすぎたようだわ、ちょっと拍子《ひょうし》ぬけする。それでもわたしは言ってみた。

「トラクターに荷台をつけて行くわ。そうすれば早く行って来られるし、それにたくさん持ってこられるでしょう」

「ガソリンの浪費《ろうひ》だよ」

と、ルーミスさんは言った。

それも考えないではなかったけど、やっぱりトラクターを使うことにした。非常事態だし、ルーミスさんがなおってしまえば、この先そう何度もあることではない。

ルーミスさんはだいじょうぶだと言ったけど、わたしは納屋《なや》へ飛んで行き、できるだけ手早くトラクターに荷台をとりつけた。ありがたいことに、連結方法は簡単《かんたん》だった。五寸釘《すんくぎ》を一本、シャフトに通せばおしまい。荷台は車輪が二つついた銅製《どうせい》の四角トレーラーで、一トンまで積める。とりつけてから六十リットル入りの牛乳缶《ぎゅうにゅうかん》を三個のせる。水を手で運ぶときは、こんな大きな缶は重すぎるから使ったことはない。トラクターにのせるのなら重くても平気だし、これなら、二週間分かそれ以上くめる。トラクターのギアをトップにして（トップにすると時速二十五キロ出る）、まず小川に向かった。

水を缶にいっぱいにして（といっても、正確には、缶に三分の二というのが限度、それ以上になるとわたしの力では持ち上がらない）、店へまわって食料品を山ほど積みこんだ。缶詰《かんづめ》、粉末スープ、砂糖《さとう》、粉、トウモロコシ粉、ドッグフード、ニワトリ用のトウモロコシも積んだ。店を出る前、トラクターのガソリンも忘《わす》れずに満タンにした。これまでに、畑を耕したときのものも含《ふく》めて、十リットルくらいしか使っていない。これなら、まあまあってとこね。家に帰ろうとして通りへ出たとき腕時計《うでどけい》を見た。四十分かかっている。

あわててギアをトップに入れて、家へ向かった。家の手前百三十メートルぐらいまで来たとき、あの人の姿《すがた》が目に入った。玄関《げんかん》のドアがさっと開いたと思うと、ルーミスさんが出て来た。走ろうとして、よろめいている。顔までは見えなかったけど、紅白《こうはく》のしまのパジャマを見まちがうはずはない。ポーチを横切って手すりのところで立ち止まると、二、三秒休んでいたが、危《あぶ》なっかしい足どりで階段《かいだん》をおり、庭をつっきってテントとワゴンの荷物入れのほうへ向かった。ファロがしっぽをふりふり走り寄ってきたが、すぐにあとずさりして、けげんな表情でルーミスさんをじっと見た。そのときには、もうわたしは車寄せについていた。トラクターを寄せ、エンジンを止めた。ルーミスさんは目がよく見えないかのように、両手を泳がせてかけていたが、行く先はテントじゃなく、ワゴンの物入れだ。物入れのはしを開けて中に手をつっこむ。その手をぬいたとき、わたしはぞっとした。銃《じゅう》、それも大きいカービン銃をつかんでいた。わたしはトラクターを飛びおりてルーミスさん目がけて走った。わたしがそばへ行きつかないうちに、ルーミスさんは三発も撃《う》った。家の二階、とうさんとかあさんの寝室《しんしつ》をねらって。弾《だん》丸《がん》が当たったところから白いペンキの粉が舞《ま》い上《あ》がり、くだけた板きれが飛び散った。恐《おそ》ろしく大きな音。二十二口径《こうけい》なんか比較《ひかく》にならないほど、すさまじい。

わたしは大声をあげた——悲鳴だったかもしれないけど、よく思い出せない——するとあの人はわたしのほうへ向きなおり、銃をふりまわした。次の的《まと》はわたし。でもわたしは自分でもびっくりするほど冷静だった。

「ルーミスさん」

と、わたしはよびかけた。

「あなたは病気なのよ。夢を見ているのよ。銃をしまいなさい」

するとたちまち、ルーミスさんは顔をゆがめて信じられないほどみじめな表情を浮《う》かべた。今にも泣《な》き出《だ》しそうで、ひどくうつろな目つき。そのうちにわたしだとわかり、やっと銃をおろした。

「いなかったね」

また前と同じせりふ。

「ちゃんと言っておいたでしょ。どうしても行かなきゃいけないって。覚えてないの？」

「眠《ねむ》ってたんだ。目がさめたら、聞こえた――」

ルーミスさんはそこまで言いながら、何を聞いたのかは話したくないようだ。

「何が聞こえたの？」

「聞こえたような気がした――家の中にだれかがいたような。だからきみをよんだ。あいつは二階にいた」

「二階にだれがいたの？」

ルーミスさんは言葉をにごした。

「だれかの動く気配が」

「ルーミスさん、家にはだれもいないわ。また熱が出たのね。あなたはベッドに寝《ね》てなきゃだめなのよ」

まったくとんでもないわ――四十度五分《ぶ》もあるのにパジャマだけで外に立っているなんて。手から銃《じゅう》をとりあげて荷物入れに戻《もど》した。ルーミスさんはおとなしくされるままになっていたが、すぐはげしいふるえが始まった。パジャマも体も汗《あせ》でびしょぬれ。家に連れ戻してベッドに寝かせた。毛布をすっぽりかけて、二階へかわいたパジャマをとりに上がる。

とうさんとかあさんの部屋で、弾丸《だんがん》が撃《う》ちこまれたあとを見た。壁《かべ》のしっくいがはがれて床《ゆか》の上に散乱《さんらん》しているだけで、運よくほかはどこもこわれていない。弾丸は壁をつきぬけると、そのままほとんどまっすぐ天井《てんじょう》にぬけたので、途中《とちゅう》で家具を傷《きず》つけずにすんだのだ。穴《あな》の開いたところに何かつめて、床をはいておこう。

きれいなパジャマを持ってきて、着がえるようにルーミスさんにわたした。今はまだ自分でできる。それができなくなったときは、わたしがしてあげなくちゃならないんだわ。それに、そのうちトイレにも起きられなくなるだろうから、洗面器《せんめんき》を便器がわりに持ってきておかないと。

ルーミスさんが幻覚《げんかく》からまださめきっていないと知ったのは、パジャマをとりかえたあとだ。汗でぬれたパジャマを洗濯室《せんたくしつ》へ持っていこうと、ルーミスさんの部屋へとりに入った。あの人はベッドに横になって目を閉《と》じていたけど、わたしが入ってきたのを聞きつけ、目を開けて言った。なんだかとてもぐったりした声。

「あいつは行ったのか？」

「だれが行ったっていうの？」

わたしは聞いた。

「エドワードだ」

「また夢を見てるのね」

ルーミスさんは首をふって言った。

「そうだった。忘《わす》れてた。エドワードは死んだんだ。こんな遠くまで来るはずはなかった」

ほら、またエドワード。でも変だわ。もしエドワードの夢だったら、エドワードはルーミスさんの友だちだろうから、その友だちをどうして銃《じゅう》で撃《う》とうとするのかしらね？

今夜はわたしも居間のソファに寝《ね》たほうがいいらしい。ルーミスさんは眠《ねむ》っているけど、ひどく寝苦しそうで、しじゅううわごとを言ったりうなったりしている。

紅茶《こうちゃ》をあげるのをすっかり忘れていたわ。明日の朝にでも飲んでもらおう。

11　エドワード

六月四日

朝。

今日はいやなことばかりだ。

ルーミスさんの熱は、いったい何度まで上がったのかしら。体温計では、てっぺんの四十一度まで、それから先どこまで上がったのかわからない。こんな高い熱がつづくと、悲しいけど、そう長くはもたないような気がする。

高校のとき、アルコールは熱を下げる働きがあると習ったことを思い出した。二階の薬戸《くすりと》棚《だな》に、消毒用アルコールがまだ半分残っている。一時間ごとに、とうさんのハンカチをアルコールにひたして、背中《せなか》、胸《むね》、腕《うで》から首筋《くびすじ》、額《ひたい》にいたるまで、ふいてあげる。ルーミスさんは、無意識のうちに避《さ》けようとする。きっと、氷のようにひやっとするんだわ——でも、これできっと、少しは熱が下がるだろう。

ほとんど眠《ねむ》りっぱなし。どうかするとふっと目をさますけど、夢、それも悪夢のせいだわ。ときどき、ほんの二、三分は正気に戻《もど》るらしく、わたしがそばにいるのがわかり、一瞬《いっしゅん》目も耳もしっかりする。それ以外は、うなされ、しじゅうおびえている。それにいつも同じことをこわがっているようだ——エドワードがここにいて、何かわけのわからない恐《おそ》ろしいことで、おどしているというふうだ。何をおどしているのか、それだけはわたしにもわからない。

どうにかわかりかけてきたのは、ルーミスさんとエドワード（名字がわからない）の間で、何かひどいことが持ち上がり、それ以来このふたりは、親しいどころか、少なくとも最後は敵同士になったということだ。

ルーミスさんは、わたしをエドワードだと思いこんでいるようすを見せることもあるけど、どちらかといえば、わたしを素通《すどお》りして後ろを凝視《ぎょうし》しているほうが多い。まるっきりわたしなんて目に入らないみたい。ルーミスさんは、わたしの肩越《かたご》しに、だれかを見つめている。とても真にせまっているので、思わずわたしもふり返ってみるけど、もちろんだれもいはしない。ルーミスさんは、エドワードがこの谷間に、この家の中にいると思っているときもあるし、エドワードといっしょに、イサカ近くの山の地下にある研究所に戻っていると思いこんでいるときもある。そして、同じことを、何度も何度もくり返して口にする。

こんな症状《しょうじょう》を見せ始めたのは、今朝から。ちょっとでも口に入れてくれればいいと思い、冷やした紅茶《こうちゃ》一杯《ぱい》と、半熟卵《はんじゅくたまご》をコップに入れてかき混ぜたものを持って、わたしは部屋に入った。あの人は目をさましていて、話しかけてきた。でもそれは、わたしにじゃなくて、わたしの後ろのドアに向かって言ったのだ。

「寄るな、エドワード。寄るな。むだなんだ」

わたしは言った。

「ルーミスさん、わたしよ。朝食を持ってきたのよ」

ルーミスさんは目をこすった。焦点《しょうてん》があってきた。でも、次に口を開いたときは、ぼんやりした弱々しい声だ。

「ほしくない。気分が悪いんだ」

「食べてみたら？　アイスティーを持ってきたわ」

そう言ってコップを差し出すと、ああ、よかった、ルーミスさんはコップを受けとり、息もつかずに半分も飲んだ。「ありがとう、うまかった」そう言って、残りも飲みほして目を閉《と》じた。お砂糖《さとう》がたっぷり入っているんだもの、それだけでも滋養《じよう》になるわ。

「またあとで持ってくるわね。さあ今度は卵よ」

わたしは言った。でも、また目を開けたルーミスさんは、ドアをじっとにらんでいる。何か叫《さけ》ぼうとしたが、声に力が入らない。

「エドワードか？」

「ルーミスさん、エドワードはここにはいないの」

「わかっている。どこへ行ったんだ、あいつ？」

「そんなこと心配しなくていいのよ」

「おまえにはわからん。あいつは泥棒《どろぼう》だよ。盗《ぬす》むつもりで──」

言いかけて、何か思い出したらしく口をつぐんだ。それから、恐《おそ》ろしいうめき声をあげて、ベッドから出ようとしたから、わたしはあわてた。肩《かた》をつかんでおさえつけると、ちょっとの間、ルーミスさんは必死でさからったが、すぐに横になって静かになった。まだハアハア息を切らしている。

「ルーミスさん、わかって。夢を見ているのよ。エドワードなんて人はいないの。とられるものだってなんにもないわ」

「防護服だ」

と、ルーミスさんは、まるで耳うちでもするように、ささやいた。

「あいつ、防護服を盗む気なんだ」

防護服か！　あの人がずっと気をもみつづけ、今もまだ心配なのは、それなんだわ。あの防護服。どういうわけか、エドワードがあれを盗み出そうとしてると、ルーミスさんは思いこんでいる。だからわたしは言ってあげた。

「ルーミスさん、防護服はワゴンの中よ。荷物入れに入っているのよ。あなたがたたんでしまったでしょ。忘《わす》れたの？」

「荷物入れだって。ああ、なんてことだ。あいつはそこへ行ったんだ」

きっと、まずいことを言ったんだわ。その証拠《しょうこ》に、ルーミスさんはまた起き上がろうとしたのだから。わたしはルーミスさんをおさえつけて寝《ね》かせたけど、それほどたいへんじゃなかった。さっき起き上がろうとしたときに、力を使い果たしていたのね。でも、いつあの人がベッドからぬけ出さないともかぎらない。わたしは気が気じゃない。ベッドから落ちて怪我《けが》でもしたらどうしよう。いや、それよりも、ほんとうにベッドから落ちたら、いったいどういうふうにして、ベッドへ戻《もど》せばいいのかしら。ルーミスさんはすっかり弱っているので、自分では歩けないし、かといって、わたしがルーミスさんをかかえ上げるなんてできそうもないわ。だからせめて悪い夢を見なくなるまでは、この部屋にいて、あの人についていなくてはならない。

夢ってうつるものなのかしら。ふたりっきりでいるせいもあるけれど。ほかに話し相手がいれば、これほどあの人の妄想《もうそう》にまどわされることはないと思う。わたしは窓《まど》に腰《こし》かけてこれを書いているけど、外に目をやると、ワゴンの荷物入れは、テントのとなりのいつものところに見えるのに、だれか――エドワードかしら？――が、そのあたりを歩きまわっているような気がする。エドワードが、どんな顔かたちをしているのか知りもしないのに。現実は、ファロが、テントわきのふみつけられた草の上で、自分のお皿のそばに寝《ね》そべって、えさをくれるのを待っているだけ。もう少ししたら、家の中によび入れて、ここでえさをやることにしょう。

そうだ、もっといいことを考えたわ。ルーミスさんがもう少し落ち着いたら――実際少しずつ落ち着いてきているようだから――急いでファロにえさを持っていき、ついでにあの防護服をとってこよう。ここへ持ってきて、ベッドのそばに置いてあげれば、ルーミスさんにも見えるので、悪い夢を少しは静めてあげられるかもしれない。そうすれば少しは安心するだろう。

午後。

防護服をうちへ持ちこんだ。けど、そのすぐあとに、問題の悪夢は終わり、今度は、もっと悪い夢にとりつかれた。あの服を見たせいかもしれない。イサカに戻《もど》って、エドワードと救いようのない争いをしている夢だ。ただの夢でよかったわ。なぜって、聞いていると、どっちかが相手を殺そうとしているように聞こえるんだもの。相変わらず、ルーミスさんはエドワードとしゃべりつづけていて、わたしには、ルーミスさんの言い分しか聞くことができないけど、ルーミスさんには、自分の言葉はもちろんのこと、相手の言葉も聞こえているんだ。やっと聞きとれるくらいにボソボソした声。冷ややかで、憎《にく》しみがむき出しになった、今にも殺してしまいそうな響《ひび》きがある。……たぶん、せまっ苦しいところで、男がたったふたりだけで閉《と》じこめられていたら、ふたりの間の緊張《きんちょう》は、異様《いよう》にふくれ上がるのだろう。

ルーミスさんがしゃべり始めたとき、わたしは窓辺《まどべ》にすわっていたので、初めのほうを少し聞きもらしたけど、だんだんはっきり耳に入ってきた。

「……ただの二十四時間だってだめだ、エドワード。たとえ二十四分でもだめなんだ。家族を探《さが》したいなら行けよ。だが防護服はここに置いておくんだな。戸口にも錠《じょう》をおろす。戻ってくるなんて思うなよ」

しばらく間があって、ルーミスさんは、エドワードが何か言うのを聞いているようす。あわれなエドワード。事情はよくわかったわ。エドワードとルーミスさんは、確かにふたりっきりで、地下の研究所に閉じこめられたんだ。研究所で夜おそくまで仕事をしていたのね。おそらくワシントンから調査団が来る前だわ。最後の仕上げにかかりきりになっていたときに、爆撃《ばくげき》が始まったんだ。ラジオはあったし、たぶんテレビだってあったでしょう。だから外で何が起きているのかわかったはずよ。電話もあったんでしょうけど、水爆投下の一時間後には、なんの役にも立たなくなったんだわ。

エドワードは結婚《けっこん》していた。メアリーという奥《おく》さんと、ビリーという名の息子がいて、そのふたりのことが心配で、気がくるいそうだったのね。当然よ。わたしにはエドワードの気持ちがよくわかる。もちろん、エドワードも外へ出て行くのを恐《おそ》れていた。あの地域《ちいき》は、水爆《すいばく》の直撃《ちょくげき》を受けたところだから、ただ放射能《ほうしゃのう》が流れてきたなんてものじゃないわ。それから二、三日たって、地上からなんの物音も聞こえなくなったとき、エドワードは家族を探《さが》しに行こうとした。そのときに、争いが始まったんだわ。

研究所の外の大気が、放射能に汚染《おせん》されていることは、ふたりとも知っていた。研究所には、放射能から身を守ることのできる、世界でたった一着の防護服があった。一着の防護服に、ふたりの人間。つまりそういう状況《じょうきょう》だったのだ。だからこそ、夢の中でルーミスさんは、エドワードに向かって、きみの奥《おく》さんも息子も死んじまったんだと、くり返し言いつづけたんだわ。でもエドワードは、生きのびた人たちがいるかもしれない、そういう人たちが地下室やシェルターに身を寄せているのではないかと、あえて、ほんとうにわずかな望みにすがったのだと思う。

だからエドワードは、たとえ二十四時間でもいいから、防護服を使いたかったのだ。家族がまだ生きているのなら見つけ出したかった。死んでしまっているのなら、その悲しみを永久に断《た》ち切《き》るために。ふたたび生きている家族に会えると思っていたのか、それとも、せめて愛する者たちを埋葬《まいそう》してやりたいと考えたのか、わたしにはわからないけど。

ルーミスさんは結婚《けっこん》していなかった。たぶんそうだと、わたしは思う。もっとも、ルーミスさんはそんなことはひと言ももらしはしなかったけど。ルーミスさんは、エドワードに防護服を持ち出されたくなかったんだ。奥さんも子どもも死んでいるのなら、そんなことをしてなんになる？　夢の中で、あの人は言った。

「きみが防護服を着てちゃんと帰ってくるかどうかわかるもんか。何かまずいことが起こるかもしれんし」

夢の中でエドワードが答えるのを待って、ルーミスさんはまたつづけた。

「もちろんふたりとも死んでる。ラジオを聞いたろう？　イサカなんてもう消えちまったんだ。エドワード。たとえ生きているふたりを見つけ出したところで、それからどうする？」

――沈黙《ちんもく》。

「家族をおいて、服を返しにここへ戻《もど》ってくるとでもいうのか。いいかげんなことを言うな、エドワード」

しばらく黙《だま》って、また、

「防護服だ。エドワード、この服だよ。考えてみろよ。こんなに役に立つものは、もうこれっきりなんだぜ。死んじまった奥さんのとこへ行くなんて、ばかげた使い方をしちゃいかん」

かわいそうに。エドワードは、何度も何度もたのんだのに。いつの間にかわたしは、ルーミスさんが服を貸してあげればいいのになんて思い始めていた。なぜ貸さないのかは、わかりすぎるほどわかっていても——。それに、なぜエドワードが黙《だま》って持ち出さないのか、そんな気を起こさないのかが不思議だった。いくらルーミスさんでも、少しは眠《ねむ》るときがあるでしょうに。

ついにエドワードはそのようにしたのが、やがてわたしにもわかってきた。そこから悪夢のいちばん恐《おそ》ろしい場面が始まるのだ。ルーミスさんは、こんなに弱っているというのに、怒《いか》りと恐怖《きょうふ》にかられて声を張り上げようとする。だけど、それは声にならなくて、細くて、ぞっとするような息がもれただけ。ルーミスさんはまたベッドの上に起き上がろうとする。すわりこみ、腕《うで》までふりまわすつもりみたいだったけど、ひどく弱っていて、おさえつける必要もない。ルーミスさんには、もうそんな力は残っていなかった。

なぜエドワードが行動しなかったのか、やっとわかってきた。ルーミスさんは銃《じゅう》を持っていたのだ。ともかく、夢の中では持っている。言っていることはほとんどわかった。耳をふさぎたくなるようなひどい言葉で、エドワードをののしっている。とてもけがらわしい言葉なので、とてもここには書けないわ。

ルーミスさんがまた言い出した。

「おまえは泥棒《どろぼう》だ、うそつきだ、エドワード。しかし、そんなことしたってなんにもならんぞ。

戸口に寄るな」

——沈黙《ちんもく》。

「だめだ。言っとくがな、おれは撃《う》つぞ。その服は放射能《ほうしゃのう》はふせいでも、弾《たま》ははじかないぞ」

思い出した。わたしが初めて、テントの中で苦しんでいるルーミスさんを見つけたとき、わたしのライフルを見て言った言葉だ。今、ルーミスさんは、研究所の出口をかためているつもりで、撃つぞと、エドワードをおどしているんだ。

数秒のうちに、それも終わり、ルーミスさんは腸《ちょう》からしぼり出すような、前よりもいっそう深いところから湧《わ》いてくるような声でうめいた。しばらく、首をしめられているような声がつづく。きっと大声をあげようとしているんだ。ルーミスさんは目を閉《と》じて、ぐったりしてしまったが、呼吸《こきゅう》だけは、息せききって走ってきた子犬みたいに、ハアハアとせわしない。脈《みゃく》をとろうとしたけど、不規則で速くかすかにふれる程度なので、とても数えられない。

あの人、ほんとうにエドワードを撃ったのかしら。そうだとしたら、どの程度の傷《きず》だったのだろう。ふと、あることを思いついたので、それをするのは気がすすまなかったけど、ともかく確かめてみることにする。わたしは防護服を置いたところへ行った。ベッドわきの椅子《いす》の上にたたんである服を広げて、窓辺《まどべ》の明るいところへ持っていった。

やっぱり恐《おそ》れていたことは的中した。胸《むね》のまんなかへんを横に五センチくらいの間隔《かんかく》で穴《あな》が三つ並《なら》んでいる。つぎが当たっていたけど――つまり、穴《あな》の上に新しくプラスチックがはりつけてあったから、気密性《きみっせい》は保っていた――内側から見ると、丸くて、かなり大きな弾丸《だんがん》のあとだということはすぐわかる。この弾丸が撃《う》ちこまれたとき、エドワードがこの服を着ていたとしたら、致命傷《ちめいしょう》だったことはまちがいない。

夜。

十時ごろ、わたしは寝室《しんしつ》の窓《まど》の近くに、ランプをともしてすわった。ルーミスさんの悪夢は終わったらしい。今は落ち着いているけど、今夜ひと晩《ばん》もつかどうか。手も足も冷えきって氷のようだし、呼吸《こきゅう》はかすかで、ほとんど聞きとれないほど。あれからは、熱をはかる気にもなれない。せっかくの眠《ねむ》りをさまたげるだけだし、はかったところで、どうなるものでもない。もうこれ以上してあげられることはなんにもない。

夕方になると、それがよくわかった。やりきれない、このむなしさ。もうベッドからも出られない、転がり落ちることさえない、ずっとつきそっていることさえ無用なんだわ。あの人の手のなんと冷たいこと、毛布をもう一枚《まい》持ってきたとき、ほんとうに重態なんだと気づいた。湯たんぽをいれて、わたしの腕《うで》で頭を支えて、お茶を少し飲ませようとした。少しはのどを通ったのかしら。知りようもないことだけど。目を閉《と》じたままだ。真っ青な顔をして、まぶたはほとんど紫色《むらさきいろ》に近く、透《す》けて見えそうにうすい。

そのとき、あの人のためになるかもしれないと、ふと思いついたことがある。ルーミスさんの寝室をもう一度見まわしてから、部屋を出てドアを閉《し》め、聖書《せいしょ》を持って教会へ向かった。わたしが人並《ひとな》み以上に信仰《しんこう》あつい人間だと思われても困《こま》るけど、ほかにどうしようもないから、祈《いの》ってあげようと思ったのだ。さっき、あの人のためにと書いたけれど、ほんとうは、わたしのためかもしれない。自分でもはっきりしない。でも、わかっているのは、ルーミスさんがわたしの助けを必要としていること、そしてたよられるわたしもまた、何かの支えを求めずにはいられないということだ。

陽がしずんでいく。夕映《ゆうば》えがいつもと変わらず美しい。だけど、わたしは見とれてはいられなかった。うちのめされて、そんな余裕《よゆう》はなかった。ファロがついてきた。その姿《すがた》を見るだけで心がなぐさめられる。教会に着くと、ファロも入りたがったので入れてやり、おとなしくすわっているように言いつけた。

中は白くペンキで塗《ぬ》ってあったが、色もいくぶんあせていたし、もう夜だったから、薄墨色《うすずみいろ》に見える。とても小さい建物で、四角い部屋がひとつあるだけ。長椅子《ながいす》は七つあるけれど、そのうち背《せ》もたれのついたのは二つきり、あとは文字どおりただのベンチだ。祭壇《さいだん》の後ろには、幅《はば》のせまい窓が二つ（説教壇《せっきょうだん》はなくて、聖書《せいしょ》を置いて読む長方形の高い台があるきりだ）、それから両横の壁《かべ》に二つずつ、やっぱり幅《はば》のせまい窓がはめこまれているだけだから、会堂の中はいつも暗くて、シーンとしている。

わたしは、いちばん明るい前列の座席《ざせき》に腰《こし》をかけ、三十分ほど聖書を読み、ルーミスさんのために祈《いの》った。たとえ人を殺した人間でも、やっぱりわたしは、あの人に生きていてほしいと思う。

12
病《やまい》とのたたかい

六月五日

朝。

ルーミスさんは、ゆうべひと晩《ばん》、どうにかもちこたえた。

一度なんかほんとうに死んでしまったのかしらと思ったほど。わたしは居間のソファで寝《ね》ていたけど、ルーミスさんの部屋からは、物音ひとつ聞こえてこない。わたしは、ときたまうとうとするだけで、まんじりともせず夜を明かした。目が開くたびに、ようすを見にルーミスさんの寝室《しんしつ》へ行く。夜中の二時ごろ、部屋に入って、息をしているかどうか耳をすました。でも、いつまでたっても何も聞こえてこない。とてもこわくて、心臓《しんぞう》が止まりそうだった。どうか生きていますようにと祈《いの》りながら、近づいていった。ベッドから三十センチくらいまで近寄ったとき、やっとルーミスさんの息づかいが聞こえた。今にも消え入りそうで、おまけに速い。そのあとはいつ行ってみても、同じ状態。でも確かに生きている。わたしは火を絶《た》やさないで、一時間おきに湯たんぽのお湯をとりかえ、足もとに入れる。足がとても冷たいのは、血液の循《じゅん》環《かん》がうまくいっていないからなんだわ。

長い夜がようやく明けた。自分のためにコーヒーをいれ、朝食を作る。食欲《しょくよく》はないけど、おなかに入れておかなくちゃ。それから乳《ちち》をしぼりに行く。子牛が草を食べ始めるようになったから、これ以上乳しぼりをなまけると、すぐに出なくなる。乳しぼりから帰ってくると、部屋が明るくなっていたので、ルーミスさんの顔が見えた。ぞっとするほど青白い。あまりのことに熱をはかる気にもなれない。そのかわり呼吸《こきゅう》を数えた。一分間の呼吸数は五十もある。正常なときは十六回ぐらいだと、確か学校で教わったわ。唇《くちびる》は、腫《は》れ上《あ》がり灰色《はいいろ》で、ひび割《わ》れてかさかさのボール紙みたいな感じ。きれいな布を水にひたし、それを唇にあててしめらせ、水を少し口の中に入れてあげるつもりで、布を軽くしぼった。窒息《ちっそく》がこわいので、コップで飲ませるのはやめにした。冷たくて、べとべとに汚《よご》れた顔もふいた。

わたしはファロにえさをやると、また教会に足を向けた。今度は、八割《わり》がた自分のためだ。何かを考えようとするんだけど、心配のあまり頭がしっかり動かない。目まいがするほど気分も悪い。ほとんど眠《ねむ》れなかったせいでもあるけど。そうかといって家の中で椅子《いす》にすわって、ルーミスさんの顔を見ていたところでどうにもなりはしない。あの人は死ぬときには死ぬんだし、死なないのなら生きるに決まっているもの。どっちにしろ、わたしがそこにいたからって、何かが変わるわけじゃない。気がかりなのは、ルーミスさんが助かるかどうかってことだけじゃなくて、研究所で何が起こったかということ——わたしが聞いた研究所でのできごと——仕方がないわ、聞こえてしまったんだもの。まるで、録音されているのを聞いたみたいにはっきりと聞いてしまったからには、わたしとしては、しっかり判断《はんだん》がくだせるようにしとかないと。

ファロは、朝のえさをあたふたと飲みこむと、わたしに追いついてきて、いっしょに教会の中へ入った。わたしは聖書《せいしょ》を忘《わす》れてきたことに気づき、とりに帰ろうかどうか迷《まよ》っていた。そのとき、ファロがそろりそろりと、祭壇《さいだん》のほうへ近づいていき始めた。わたしには何も見えなかったので、ドキッとした。静まり返った教会の中で、ファロは目に見えない何かの霊《れい》か天使を見て、そっと近づこうとしているのではないか、ちらとそんな思いが頭をかすめたのだ。

ファロに「おすわり」の合図をし、わたしもおそるおそる近づいてみる。そこにいたのは、小さくてくしゃくしゃの黒いもの——体いちめんうぶ毛におおわれて、翼《つばさ》や尾羽《おばね》になる羽がちょっと生えかけている、スズメほどの大きさのカラスのひなだ。近づくと、羽をバタバタさせ飛びたとうとするけど、飛び上がることができない。どこから来たのかしら？　どうやって会堂の中へ入りこんだのかしら。見上げると、尖塔《せんとう》は吹《ふ》きぬけになっている。尖塔というより、高い丸屋根って感じ。いちばん上のあたりに、厚さ二インチ幅《はば》四インチ（と聞いている）の角材が十字型に組んである。これは鐘《かね》をつるためのもの、でも一度だって鐘はつるされたことがない。この尖塔《せんとう》の片側、屋根のひさしの内側（何枚《まい》か板がはがれてるって気がついたところ）に、小枝や木の葉、わらなどをごちゃごちゃ寄せ集めたものが見える。巣だ。カラスのつがいがかけたものだわ。あそこから、このひな、落ちたんだ。

ひなの顔をのぞきこむと、すごく元気のよい小さな黒い目でわたしを見返した。わたしは一歩近寄る。ひなは一歩後ろへ飛びのく。とうとう祭壇《さいだん》の後ろの壁《かべ》に追いつめられ、観念したようにうずくまってしまった。

もちろん、今までだって小鳥のひなを見つけたことはある。家の人たちみんながそういう経験をしているよと、とうさんは言ったっけ。「必ず、ひながいたところにそっとしておいてやりなさい。親鳥はいつだって、近くの木から見守っていて、人がそばに寄らなければ、ひなを助けにくるんだから」……そのとおりよ。わたしも親鳥たちがそうするのを見たことがある。でも今度だけは、親ガラスが尖塔から会堂の中へおりてくるような冒険《ぼうけん》をするとは思えない。第一、ひながどこへ落ちたかもわかっていないんじゃないかしら。

わたしは、カラスのひなを両手でできるだけそっと包みこむようにしてひろい上げた。ひなは抵抗《ていこう》もせず、安心しきってじっとしている。連れて帰って飼《か》いたいけど、考えなくちゃいけないことがたくさんあって、とてもペットの世話どころじゃない。外に連れて出たとたん、騒々《そうぞう》しい鳴き声が聞こえたので見上げると、二羽の大きなカラスが、頭の上でバタバタはばたいている。一羽が尖塔の上に舞《ま》いおりて止まった。きっとこのひなの親にちがいない。わたしの手の中のひなに気がついたのね。親鳥が見つけやすいような草の上にひなをおろして、そこから引きあげた。道路をいくらも行かないうちに（ファロをそばによびながら――ファロは事のなりゆきに興味しんしんだった）、もう親鳥はひなのところへ舞いおりていた。カラスが尖塔に巣をかけるなんて今までに聞いたことがないけど、仲間が一羽もいなくなり、自分たちの天下になったので、習性を変えたのかしら。

これはよいことの前ぶれかもしれないと思いながら家に帰った。わたしは、ちょっと縁起《えんぎ》をかつぐところがあって、小鳥は幸福を運んでくると、ずうっと前から信じていた。朝、目がさめるとすぐ窓の外をながめ、いちばん初めに小鳥が目に入れば――特にその小鳥がすぐ近くにいて、わたしのほうを見ていれば、それはいいことの前ぶれで、その日はすてきなことがあるって気がする。四歳《さい》のころ、初めてお祈《いの》りの話をしてもらったとき、お祈りは天まで飛んでいくんだって聞いたときからだと思うわ。なあんだ、羽があって空高く舞いあがるんだから、お祈りって鳥みたいなものね、と、小さな子どもだったわたしは、そう考えた記憶《きおく》がある。

といっても、この場合は上から下へ飛びおりて（つまり、落ちて）きたんだわね。それにしても方角が悪いわ。だけど家へ帰る道みち、ちょっぴりうれしかった。お祈りするのをすっかり忘《わす》れていたのに気がついても、そのうれしい気分は変わらない。

夜。

ルーミスさんの状態は依然《いぜん》として同じ。

あの人の命の火をともしつづけているのはなんだろう。こわくて、あの人の体を動かすようなことは何もできない。ほんのちょっとでも邪魔《じゃま》をし、ちょっとした音を立てても、命の糸がプツンと切れてしまうような気がする。ふとんが汚《よご》れているので、とりかえたいんだけどどうしようもない。

教会から帰り、ルーミスさんにそっと話しかけてみた。でも、目をさまさない。まぶたをピクリともさせない。だけど、わたしの声は無意識に、ルーミスさんにわかっているって気がした。それに、だれかがそばにいるとわかれば、病人も安心できるんじゃないかしら。

わたしがよびかけた言葉がわかったんだわと思っただけでなく、絶対にそうだわと信じて、本を読んであげることにした。ベッドのわきに腰《こし》をおろし、小さな声で読めば、わたしがどこにいるのかもわかるでしょう。聖書《せいしょ》がいいかしらと考えたけど、結局、詩を読むことにする。そのほうがいっそう気持ちが落ち着くんじゃないかしら。わたしの部屋から詩集を持ってきて、グレイの『田舎《いなか》の墓地で書いたエレジー』（イギリスの詩人トマス・グレイが一七五一年に出した詩集）を読んだ。悲しい詩だけど、わたしは好きだ。死をうたったものだけど、あの人には言葉の意味なんてひと言もわからないだろう。でも、今はわたしの声が聞こえればいい。

本を読んでいるのは、ほんとうはいったいだれのためなのか、まったくあいまい。なぜって、詩を読んでいると、わたし自身の心配もうすらぎ、だんだん落ち着いてくるんだもの。あとでピアノをひいてみようかしらと考える。弱音ペダルを使って、何か静かな曲を。ピアノはとなりの部屋にあるし、前にひいたとき、あの人は確かに喜んでいた。

グレイのエレジーを読み終わると、椅子《いす》にすわったまま、ルーミスさんとエドワードのことを考える。

ルーミスさんがエドワードを撃《う》ち殺《ころ》したってことは、ほんとうだろう。そう認《みと》めるのはとても恐《おそ》ろしい。この人はこれから先つきあっていくたったひとりの人間だから。

もちろん、ルーミスさんがエドワードを撃ったという確信があるわけじゃない。でも夢うつつのうわごとや、防護服の穴《あな》のことを考えると、あの人がやったんだと信じないわけにはいかない。ルーミスさんが口走ったことについて考えてみると、ほんとうにひどいことだとは言いきれないいんじゃないかしら。

ある意味では、正当防衛だったとも言える。もしエドワードが防護服をうばって行ってしまい、二度と帰ってこなかったなら、ルーミスさんは研究所から一歩も外へ出られないことになったはず――ことによったら永久に――十中八九、未来永劫《えいごう》に。閉《と》じこめられたまま、ついには食べ物もなくなり、水や空気もなくなって死んでしまったでしょうね。ならば、エドワードが防護服を盗《ぬす》もうとしたとき、ルーミスさんは、死の危険《きけん》にさらされていたって言えるんだわ。ルーミスさんだって、ただ生きのびるためというより、それ以上のことを考えていたのかもしれない。うわごとで、防護服は大切な大切なものだから、むだな使い方をするなと言っていた。「われわれにとって最後のたのみの綱《つな》」という言い方をしていたわ。自分だけのことじゃなく、人類が生きのびることを考えていたのかもしれない。そのころはまだ、あちこちのシェルター――地下の空軍基地など――に生き残った人たちがいると信じこんでいたのでしょうから、たった一着しかないあの服が、その人たちと連絡《れんらく》をとるためのただひとつの手段《しゅだん》だったら。確かにそうね、はかりしれないほどの大事なものだから、むやみに使っちゃいけなかったんだわ。もしルーミスさんがそう考えていて、エドワードは、そんなことまともに考えようとしなかったのなら、つまり手前勝手であさはかだったのなら、エドワードが悪かったということになる。

　どちらがまちがっていたかってことは、エドワードがどんな人間だったかによるわ。もし、正直で分別があり、心から防護服を返す意志があったのなら、それにほんとうに返しにくるような人だったら、たぶん貸してあげるべきだったろう。でも、ルーミスさんが言っていたように、何かまずいことが起こったら、そのときはどうなるの？　エドワードが軽率《けいそつ》で、こっそり着て逃《に》げることしか考えていなかったとしたら、ルーミスさんだけを責めるわけにはいかない。

一方では、こういうことも考えられる。ルーミスさんが防護服をわたさないのは、自分ひとりのものにするつもりだったのでは？　時期が来たら服をうばい、全滅《ぜんめつ》をまぬかれた文明社会をどこかに見つけようと、ひとりで出ていくつもりだったら？　結果的にはそうなったんだけど。

これもやっぱり、ルーミスさんがどんな人だったか――今はどんな気持ちなのかを知らなくては決められない。ほんとに、まだわたしにはさっぱりあの人の人柄《ひとがら》がわからないもの。どうしよう。ルーミスさんが助かり意識が戻《もど》ったら――そのことをたずねるべきかしら？何があったのか話したがらないのは確かだけど。自分で研究所のことや、防護服やシカゴまで行った話をしたときにも、エドワードのことなんて、ひと言もしゃべらなかったもの。ふたりっきりの生活で、こんな秘密《ひみつ》を知らないふりするなんて、とてもたいへんなことだわ。

いつまでも迷《まよ》ってばかりはいられない。

六月六日

今朝も教会へ行く。もうちょっとで望みを捨《す》ててしまうところだった。ルーミスさんはピクリとも動かない。生きている印といえば、今にも消えてしまいそうな息だけ。もう三十一時間以上も寝《ね》たっきり。

結局また、ひとりぼっちに戻《もど》ったような気がする。ベッドに寝ているあの人を、生きている人間だと思うのはむずかしい。きっとまた、しゃべったり考えたりできるようになると信じてはいるんだけど、そんな希望も吹《ふ》っ飛《と》んでしまいそう。でもまだあきらめたくはない。もしわたしがあきらめたら、あの人の生きる力がなくなってしまうような気がするもの。だからただ、わたしは教会へ行くだけ。

外はくもっていて、しめっているけどさわやかなにおいがした。ゆうべちょっと雨が降《ふ》ったし、今朝もまた降りそう。ファロもいっしょに教会に着くと、ファロは走っていき、きのう小鳥を置いた草むらのあたりをかぎまわっていたけど、もちろんその姿《すがた》はない。親鳥が巣に連れて帰ったんだ。

今日は、聖書《せいしょ》をちゃんと持ってきた。祈《いの》るのも忘《わす》れなかった。

帰り道、花を何本か——道ばたに咲《さ》いている野バラを——つみ、家に帰ると、花びんに活《い》けて、ルーミスさんの部屋に持っていった。

リンゴの花は落ちてしおれている。もちろん、花なんてルーミスさんには見えやしない。これもやっぱり自分のためって感じ。

そばに腰《こし》をおろし、呼吸《こきゅう》をできるだけ正確にはかってみた。三回くり返して数えてみたけど、はかったかぎりでは、前には五十ほどだったのに、三十回ぐらいに減《へ》っている。ほんのちょっとだけ深い呼吸になっているような気がする。

そのことがいいのか悪いのか、はっきりしたことは言えないけど、たぶんいい前ぶれなんだろう。

三十分ほどピアノをひく。たとえあの人の魂《たましい》がどこかをさまよっているにしても、その耳へとどきますようにと祈《いの》りながら。

13 病《やまい》、峠《とうげ》を越《こ》える

六月七日

ルーミスさんは確実に回復している。

まだ目はさまさないけど、呼吸《こきゅう》は一分間十八、これならもう正常に近いといってもいい。顔色だって青みがうすれてきたわ。見ただけで、きのうよりも一段《いちだん》とよくなったのがわかる。まだ体温計ではかってはいないけど、ルーミスさんの額《ひたい》に手をのせ、それから自分の額にさわってみると、熱は高いことは高い、でも前より下がっているのは確かね。

具合がよさそうだから、今こそ（一時的な回復期にちがいない）、シーツ、毛布、枕《まくら》カバー、パジャマをとりかえなきゃ。汚《よご》れたシーツをはずしてきれいなほうをしくには、ルーミスさんの体を、ベッドのこちら側からむこうのはしへ、転がさなければならない（衛生の授業で教わったことのひとつ）。この仕事は、とても気を使った。幸い、ルーミスさんは苦しそうな表情も見せなかったし、呼吸も乱《みだ》れなかった。

まったく、ひどくやっかいな仕事。洗濯物《せんたくもの》は山ほど出るし、今になってみれば、わたしは看《かん》護師《ごし》に向いていないのがよくわかる。一時は、本気で看護師になろうかと考えたこともあったけど。遠くから見ている分には、すてきな職業《しょくぎょう》に思えたもの。助けを求めている人々に、実際に手を貸してあげられると思ったし、その方面の教育を受ければ、一人前の看護師としてお金もらえるんじゃないかって。でも、結局は教師になる道を選んだ。看護師ほど直接的ではないにしても、人の役に立つ仕事のひとつだもの。

ひとりぼっちになってもう長いのに、わたしはまだ納得《なっとく》しきれない。これから先、意義のある仕事ひとつするでもなく、職業につくことなんか金輪際《こんりんざい》なくて、どこへも行かず、今この家でやっていることを、ただくり返すだけだなんて。わたしが教師という職業につきたかったのは、なんといっても、国語を教えるということが気に入っていたから。本が好きで、何をするよりも読むことが性にあうから。わたしの将来《しょうらい》の設計では、教壇《きょうだん》に立つかたわら、大学院で文学を専攻《せんこう》し、できれば創作《そうさく》の手ほどきも受けるつもりだったのに。

今となっては、みんなだめになっちゃった。もう学校もないし、生徒だってひとりもいやしない。それはわかっている。わかってはいるけど、やっぱりいつまでも思い切れない。家から通ってせっせと貯金し、一年目の給料を全額本につぎこむ、それがわたしの計画だった。うちにある本の数はごく少ないので、どの本だって二十回かそれ以上も読み返している。

本のことを考えると、いつも頭に浮《う》かぶことがある。わたしが買いたい本——買いたかったたくさんの本は、オグデン町立図書館に眠《ねむ》っているんだ。あそこには、ギフトショップもあって、その中に小さい本のコーナーがあった。本といえば、オグデンには、たくさん本のありそうな、かなり大きい家が何軒《けん》もあるのに、この先だれも、その本を読むものはいない。わたしが考えるのはそのこと。オグデンから、そのうちの何冊《さつ》かをここへ持ってこられないものかしらと。

もちろんあの防護服があるから、こんなことを考えつくんだろうけど。ルーミスさんはあれを着て、はるばるここまでやって来たんだから、ちょっとオグデンへ本をとりに行くくらい、造作《ぞうさ》のないことじゃないかしら——とわたしは思う。

でも、本をこの谷間に運ぶのは危険《きけん》かしら？　危険なら、放射能《ほうしゃのう》が消えるまで、どこかに置いておけないものかしら——たとえば丘《おか》の中腹《ちゅうふく》に、雨にうたれないように、おおいをかけておいたらどうだろう？　週一回、ガイガー・カウンターではかればいいじゃないの（バーデン・クリークではかったように）。わたしは、放射能については充分《じゅうぶん》な知識がないけど、ルーミスさんならわかるはず。だけどあの人は、どう見ても本好きじゃなさそうだから、あまり乗り気にはならないでしょうね。

こんなことをあれこれ考えていると、楽しくてわくわくしてくる。でも、実現するかしら。もし実現するとして、いつかは、安心して本にさわれるようになるときがくるのなら、ルーミスさんが行きたくないというなら、わたしが自分で行けばいいんだわ。といっても、あの人が防護服を貸してくれればの話だけど。

あの服のことを考えたら、またしてもエドワードのことを思い出して、ぎくっとした。

六月八日

今朝、ルーミスさんが目を開けた。まるで生まれたばかりの動物の目のよう。うつろで、焦《しょう》点《てん》が定まっていない。なんにも見えていないのね。

話しかけようとしている。というより、とにかく声を出そうとしているみたいだけど、かすれた音にしかならない。たぶん水がほしいんだと思い、水をくんできてスプーンで口に入れてあげた。やっぱりのどがかわいていたんだわ。コップ半分だけにしてやめた。あんまり急激《きゅうげき》に飲みすぎて、また具合が悪くなるといけないから。ルーミスさんがむせもしないで水を飲めたことは何よりよ。といっても、そのうちのいくらかは、こぼれて顎《あご》をぬらしたけど。

意識がまったくないことはわかっている。でも、一歩前進にはちがいないので、ほんの少しほっとした。しばらくして体温をはかった。はかっている間じゅう、体温計と顎《あご》をおさえていなければならない（顎はひげもじゃだ）。でも、ちゃんとはかれた。三十九度五分《ぶ》――かなり下がったわ。

熱は下がり始めたけど、ルーミスさんは、骨《ほね》と皮にやせてしまった。少なくとも液体は飲みこむことができるはずだから、今度はもう少しコクのあるものをあげよう。わたしが作れるものの中で、いちばん栄養《えいよう》のある流動食は、もちろんスープだけど、もっといいのは、火を通したカスタード。牛乳《ぎゅうにゅう》、卵黄《らんおう》、砂糖《さとう》、塩とでさっそくとりかかる。牛乳が煮《に》たつのを待っている間、またストーブがあればいいのにと思った。

考えてみれば――そうね、持ってこられるじゃない。もうトラクターも使えるんだもの――。前にストーブを分解したときは（バラバラにして）、小さい（古くてガタガタの）手おし車で少しずつ運ぶつもりだったけど。わたしが――わたしたちが――トラクターを使えるようになってからは、ストーブのことを思い出しもしなかった。トラクターの荷台に乗せれば、一度にすっかり運べるわ。それに、台所で組み立てるのだって、そんなに時間はかからないだろう。置く場所だって、ちゃんと決めてあるし。

カスタードがさめるのを待つ間に、納屋《なや》へひとっ走りして、荷台をつけたトラクターを積込《つみこみ》台《だい》までバックさせ、後ろのあおり板をおろした。そうすれば、荷台と積込台の高さがほとんど同じ高さになる――これは偶然《ぐうぜん》じゃない。とうさんが二つの高さをそろえるために、わざわざ納屋のほうを高くし、段差《だんさ》をつけたのだ。

いちばん重い火室《かしつ》は、前にメゾナイト板に乗せておいたから、ちょっと力を入れて引っ張ると、すぐに荷台に乗った。火室さえ運べたら、あとは簡単《かんたん》。

裏《うら》のポーチでおろすときも、乗せたときと同様やさしかった。ポーチが荷台より十五センチほど低かったので、あおり板のチェーンをはずして渡《わた》し板《いた》にする。火室を引っ張りドアの敷居《しきい》を越《こ》えさせるときは、ちょっと苦労したけど、かあさんがよくやっていた方法を思い出し、そのとおりにしてみた。うんと濃《こ》い石鹸液《せっけんえき》を敷居に塗《ぬ》りつけたら、メゾナイトがするりとすべってくれたってわけ。

ストーブの組み立ては、思ったより手間どった。ボルトが何本か、どうしてもうまく穴《あな》にはまらない。それに火格子《ひごうし》を、初めは上下さかさまにはめていたので、やりなおす始末。午後は、この仕事にかかりきった。ときどき、合い間を見て、ルーミスさんのようすを見に行く（そのたびに、何回でも手を洗《あら》って）。

カスタードがすっかりさめたので、スプーンでひとさじずつ食べさせてみた。ルーミスさんは、やっぱり目をさまさないし、それどころか、今度は目を開けもしない。でもどうにかのみこんでくれる。ひとさじひとさじ、やっとのことで、ゴクリと音を立てながら。のみこむという動作は反射《はんしゃ》運動のひとつで、意識しないでもできる本能のようなものかしら。おかげでうまく食べさせられた。一回目は、ほんの五十グラムだけにしておく。ルーミスさんの体が、カスタードを消化できるのを確かめるまでは。

ストーブが組みあがった。あとは、ストーブ用のまっすぐな煙突《えんとつ》を二本とL《エル》字形のを一本、クラインさんの店から持ってくれば、台所の煙突につなぐだけで使える。それから磨《みが》きをかける。黒い胴体《どうたい》にニッケルの縁《ふち》がついているから、磨けばきっとすてきになるわ。立派《りっぱ》でしょ――特にこのオーブン――それに、オーブンを組み立てたこのわたしだって相当なものだわ。まるでクリスマスプレゼントでも、もらったような気分。

14　十六歳《さい》の誕生日《たんじょうび》

六月十五日

一週間たった。申し分のない、上々の一週間。

今日は、わたしの十六歳の誕生日。お祝いの食卓《しょくたく》は、ローストチキンとケーキのごちそう。どちらも完成したばかりのオーブンで焼き上げた。ケーキはわたしが初めて焼いたものとは思えないほど。前にも何度か焼いたことはあるけど、そのつどいつもかあさんがついていてくれた。だから、これはわたしがひとりで焼いた初めてのケーキ。それにオーブンも使い初めで、ケーキは最高のできあがり。まわりに白いクリームを塗《ぬ》って、これも見事なできばえ。

お祝いは、わたしの誕生日だけじゃなくて、ルーミスさんの病状が快方に向かっていることを感謝《かんしゃ》する意味もある。ルーミスさんは目を見張るような回復ぶりだけど、それでも、完全にもとどおりってわけじゃない。歩けないもの。足が弱くなって、膝《ひざ》に力が入らなくなっている。

思ったとおり、血液が足の中を正常に循環《じゅんかん》していないんだわ。そのうち歩けるようになるだろうけど、時間がかかるみたいね。

ルーミスさんがそんな具合だから、お祝いのごちそうは、ベッドの横に折りたたみ式のカードテーブルを広げて、その上に並《なら》べた。リンネルのテーブルクロスをかけ、上等の食器を置き、銀のナイフやフォークまで持ちだして磨《みが》いた。それに、今度はロウソクの用意も忘《わす》れなかった(でも、誕生日用《たんじょうびよう》のロウソクじゃないけど。クラインさんの店には、そういうロウソクは一本も見あたらないんですもの)。

用意をしている間じゅう、ルーミスさんが眠《ねむ》っていてくれたことは、なんといっても上首尾《じょうしゅび》だった。ちょうどよい時間に、ルーミスさんは目をさました。そのときには、テーブルの用意はすっかりできて、ロウソクの光に銀のナイフやフォークがきらきら輝《かがや》いていた。ルーミスさんは、目を開けてテーブルを見ると、ふっと閉《と》じて、それからもう一度あらためて目を開けた。

「奇跡《きせき》を見ているような気がする」

と、ルーミスさんは言った。ある意味では、ほんとにそのとおりだわ。考えてみれば、ルーミスさんが生死の境をさまよっていたのは、つい一週間前のことだものね。第一わたしだって、ほとんどあきらめていたんだもの。もっとも、ルーミスさんが奇跡と言ったのは、食卓《しょくたく》のごちそうのことだろうけど。

ルーミスさんは、わたしが食べさせ始めた日を境に快方に向かっている。そのときは、危険《きけん》を通りぬけたというはっきりとした確信はなかった。よくなっているんじゃないかなとほんとうに思ったのは、次の日午後おそく、ルーミスさんがようやく目をさましたときだ。ちょうどわたしが部屋に入ったとき、ルーミスさんははっきり足音を聞きとったのだろう。目を開けて、じっとわたしを見つめていた。まちがいなく、わたしの姿《すがた》が見えるんだわ。それに驚《おどろ》いたのなんのって、ルーミスさんは口をきいたのだ。今にも消え入りそうな声だったけど。

「ピアノをひいていたね」

これがルーミスさんの口からもれた最初の言葉。

あの人を抱《だ》きしめてあげたい気持ちをおさえ、わたしはベッドのそばの椅子《いす》にすわった。

「そうよ、でもあなたの耳にとどいているかどうかわからなかったわ」

「聞いていた――でも、だんだん遠くなって……」

ルーミスさんは目を閉じ、言い終わらないうちに、また眠り始めた。

ただこれだけのこと。でも、これは大事件だわ。ふたたび目が見えるようになり、その上話すこともできたんだから、そのあと三十分は、そっとしておいた。それから、前にカスタードを食べさせたように、口に入れてあげようと、作っておいたスープを持ってそばに腰《こし》をおろした。ルーミスさんはすぐ目をさました。最初は何も言わずに、ひとさじひとさじスープを飲んだ――まるでむさぼるように、といってもいいほどあの人はおいしそうに飲んだ。

きれいにカップ一杯《ぱい》平らげると、ルーミスさんはようやく口を開いた。

「ぼくは……遠くに行っていた」

その声に少し力が出てきている。

「ピアノが聞こえていた……すごくかすかな音だった……耳をすまして聞こうと……」

ルーミスさんは息が苦しくなって口を閉《と》じた。

「だんだん聞こえなくなって……それでもぼくはいっしょうけんめい聞こうとした……すると、また聞こえて……」

「まだしゃべるのは無理よ。もうしゃべらないで。だけどピアノの音が聞こえてたなんてうれしいわ」

かわいそう。わたしのピアノが支えになったんだって言いたかったんだわ。わたしが本を読んだ声も聞こえていたのかしら。

そのとおり、聞こえていたんだわ。次の日、ルーミスさんは、前の日の二倍も元気が出てきたようだ。体温は三十八度三分《ぶ》まで下がったから、アルコールでふくのはやめた。少しだけど動けるようにもなった。でも、まだ自分で食べられるほどじゃない。目もずっと長く開けていられるようになり、しきりに部屋の中を見まわしている。ルーミスさんが、また口を開いたときは、言葉も前のようにあいまいじゃなかったし、息切れもしなかった。だけど、ルーミスさんの記憶《きおく》は生死の境をさまよった日々に戻《もど》っていくだけで、その点では前の日と変わらない。

「ぼくは遠いところにいるような気がしていた――ポツンとひとりで。寒いところだったな。ふわふわただよっていた。息をするのが苦しかった。そのうちにきみの声が聞こえたんだ。ぼくがきみの声に耳をすましている間は、ふわふわしなくなるんだよ。それにピアノが聞こえているときもそうだった」

「とてもよくなってきてるわ」

「そうだ。もうあんなに寒くない」

ルーミスさんにカスタードとスープを、二時間おきぐらいに運んだ。そのたびに、ルーミスさんは、かえっておなかがすくようだった。実際ルーミスさんの食欲《しょくよく》が充分《じゅうぶん》出てきたので、三日目には固形食に切りかえた。何も食べないで寝《ね》ていたときの分を、とり戻そうとしているのはもちろんだ。ルーミスさんは七キロかそれ以上やせたんじゃないかしら。

四日目、さらによくなった。わたしは昼食を持ってルーミスさんの部屋に入り、いつものように食べさせるつもりだった。ルーミスさんは片《かた》ひじをつき、横になっていた。顔色は目に見えてよくなっている。ルーミスさんが言った。

「手を貸してくれれば、起き上がって自分でできると思うんだが」

「できるって何が？」

「食べるんだよ」

わたしはためらった。でもルーミスさんはひきさがらない。

「やるだけはやらせてみてくれよ」

わたしは、枕《まくら》をいくつも積み上げて、ルーミスさんの肩《かた》の下に腕《うで》を差し入れて起こした。ルーミスさんは上半身を起こし、膝《ひざ》の上に昼食を置き、自分で食べ始めた。手は少しふるえていたけど、どうしても自分の力で食べようとしているのがよくわかったし、それができたときは、とても満足そうだった。スプーンで食べさせてもらうなんて、自分が赤んぼうになったような気がしていたのだろうか。

ルーミスさんの病状の心配は、日一日うすれていった。心配事なんて、たいていそんなもの、少なくともわたしの場合は、大きな心配がひとつ消えたと思ったら、小さな問題が次々と待ってましたとばかりにしのび寄ってきた。そこで放りっぱなしにしていた野菜畑へ出かけてみた――この十日間というもの、ほとんど見もしなかった――それから、耕しただけでなんにも植えていない遠いほうの畑へも行った。このことは、心配事としては小さいほうだ。でも、さしせまった現実の問題にはちがいない。今度の冬は、今店にあるものを食べてしのいでいけるだろうけど。牛やニワトリだって、この冬はどうにかなるわ。問題はそのあと。今ある種はもう二年も前のもので、来年になれば三年越《ご》しになる。一年一年、発芽する種は少なくなるのだから、たとえ新しい種をとるだけに終わったとしても、どうにかして少しはまかなくちゃ。

　畑のことはまったく自分だけの問題だと思いこんでいた。だから、ルーミスさんにはもちろんひと言も言うつもりはなかった。畝《うね》の間を歩いてみると、どれもこれもちゃんと芽を出している。土がややかたまりすぎていたけど、野菜に被害《ひがい》は出ていない。すぐに鍬《くわ》と手動耕うん機を使って土をくだけばいい――鍬も耕うん機も、門のそばの柵《さく》に立てかけたままになっている。だいたいこんなふうねと、わたしは胸《むね》をなでおろした。何もかも一か月おくれている。ということは、気温が高くなれば、グリーンピースはたいしてできないだろう――ということは食べるほうにはそんなにまわせないけど、来春まく種には困《こま》らないということ。あと二週間もすれば、レタスとラディッシュとカラシ菜が食べられるようになるわ。ジャガイモでさえ、小さいけど見事な青い茎《くき》が出ている。

　開墾《かいこん》したばかりの新しい畑へ行ってみた。畝を起こしたままになっていて、どことなくうちすてられた畑という感じ。あちこちに、もう雑草がはびこりだしている。でも、まぐわで耕すのはこれからだから、雑草のことはそれで片《かた》がつく。肝心《かんじん》なのは、トウモロコシの種をまくこと。トウモロコシは、なんとかちゃんと育つとは思うけど。でも、実が入るのは九月末か十月。

牛とニワトリの冬の飼料《しりょう》用になら、時期的にみて充分《じゅうぶん》まにあうわ。刈《か》りとってびん詰《づ》めにもできるし、ひいてトウモロコシ粉にだってできる。とにかく、来年の種まき用のものは充分《じゅうぶん》たくわえられる。

大豆については、あまり自信が持てないわ。自分で育てたこともないし、とうさんが大豆をいつごろまいていたか、どうしても思い出せないもの。作つけは、もっと早くしなくちゃいけなかったような気がするんだけど。やるだけはやってみよう――大豆も、せめて種にするくらいは収穫《しゅうかく》しなくちゃ。

畑のことは、どれをとってみても重大問題。深刻《しんこく》な問題ではあるけど、今すぐ仕事にかかれば解決できることだ。だから前にも書いたように、ルーミスさんにこんな話を持ち出すつもりはさらさらなかった。ところが、五日目にルーミスさんは、ひどくびっくりするようなことを、二つ言ってのけた。ひとつは畑を耕し、種をまくことに関して。もうひとつは別のこと。

畑のことについては、ルーミスさんにしかられたといってもいいくらい。

「トラクターは相変わらず調子がいいかい？」

朝食のお盆《ぼん》を運んでいくと、ルーミスさんはたずねた。

「ええ、そうね。でも、あんまり使ってないけど」

「野菜はどんなようすだい？　野菜畑は芽が出ているかい？　トウモロコシはどう？」

いかにもせかせかして、気がかりだと言わんばかり。こんな言い方、いつか聞いたような気がするわと思っていたら――ふと思い出した――ルーミスさんが夢の中でエドワードに話していたあの調子だ。わたしは正直に答えた。

「野菜畑は上々よ。鍬《くわ》を入れなきゃならないけど。でもトウモロコシのほうは――」

「トウモロコシは？」

ひどくじれったそうだ。

「まだまいてないわ。大豆もまだよ」

それを聞いたルーミスさんは、とてもじっとしてなんかいられないようす。片《かた》ひじをついて体を起こし――それどころか、上体を起こしてすわってしまった。ずいぶん体力がついてきてるんだわ。

「まだまいてないって？　どうしてだ？」

「あなたの具合があんまり悪かったものだから、それでわたし、とても心配で――」

ルーミスさんは、わたしの言葉をさえぎった。

「それと種をまくのとどんな関係があるんだい？」

「あなたの熱が高くて、うわごとを言ってたときは、とてもそばを離《はな》れる気にはなれなかったのよ。あなたひとりにしておく気には――」

「つまり、一度も家を空《あ》けなかったってわけか？」

「ええ、最初のうちはね。ほんの数分、乳《ちち》しぼりに出ていっただけ」

そこで、わたしはまずいことを言ってしまった。

「あなたがほんとに危《あぶ》ないと思ったときは、教会にも行ったわ」

「教会へだと？」

まるで自分の耳が信じられないという口ぶりだ。

「教会とはな！」

そう言うなりルーミスさんは、ベッドに倒《たお》れこんでしまった。

「そいつにどのくらい時間をかけた？」

「わからないわ。行ったのは三回だけど」

そんなこと絶対言っちゃいけなかったんだわ。ルーミスさんをひどくいらだたせたようだ。

「教会へ三回も行っておきながら、畑には種もまいてないんだな」

あのとき、わたしがどんな気持ちでいたか、ルーミスさんが死にかけていると思ったとき、教会へ行くのがどれほど大事なことに思えたか、わたしは言ってやりたかった。でも、そんなこと口にしたって、あの人をますます逆上させるだけだと、それくらいはわたしにもわかっている。わたしは畑のことに話を戻《もど》した。

「そんなひどいことになってるわけじゃないの。ほんとうよ。トウモロコシは、このくらいおくれることならしょっちゅうあったし——七月にまいたことだってあったのよ。ちゃんと育つわよ」

「霜《しも》がおり始めるのはいつだ？」

ルーミスさんはまだ納得《なっとく》していないようだ。

「十一月までは絶対におりないわ。トウモロコシは十月にはできるわよ。早ければ九月中にも食べられるかもしれない」

「今まけばだろう」

「今日かかるつもりでいたのよ。きのう、畑を見に行ってきたの。まずは、まぐわを使って耕さなくちゃいけないわ」

「それにどのくらい時間がかかる？」

「半日もあれば。今日の午後にはいくらかまけると思うわ。うまくいけば全部すんじゃうかもしれないし」

ルーミスさんは気が静まったようす。そればかりか、いきなり自分を弁解しているようにも聞こえる。

「ぼくは食料のことを心配してるんだ。夢にまで見たくらいだ」

わたしはますますびっくりした。ルーミスさんの腹立《はらだ》たしそうな言葉のようすでは、わたしがなぜ教会へ行ったのか、生きていてほしいとどれほど切なく願ったか、ちっともわかってくれていない。それでもなお、説明したいと思った。でも、あとにしよう。種まきが終われば、こんなの、言い争うほどの問題ではなくなる。

でも考えてみると、こんな程度で片《かた》づくような問題ではなかったのだ。畑やトラクター――つまり、わたしはこの谷のもの全部を――種まきも野菜畑も、何もかもみんな自分のもので、自分の仕事、自分が心配することだと思ってきた。ところが今、ルーミスさんも、この谷を自分のものだと考え始めている。どうしてそうなったのか、すぐに思いあたった。ルーミスさんは谷に現れてから、ずっと今まで病気だったからだ。わたしがこの谷に住んでいることがルーミスさんにわかったときには、もうあの人は病気になっていた。そして今やっとそれを乗《の》り越《こ》えたんだわ。まだすっかり回復したとはいえないけど、自分は生きるのだと、つまり生活していくのだとルーミスさん自身がさとったのね。それで変わったんだわ。だから、この谷間はわたしのものでもあり、あの人のものでもあると考えたのね。わたしもそう思うようにならなくちゃいけないのね。

もうひとつは、それほど深刻《しんこく》なことじゃない。実際のところ、少々痛《いた》々《いた》しくはあったけど、こっけいなできごとだともいえる。

午前中、まぐわを使って畑を耕した。土は、二週間のうちに固くなってしまっている——たった二週間でこんなになるなんて——くだくのは簡単《かんたん》。すき起こしたままのぶざまにジグザグに盛《も》り上《あ》げられた耕地が、まっすぐな細い畝《うね》に変わり、畑というもののあるべき姿《すがた》に変わっていった。ファロはトラクターのまわりをはねまわり、そのたびに足で土をまきちらして、小さな土煙《つちけむり》をあげている。車輪のそばへ寄っちゃいけないのは、ファロもわかっているのだ。

昼からは種をまく。トウモロコシを四分の三ほどまいたら、もう夕食の仕度《したく》に帰らなくてはいけない時間。トウモロコシの種をまきながら、誕生日《たんじょうび》が二日後だってことを考え始める。

誕生日のことを思うと、オーブンを使えるのがますますうれしくなる。オーブンに火をいれながら、これで本式のバースデイケーキが焼ける、レアケーキだってなんだって作れるとわかったからだ。料理にかかろうとしたとき、ルーミスさんの寝室《しんしつ》からドスンと大きな音がした。そして小さく、ひとしきりドタンバタンとつづいた。まるでとっくみあいでもしているような音。

行ってみたら、まさにとっくみあい——ひとりずもうだったけど。走って寝室のドアまで行くと、ルーミスさんが見えた。床《ゆか》の上にぶざまに投げ出され、ベッドにつかまりながら必死に立ち上がろうとしているあの人の姿が。

わたしはかけよった。

「ベッドから落ちたの？」

「そうでもないんだが、ばかなことをしちまったな。立とうとしたんだ」

ルーミスさんは両膝《りょうひざ》を床《ゆか》につけたまま上体を起こし、ベッドに戻《もど》ろうとして見るも痛々《いたいた》しく奮闘《ふんとう》している。やれやれ、やっと立てたかと思ったら、最後に両足に体重をかけたものだから、そのとたん膝がゴムのようにくにゃっと曲がってしまった。いつか見た、よっぱらいのまねをしたコメディアンそっくり。ルーミスさんは、また床の上にドサリと倒《たお》れた。

「手伝うわ」

と、わたしは言った。

「やめろ」

ルーミスさんはものすごいけんまくで言う。

「自分でできる。そんなところにつっ立って見るな」

自分がひどくおろかしく思えてくるんだわ――わたしにもルーミスさんの気持ちがよくわかる――だから部屋を出て、ドアの外に立っていた。すぐにもう一度起き上がろうとしている気配がしたけど、今度はどうやらはい上がったらしい、ベッドのきしむ音が聞こえる。わたしは台所に戻《もど》って料理を始めた。夕食のお盆《ぼん》を持っていったときには、すっかりきげんが直っていた。さっきのことにはひと言もふれず、持ってきてもらいたいものがあると言った。鉛筆《えんぴつ》を数本、無地の白い紙、ものさし、分度器、コンパス。

都合よく、ひとつ残らず二階のわたしの机《つくえ》の中にある。幾何《きか》の勉強で使ったものだ。夕食後それをルーミスさんに持っていってから、バースデイケーキを作る計画を立て始めた。

15　この谷が全世界

六月二十二日

わたしの誕生日《たんじょうび》以来この一週間、ルーミスさんは何回も練習して、また自分の足で歩けるようになった。とはいっても、ひどくたよりなくて、何かにつかまりながらという程度だけど。初めの三日間は、前に書いたように、歩こうとしては失敗していた。練習していることを、ルーミスさんはわたしにさとられないようにしている。なぜ、かくそうとするんだろう、わたしにはわからない。もしかして、この前転んだところを見られ、ばつの悪い思いをしたせいかしら。それともあとでわたしをびっくりさせるつもりなのか。でも台所にいたら、練習する音はつつぬけ。足を床《ゆか》につけるドスンという音も、ベッドにつかまり体を起こすときのきしむ音も、みんな聞こえる。わたしが外で働いているときだって練習しているんだわ。実際していることは——一回ごとに少しずつ力を入れて、だんだん体重をかけていく——つまり足の訓練だ。

四日目、ルーミスさんはとうとう歩けるようになった――それなのに、このときもわたしにはひと言も言ってくれない。台所に戻《もど》ると（そのとき、わたしは昼食の仕度《したく》をしていた）、前と同じようなドスンという音が聞こえた。次にまちがいなく歩く音。一歩、また一歩、三歩目をほんとうにゆっくり、用心深く。わたしはかけだしていって、「おめでとう」と、手をたたいてあげたかった！　だけど、もしそう言ってほしいのなら、きっとわたしをよんだはずよ。どう見ても、歩けるようになるのは自分ひとりの問題だと思っているみたいだし、他人の手を借りてどうにかするなんて気は、あの人にはさらさらないようだ。

だったら、わたしは盗《ぬす》み聞《ぎ》きしたことになるじゃない。――ルーミスさんは、自分の足音が台所までつつぬけなんて、思いもよらないんだ――わたしはやましい思いをするのがいや。だから、ちゃんと聞こえていることを知らせることにした。

食事（朝食は別だけど）は、いつからかルーミスさんのベッドわきのカードテーブルで食べるようになっていた。だから食事を運びこんだとき、わたしの分をとり、ルーミスさんのをわたしながら、言い出した。

「さっき、歩いていたような音が聞こえたわ」

わたしが言い出したとき、ルーミスさんはベッドで体を起こし、自分で紙に書いた図面をじっと見ているところ。この一週間は、絶《た》えず図面をひいていた。水力発電機を設計しているのだ。

　ルーミスさんは顔を上げて、まゆひとつ動かさずに言った。

「やらなきゃならんことだからね」

　そんなことはどうだっていいというように、手もとの図面に目を戻《もど》して言葉をつづけた。

「本があればなあ。ここにある雑誌《ざっし》だけじゃわからないことがあるんだ」

　枕《まくら》もとに『農業機械』が数冊《さつ》置いてある。

「どんな本がほしいの？」

「工学、物理学、電気学だ。全部で五、六冊になるだろうな。それといい百科事典。きみは持っていないのか」

「ええ。でも、置いてある場所なら知ってるわ。オグデン町の図書館よ」

「オグデン？」

「あなたがここへ来る途中《とちゅう》通ったはずだわ。コート通りの灰色《はいいろ》の石造りの建物がそうよ」

「町はたくさん通ってきたからな。数えきれんよ」

「オグデンは、いちばん最後に通った町よ」

「ここからどのくらい？」

　まるで、あの人が本をとりに行く気になっているように聞こえたので、わたしはうれしくなった。

「そんなに遠くないわ。尾根《おね》を二つ越《こ》えるだけ」

「それでいったい何キロあるんだ？」

「そうね、三十キロぐらいかしら。それよりちょっと遠いかな」（ほんとうは四十キロに近いんだけど。）

ルーミスさんは黙《だま》った。昼食を二口三口食べて、口をつぐんだきり。わたしはまた聞いた。

「あそこから本を持ってきたとして——ここに持ってきたとしてよ——家に置いておくのは危《あぶ》ないのかしら？　放射能《ほうしゃのう》を帯びてるかしら？」

「もちろん」

「どのくらいの期間なの？　永久に？」

「いや。いつかは消えるだろう。半年か、ひょっとしたらもっとかかるか——もしかしたら半年たたないうちに消えるかもしれない。ものの大きさにもよるけどね」

「そんなにかかるものなの？」

「放射能のことはたいした問題じゃない。ぼくがあの服を着て図書館へ行って、ギアの変速比とかそういった必要なとこだけ写してくれればすむ」

「でも、わたし、ずっと本を読みたかったのよ。これから先だって、半年待つぐらいなんでもないわ」

「専門書《せんもんしょ》なんか読んでもおもしろくないだろう」

「あそこにあるのは、専門書だけじゃないわ。シェイクスピアやディケンズやハーディの全集がそろってるわ。それに詩集も」

そうなるとは思っていたけど、やっぱりルーミスさんはたいして興味を示さなかった。少し食べて、やっと言った。

「話にならんな――とにかく今のところは問題外だ。ぼくにはそんな遠くまで歩くのは無理だ。歩けるようになったら――」

わたしはずっと前からどうにかして図書館に行きたいと思っていたので、ついまずいことを言ってしまった。

「でも、わたしならやれるわ。あの服を貸してくだされば、行けるでしょ」

わたしの言ったことが、どれほどルーミスさんのかんにさわったか、それはもう信じられないくらい。あの人が病気のときに言ったうわごとも、エドワードに対する口のきき方も承知していたんだから、そうなることは当然わかっていなきゃいけなかったんだわ。

「だめだ」

と、ルーミスさんは言った。とても静かな声だったけど、怒気《どき》を含《ふく》んできつい。

「そんなまねはさせない。いいか、あの服には近づくな。指一本ふれるなよ」

とっくにさわっちゃったことを、ルーミスさんに思い出させようと口を開きかけたけど、もうちょっとのところで自分をおさえた。あのときは、病気が重くて錯乱《さくらん》状態だったから、覚えていないんだわと気がついた。わたしたちはおし黙《だま》ったまま、気まずい食事をつづけた。住めるところを見つけたのに、ルーミスさんはどうしてあの服のことだと、いつまでもこんなに神経をとがらせるのかしら？　もしかしたら、あの服の弾丸《だんがん》のあとを、わたしに見られたくないと思ってるのかしら、ふとそんな気がした。でも、わたしはあの人のうわ言を聞いたなんて、一度もしゃべっていないし、そうではないようね――あれを聞かなかったら、いったいどうしてあんなつぎあてがあるのか、わたしにわかるわけはないもの。

ルーミスさんは食事が終わると（こんなに気まずくなったのに、ルーミスさんはよく食べた！）、また話し始めた。声に、少しばかり優《やさ》しさが戻《もど》っていないでもない。それどころか笑おうとまでしてくれたけど、やっぱり講義を聞かされているみたい。

「いいかい、わかってくれないと困《こま》るんだ」

ルーミスさんは言った。

「あの服は、ぼくらふたりを別にすれば、世界じゅうでいちばん大事なものだし、今となっては二度と作れないんだ。ぼくたちが知っているかぎりでは、この谷間をのぞいた全世界、どこもかしこも危険《きけん》で生物は住めなくなっている。こんな状態がいつまでつづくかわからんが――たぶん永久にわからんだろう。――事情がわからないかぎり、谷の外に出ていってしかも生きているには、あの服だけがたよりなんだ。たかが数冊《さつ》の小説本をとりに行くためにあの服を使うなんて――ばかばかしくて話にならん。もしきみがあれを着てここを出ていき、何か事故が起こったら、ぼくはあの服を絶対にとり戻《もど》せなくなるんだ。あれを探《さが》しに出ていくことはおろか、手も足も出なくなるんだ。永久に戻らないんだぜ」

これはエドワードが直面した状況《じょうきょう》と同じだ――あの人は、いくつかまったく同じ言葉さえ使った。でも、わたしは言い返すことができない。なんていったって、あれはルーミスさんのものだもの。それに、そうね、ルーミスさんの言うこともほんとうだもの。小説がなくたって、この状況を生きていけるんだから。

それにしても、本をとりに行くことを考えるのは楽しい。あの図書館まで何回か往復して、うちにちゃんとした図書館を作りあげよう、なんてことまで空想の翼《つばさ》を広げた。こんなことは、それほど実生活の役には立たないし、とりわけルーミスさんの考え方からすれば、なおさらつまらないことだろうけど、いつかあの人がもっと歩けるようになって専門書《せんもんしょ》をとりに行くとき、わたしにもせめて一冊か二冊、ついでに持ってきてくれるんじゃないかしら。その日を楽しみに待っていよう。それならあんなに怒《おこ》らせなくてすむんじゃないかしら。

わたしは、ごきげんをそこなわないような話に切りかえた。

「で、どのくらい歩けたの？」

「四歩だ、ベッドにつかまってね。今朝はまだ三歩だった」

「もうちょっと歩けるようになったら、すぐに玄関《げんかん》のポーチに椅子《いす》を出してあげるわ。そうすれば、少しの間でも、この部屋を出ていられるわ」

「ぼくもそのつもりだ。それに裏《うら》のポーチにも椅子を出してくれ。あそこからなら種まきをしているところが見えるからな」

「トウモロコシが芽を出し始めたわ」

　と、わたしは言った。

「もう二、三日したら、間引かなくちゃ。エンドウ豆とインゲンもまいたんだけど、まだ芽が出ないのよ」

「ビートはどうだい？　小麦もまいた？」

「ううん、それは予定してなかったから――」

「まくべきだよ。来年のためばかりじゃなくて、もっと先のためにも。ビートからは砂糖《さとう》がとれるし、小麦は小麦粉にできるだろ」

　わたしは、種をまいたり育てたり、今のままでせいいっぱいなので、ビートまでは計画に入れてなかったこと――ビートだけじゃなくて、ほかにもまだカボチャやカブや、そのほかにもたくさん植えてないものがあることを説明し始めた。店にはそんな野菜の種が全部置いてある。でもわたしが栽培《さいばい》の予定を立てたときは、トラクターは勘定《かんじょう》に入れていない。

「きみが考えていることはわかっているよ」

と、ルーミスさんは言った。

「店には砂糖《さとう》が山ほどあるからな。ぼくも見たよ。砂糖は悪くならない。しかしだ、全部使ってしまったら――そのときはどうする？　いいかい、きみの考えはあさはかで、ちっとも先を見てないんだ」

ルーミスさんの声はまたとげとげしくなった。話はまだつづく。

「ぼくは長いことベッドに寝《ね》たきりで、頭を使うほかはなんにもすることがない。寝ながらつくづくさとったんだ。この谷が全世界だと思って計画を立てなければならないんだ。ここに新しい世界を、しかも永久につづくものを、一から作り始めるんだ」

これは、わたしが畑の土を起こしながら考えていたこととそっくり、というより、ほとんど似たような考え。なのに、いざあの人の口からそれを聞くと、その言い方が悪いせいか、わたしは落ち着きをなくした。なぜだかよくわからないけど。

昼食のお盆《ぼん》を下げようとしたとき、ルーミスさんはちがう話をし始めた。

「きみの好きな教会へ行ったときに、ほかに祈《いの》ることがなかったら、あの雄《おす》の子牛のことをお願いしてこいよ」

「それ、どういう意味？」

子牛はピンピンしていて、どこも悪いようには見えない。

「ガソリンをすっかり使い果たしても、牛が鋤《すき》を引っ張れるだろ」

そういえば、自分たちのやり方を変えたがらないアーミッシュの人たちは、ラバや雄牛《おうし》を使って畑を耕していたわ。わたしがまだ小さいころ、ラバや牛がそうしているのを見たことがある。うちの納屋《なや》の壁《かべ》にも、木と皮でできた古ぼけた引き具がかかっている。でも、これを使っているところは一度も見たことがない。

ルーミスさんは、もっと家畜《かちく》をふやす必要があるって言いたかったんだ。わたしだってそんなこと最初からわかっている。少なくとも考えることだけはしていたわ。

店から新しいカミソリと替刃《かえば》をとってきてくれとルーミスさんにたのまれたので、持っていくと、のびていた不精《ぶしょう》ひげをそった。そのせいか、ずっと病人くささがうすれて、元気そうに見える。

16　ルーミスさんの態度

六月二十四日

この二、三日、わたしの不安はふくれあがるばかりだ。ルーミスさんにせかされて、小麦とビートをまく。ビートはトウモロコシと同じ畑の大豆のとなりに長く二畝《うね》。順調に収穫《しゅうかく》できれば、食べきれないほどとれるはず。でも、ねらいは種をとることだから、食べてしまうわけにはいかない。毎年くり返しまいていれば、そのうちいつかビートから砂糖《さとう》をとらないといけない事態になってもあわてなくてすむ計算。先を見通した賢明《けんめい》なやり方だわ。

こちらの畑にはもう小麦をまく余地はないので、小麦は——半エーカー（約二千平方メートル）ばかり、池のむこうにある遠いほうの畑にまいた。こうすると、牧草地《ぼくそうち》は少し減《へ》ってしまうけど、そんなことはかまわない。小麦を種にする分だけ——二ブッシェルか三ブッシェル（約十リットル）もあれば充分《じゅうぶん》――刈《か》ったあとの、残りを牛に食べさせてやれば、牧草地の減った分はおぎないがつく。ニワトリのえさにしてもいい。でもニワトリはトウモロコシのほうが好きだけど。どうして小麦を計画からはずしていたか、ルーミスさんに説明した――つまり小麦を作っても、わたしには製粉《せいふん》しようがない。

「そんなことは問題じゃない」

と、ルーミスさんは言った。

「ぼくがすっかりなおって、もっと遠くまで行けるようになれば、製粉する方法くらいなんとかなるさ。肝心《かんじん》なのは種を絶やさないことだ」

このことと、さっきわたしが不安と書いたこととはなんの関係もない。不安の種はもっと別のところにある。

かねての計画どおり、わたしはルーミスさんのために玄関《げんかん》のポーチに椅子《いす》を持ち出した。とうさんたちの寝室《しんしつ》にあった、布張りでクッションのきいた、小さなひじかけ椅子だ。枕《まくら》や毛布といっしょに、対《つい》になった足台も下におろした。とても快適なすわり心地（わたし、自分ですわってみた）。

ルーミスさんの希望で、裏《うら》のポーチにも椅子を置いた。こっちは足台を置くほど広くないから、表に比べると、多少分《ぶ》が悪い。それでも、きのうの朝わたしが、どっちにすわってみるのってきくと、裏《うら》のポーチがいい、とルーミスさんは言った。

ルーミスさんが自分の部屋を一歩でも出るのは、病気以来これが初めてだけど、首尾《しゅび》は上々。わたしは、とうさんが足首をねんざしたときに使った杖《つえ》を思い出した。玄関《げんかん》わきのコートかけの中にある、あれを使えばいいんだわ。ルーミスさんは、わたしが持ち出してきた杖をつき、わたしの肩《かた》にずっしりもたれかかりながらポーチに出ると、椅子《いす》にすわりこんだ。まだ膝《ひざ》に力が入らないし、足を持ち上げるのもぎこちないけど、なんとか動ける。

ルーミスさんは午前中ずっとその椅子にすわって――まるで監視人《かんしにん》だわ――わたしが畑を耕して、まぐわでならし、ビートを二畝《うね》まくまでじっと見ていた。昼食のあとは、あの人は部屋で眠《ねむ》り、わたしは小麦にとりかかった。家に帰ったのは、太陽が丘《おか》のむこうにしずみかけたころ。ルーミスさんはもう目をさましていて、もう一度外に出たいと言う。今度は表のポーチだ。それでわたしは、ルーミスさんを椅子のところまで連れていってすわらせ、足を足台にのせて、毛布をかけた。ルーミスさんをそこに残して、家の中に入り、夕食の仕度《したく》を始めた。

そのあとの出来事は、わたしにも多少いけない点があったかもしれない。下ごしらえしたものをオーブンに入れ、やかんを火にかけておき、食堂の椅子をポーチに持ち出し、ルーミスさんの横に腰《こし》をおろした。こんなことをしたのは、ただちょっと休憩《きゅうけい》したかっただけじゃなく、ほかにも理由があったから。ルーミスさんに初めて回復のきざしが見えてからというもの、わたしの中で日を追うごとにある感情が強くなって、頭から離《はな》れなくなったためだ。気がついてみれば、この人のことをわたしはまるで知らない。ルーミスさんが来たばかりのころ、自分以外の人間が現れたというだけでドキドキして気もそぞろだったから、ルーミスさんっていったいどんな人なのか、深く考えもしなかった。どことなく人をひきつけるところのある、親しみやすい人だと思っていた。だけどルーミスさんの病状が快方に向かいだしてからは、この人のことをわたしは何ひとつわかっていない、という気がしだして仕方がなかったのだ。

ルーミスさんは、プラスチックと防護服の研究所で働くようになった事情と、地下の空軍司令部へ行ったときのことを、ごくかいつまんで話してくれただけ。エドワードとのことは、ルーミスさんが夢にうなされてうわ言を言ったから、争いがあったのだとわかった。でもわたしが知っているのはそれだけ。自分のことは何ひとつ話してくれない。ことによると、病気になってからよけい無口になったのかもしれない。それどころか、わたしのことだって、知りたくもなければ関心も湧《わ》かないらしい。ただ一度、わたしがピアノをひいたのだけは気に入ったらしいけど、あれは例外。どうしてあの人が自分のことを話したがらないのかについては、わたしなりに二、三推測《すいそく》しないでもない。エドワードを殺したあと、研究所で何か月もひとりきりで過ごしてから、なおもただひとり、死《し》に絶《た》えた世界の果てを、絶望だけを道連れに何百キロも歩いてきた――どれもこれも、身の毛のよだつようなことばかりで、何もかもが形をとどめずに滅《ほろ》びていく、そんな世界を見てきた人なのだ。ほかのことはいっさい、心の中から消えてしまったんだろう。過去をふり返れば、あの恐《おそ》ろしいことばかりが浮《う》かんでくる。だからルーミスさんは、思い出すことも、話すこともしないのだ。でもそればかりじゃない。ルーミスさんが病気になって、そのあげく高熱で死ぬ思いをしたこととも、関係があるのかもしれない。ひょっとしたら、熱のせいで頭がどうにかなったのでは。そういうふうにだって考えられなくはない。でも原因がどうあれ、たがいのことをほとんど知らないまま、この先いつまでもつづけていけるとは思えないわ。

　エドワードとのことは話題にしたくなかったし（これから先もずっと口にすまいと決めていた）、研究所のことも話さないでおこう。でも研究所に入る前のことは話してもらいたいわ。ルーミスさんのわきに腰《こし》をおろしたけど、どういうふうにきき出したらいいかわからない。小説や映画《えいが》なら、こんなとき「あなたのお話をしましょうよ」とか、「あなたのことを何もかも知りたいわ」とでも言うでしょうね――でもそれは初対面のときの言葉だし、どっちにしても陳腐《ちんぷ》な感じ。

　この前ルーミスさんが、わたしのピアノを気に入ってくれたことを思い出して、こう切り出した。

「あなたの小さいころ、だれかおうちの人がピアノをひいていたの？」

「いや。うちにはピアノはなかった」

と、ルーミスさんは言った。

「あんまり豊かじゃなかったのね？」

「ああ、いとこの家にピアノがあってね、よく遊びに行った。おばさんがひいてたんだ。それを聞くのが好きだった」

「それはどこなの？」

「ニューヨーク州ナイアック（ハドソン川西岸にあるニューヨーク市の北郊《ほっこう》の町）」

ルーミスさんはそれだけ言って、くわしくは話さない。それにわたしは、ニューヨークのナイアックなんて、聞いたこともないもの、これ以上どうやって話をつづけられるだろうか。

わたしはもう一度、糸口をつかもうとした。

「コーネルの大学院へ行く前は、何をしていたの？」

「みんなと同じさ。小学校、中学校、それから高校、大学。夏はアルバイトだ」

ルーミスさんは、なるべくぶっきらぼうに、口数も少なくと決めこんでいるようだ。

「それだけ？」

「大学を出てから海軍に四年」

それでどうやら糸口をつかめたような気がした。

「船に乗っていたの？　どこを航海《こうかい》したの？」

「ニュージャージー州のブリストルにあった、海軍兵器研究所にいたんだ。大学では化学を専《せん》攻《こう》していた。海軍は化学をやった人間をほしがった。ぼくがプラスチックにとり組むようになったのも、その研究所だ。連中はどこよりもプラスチックを使うし、しじゅう新手のプラスチックをテストしてたからね。船の装備《そうび》、砲塔《ほうとう》、潜水《せんすい》工作員の潜水服、それに船体までプラスチックなんだ。欠けもしない、凍《こお》りもしない、割《わ》れることもなければ腐食《ふしょく》もしないプラスチックだ」

「そうなの」

この話題もやっぱり同じことになる。

「そして兵役が終わってから、コーネル大学院に入った」

これでおしまい。ルーミスさんのことを聞かせてもらうのは、ほとんど絶望的だ。だからあきらめたらよかったのに。でも、あきらめなかったばかりか、もう一歩踏《ふ》みこんだ。

「でもあなたは――結婚《けっこん》して――結婚したことはあるんでしょう？」

ルーミスさんは妙《みょう》な目つきでわたしを見て、

「そうくるだろうと思っていたよ」

と言った。

そしてそのとき、あのことが起きたのだ。ルーミスさんはにこりともしないで腕《うで》をのばし、わたしの手をにぎった。わたしは心臓《しんぞう》が止まるほど驚《おどろ》いた。にぎったというより〝引っつかんだ〟といったほうがぴったりするわ。すばやくぎゅっとにぎって、その手を自分の椅子《いす》のほうへ引き寄せたから、わたしはルーミスさんのほうへ引っ張られて、椅子から転げ落ちそうになった。ルーミスさんは両手でわたしの手をはさんでいる。そして、

「いや、結婚したことはない。なぜそんなことをきくんだ？」

ときき返してきた。

わたしはもう動転してしまって、一分間ほど口もきけずにルーミスさんの顔をまじまじと見ていただけだ。この人はわたしが言ったことを誤解《ごかい》している。最初はそうとしか考えられなかった。

そのあとはきまりが悪くなり、その次はおたおたし、最後は恐《おそ》ろしくなった。きまりが悪かったのは、およそつまらない理由から――わたしの手は畑仕事のせいでごつごつしているのに、ルーミスさんの手はやわらかかったからだ。きっと長い間プラスチックの手袋《てぶくろ》をはめていたせいだ。おたおたしたのは、ルーミスさんが突然《とつぜん》引っ張ったものだから、わたしが椅子にちゃんと腰《こし》かけていられなくなって、ルーミスさんのほうへ危《あぶ》なっかしく身を乗り出していたから。そして最後にこわくなったのは、わたしが手を引っこめようとすると、ルーミスさんがいっそ

う強くにぎりしめたからだ。ルーミスさんのにぎり方には、優《やさ》しさなんてまったくなかったし、ほほえみひとつ浮《う》かんでいない。わたしを見る目つきは、『農業機械』を読んでいたときとそっくり同じ。ルーミスさんはまたくり返した。

「なぜあんなことを聞いた？」

「放して」

と、わたし。

「答えるまでだめだ」

「知りたかったからだわ」

わたしの体はこきざみにふるえだしていた。ほんとうにこわかったのだ。

「何を知りたいんだ？」

と、ルーミスさんは言った。そして手を放すどころか、いっそう強くにぎりしめて、ますます自分のほうへ引っ張ったから、わたしはとうとうバランスを失った。

その次に起きたことは、どうにも避《さ》けようがない。体が椅子《いす》から浮いてルーミスさんのほうへ倒《たお》れかかったので、わたしは踏《ふ》みとどまろうとして、まったく反射的《はんしゃてき》に右手をふり上げた（ルーミスさんがにぎっていたのはわたしの左手）。ところがその右手が、それほど強くはなかったけど、ルーミスさんの左目あたりに当たった。ルーミスさんはとっさに体を後ろへ引き、にぎっていた手をゆるめた。そのすきに、わたしはさっと手を引っこめ、後ろへ飛びのいた。

ルーミスさんは落ち着きはらった声で言った。

「何もそんなことまでしなくてもいいだろう」

どうしてわたしがあやまらなきゃいけないの？　いまだにどうしてかわからないけど、ともかくわたしはあやまった。

「ごめんなさい。ぶつつもりじゃなかったの。倒れそうになったものだから」

わたしはすっかり気が転倒《てんとう》し、無理にも笑顔を作ろうとしていたような気がする、でもはっきり覚えていない。それから、ポーチを離《はな》れて台所へ戻《もど》った。わたしが行こうとしたら、ルーミスさんが追っかけて言った。

「きみは前に一度、ぼくの手をにぎったじゃないか」

台所へ来ても、わたしはふるえが止まらなくて、しばらくは料理のつづきにとりかかれない。筋道《すじみち》を立てて考えることができないのだ。わたしにしてはめずらしく、今にもわっと泣《な》き出《だ》したい気分になっていたけど、どうにかおさえた。台所のスツールに腰《こし》をかけ、なんとか落ち着こうとした。ほんとうはそんなにたいしたことじゃないんだ、と自分に言いきかせた。こんなことは友だちが、デートしたあとに、学校でよく話していたことじゃない。でも、あの人たちの場合は、そんなことがあっても、うちへ帰ればちゃんと両親が待っていてくれた。今のわたしみたいに、たよれる人も、話を聞いてくれる人もいないとなれば別問題。そのときわたしは、長い間してはいけないと自分に言いきかせてきたタブーを、知らず知らずやぶっていた――とうさんとかあさんがデビッドとジョーゼフを連れて帰ってくるところを想像したり、そうなったらどんなにうれしいかと思ったりしたのだ。でも、こんなときいつもやってきたように、そんな考えは頭から追っぱらった。そのおかげで、いくらか気持ちは落ち着いて、夕食の仕度《したく》をつづけることができた。

ルーミスさんは寝室《しんしつ》までひとりで歩いて戻《もど》った。わたしがまだ夕食を作っているうちに、杖《つえ》の音と、足を引きずってはドンとつく音が聞こえてきた。壁《かべ》によりかかって体を支えているのだ。そのうちベッドにたどり着いたのか、きしむ音がした。わたしが夕食を運んでいくと、ルーミスさんはいろんな設計図を広げたまんなかにすわっていた。まるで何事もなかったように平然と、お盆《ぼん》を受けとった。わたしはいつものように、カードテーブルで食べたけど、ふたりともひと言も口をきかない。

わたしがあの人の手をにぎったことがあるとルーミスさんは言ったけど、これはほんとうだ。ルーミスさんの容態《ようだい》がひどくなり、脈《みゃく》はほとんど消えかけ、呼吸《こきゅう》はかすかだし、もうだめなんだわと思ったとき、わたしはそばにすわって、ルーミスさんの手をにぎっていたのだ。どれくらいの間だったかはっきりしない。四、五時間はそうしていたと思う。そんな状態のルーミスさんが、手をにぎられていることに気づいていたなんて。ピアノをひいたり、本を朗読《ろうどく》したのと同じで、わたしはまだここにいるのよ、と知らせたかっただけなのに。

今度ルーミスさんがしたことは、それとはまったくわけがちがう。人の手をにぎるときには、何か通じ合う気持ちというものがあるはずよ。わたしの手をにぎっていたとき、ルーミスさんは確かにわたしを支配し、あるいは所有していたのだ——どう言い表していいかわからないけど、わたしを支配下に置こうとしたんだ。種まき、ガソリンやトラクターの使い方、そしてわたしが教会へ行くことさえも思いどおりにさせたように。それにもちろん、例の防護服や、エドワードのことのように。

ルーミスさんがわたしの助けを借りないでベッドまで歩いて戻ったことは、ほんとうなら祝ってあげなきゃならないのに、かえって不安を覚える。

17　どこかおかしい

六月三十日

またほら穴《あな》に舞《ま》い戻《もど》る。今になってみれば、ルーミスさんにほら穴のことや、そのありかをしゃべらなくて、ほんとによかった。ここにうつってきたのは二日前だけど、決して来たくて来たわけじゃない、二日前のあのいまわしい出来事のせいだ。順序《じゅんじょ》立てて書いてみる。そうすればわたしの頭も整理がつくし、これからの方針《ほうしん》も決められるだろうから。

ルーミスさんがわたしの手をにぎったその日の夜、いつものようにファロをかたわらに寝《ね》かせてベッドに入った。わたしはまだ気持ちがとてもたかぶっていて、夜中の三時ごろまで寝つかれなかった。翌朝《よくあさ》、目がさめると、まぶしい日の光がさしこんでいる――わたしにしてはいつもよりおそい――寝ている間に何もかもがらりと変わったような気がして、ひどく落ち着かない。目ざめてすぐには、どうしてなのかわからなかった。そのうちにきのうのことがよみがえってきた。もう一度、あれはたいしたことじゃないんだ、と自分に言いきかせた。わたしには仕事が待っているし、今までどおりにそれをこなしていかなければならないんだもの。

それで、起き出して、卵《たまご》を集め（なんとまあ、一羽のメンドリから八羽もひながかえってたわ――しかもみんな無事に！――そのほかにもまだ卵を抱《だ》いているのが二羽いる）、乳《ちち》をしぼってから、台所へ入って朝食の仕度《したく》をした。わたしの気持ちが変わっただけで、あとは何もかも今までどおり。台所で朝食をとる――これは毎朝のことだ。ルーミスさんはわたしほど早起きじゃない。食べ終わって少しあと片《かた》づけをしてから、ルーミスさんの部屋へ朝食を運んだ。わたしはかなり緊張《きんちょう》していたけど、ルーミスさんにはそんなこだわりがあったかどうか、そぶりにはちらっとも見せない。ルーミスさんはお盆《ぼん》を受けとり食べ始めた。わたしたちはいつものように、今日わたしがする仕事について、あれこれ話し合った。トウモロコシと大豆がもう芽を出しているので、肥料《ひりょう》をやるつもりだ。時間があれば野菜畑にもまくつもり。

ルーミスさんがきいた。

「どんな肥料をやるんだい？」

「トウモロコシと大豆は、化学肥料をやるわ」

「店にあるやつだな？」

「そうよ」

「あそこにはどのくらいあるんだ？」

「正確な量はわからないわ」

その肥料《ひりょう》は二十三キロ入りの袋詰《ふくろづ》めで、店の裏《うら》の積荷台のとなりの小屋にある。そこには天井《てんじょう》まで肥料がぎっしり積み上げられている。クラインさんがアーミッシュの人たちの春まきに備えて仕入れておいたのだ。

「五百袋はあるわね、きっと」

「それでもいつかはなくなるな」

「でも四、五年はもつわ」

「完全に堆肥《たいひ》や鶏糞《けいふん》に切りかえられるまでもたせなきゃならんからね」

「それはそうだけど」

トウモロコシ畑へ出て、芽が出たばかりの畝《うね》の間でトラクターを動かし、噴霧器《ふんむき》をあやつっているうちに、だいぶ落ち着いてきた。よく育っている。もう十二、三センチにもなった茎《くき》が、明るい緑色にみずみずしく輝《かがや》き、威勢《いせい》がいい。とうさんのまねをして車輪を――それから肥料も――畝をくずさないすれすれのところまで寄せた。明るくてのどかな日だ。日なたに出ると、さわやかというよりちょっと暑い。こんな日は今年になって初めてだ。ファロは二畝か三畝くらいはついてきたが、たまらなくなって畑のすみに退散《たいさん》し、リンゴの木の陰《かげ》からこっちを見ている。まずまずこれで落ち着いたわ、と思った。それから畝のはずれまで来て向きを変えながら、ちょっと家のほうに目をやった。ルーミスさんだ。ポーチの椅子《いす》に、身を乗り出すような感じで腰《こし》をおろしている。陰になっているから顔は見えない。でも、わたしを見張っているんだってことはピンときた。

おかげで、またしても落ち着かなくなった。どうしてなのか、うまく言えない。だからそっちのほうには目もくれず、あの人がそこにいるなんて気がつかないふりをして（これはあの人にというより自分に対して）、気持ちをしずめようとやっきになった。畝に気持ちを集中させ、噴霧器と、じょうご型の口からふりまかれる灰色《はいいろ》の化学肥料を見つめた。昼になってトラクターを止め、家のほうへ歩いていったときには、もうルーミスさんの姿《すがた》は見えなかった。

昼食をいつもどおりにすまして、また畑に出た。夕方近くになって、野菜畑にも肥料をやる。今度は堆肥だ。古い木製の手おし車で運んだ。納屋《なや》の外側に積んであったのと、鶏小屋《とりごや》の鶏糞だ。ルーミスさんが言ったから切りかえたのじゃなくて、いつもうちではそうしていた。化学肥料をやるより、畑の土がよくなるんだもの。

夕食の仕度《したく》にとりかかるまでは、ほとんどいつもどおり。そのあとのことだって、まだほんとうに仰天《ぎょうてん》するほどのことじゃない。

六時半。わたしは台所にいてほとんど食事の仕度を終えていた。あとはナイフとフォークをお盆《ぼん》に並《なら》べるだけ。そのとき、ルーミスさんの杖《つえ》の音と、ドスンドスンと（なんだか一段《いちだん》と軽やかに）寝室《しんしつ》を出てくる足音が聞こえた。てっきりポーチへ行くんだと思った。わたしはじっと耳をすましたが、ルーミスさんはポーチの反対のほうへ折れた。裏手《うらて》に面した、わたしのいるほうへ来るらしい。台所へ来るのかしらと思っていると、椅子《いす》のきしる音につづいてドスンという音がした。台所からのぞいてみると、ルーミスさんは食堂のテーブルにすわっている。しかも、戸口にいるわたしを見ながら。

「もうベッドで食事をしなくていいんだ」

と、ルーミスさんは口を開いた。

「まだしゃんとしないけどね。もう病人じゃない」

わたしはお盆を片《かた》づけて、かわりにテーブルに食べ物を並べた。わたしたちはテーブルのはしとはしに別れて食べた。ルーミスさんはつとめてわたしに話しかけようとしている。

「きみがトラクターを動かしているのを見たよ。ポーチにいたんだ」

「あら、そう？」

「日なたは暑かったかい？」

「ちょっとね。でもそれほどでもなかったわ」

「運転席におおいのついたトラクターもあるだろ」

「そういうのもあるわね。とうさんは絶対買わなかったけど。お日さまの光の中で働くのが好きだったのよ。日ざしが強すぎるときは、麦わら帽子《ぼうし》をかぶってたわ」

そこでちょっと話がとぎれた。わたしたちは黙々《もくもく》と食べた。またルーミスさんが話し出す。

「トウモロコシはよく育っているようだね」

この人はわたしにお世辞を言ってるんだわ。わたしは答えた。

「りっぱに育ってるわ。大豆もよ」

「野菜畑のほうもだろ」

現に、今食べているのは、夕食用に畑からぬいてきたホウレンソウだし、もう二、三日すればば、グリーンピースもとれるわ。

ルーミスさんは、こんな調子で他愛もないおしゃべりをつづけ、わたしもできるだけあいづちをうった。八羽もひながかえったことまで話したりして、しゃべっているうちに少し気持ちがほぐれたような気がしたのは確か。それがあの人のねらいだったんだわ。

夕食がすむと、いつもどおりに皿を洗《あら》い、床《ゆか》をはく。へとへとに疲《つか》れたって感じで、あくびが出た。わたしが台所から出てきたときも、ルーミスさんはまだ寝室へ戻《もど》ってはいなかった。もう病人じゃないんだって自分で決めつけて、居間の椅子に腰《こし》をおろしている。ランプを二つもつけているわ。外はまだそれほど暗いわけじゃないのに。

ルーミスさんは言った。

「ぼくの具合が悪かったときのこと覚えてる？　何かしてくれただろう？」

とたんに、わたしはぎくっとした。また手をにぎりに来るんだわ、とっさにそう思った。

「なんのこと？」

「本を読んでくれたろ？　少なくとも一度、かなり長い時間だったよな」

ああ、よかった。あのことなら話してもかまわない。

「覚えてるわ」

「また読んでくれないか」

「今っていうこと？」

「そうだ」

「何を読むの？」

わたしはあまり気がすすまない。疲《つか》れてもいたし、なんだか変に不自然な感じ。ちゃんと自分で読めるくせに、どうしてわたしに読んでくれなんて言うのかしら。もっとも、いつも楽しく、かわりばんこに本を読みあっている家族もあるそうだから、それほど変なことじゃないかもしれない。

「きみの好きなのでいいよ」

と、ルーミスさんは言った。

「前に読んでくれたのなんかどう？」

「あれは詩だけど」

「別にかまわないさ。聞きたいんだよ。それともほかに読みたいものがあるなら、なんでもいい」

なんにも読みたくないけど、ほんとうのところ、どう断《こと》わったらいいのかわからない。結局、えんえんと一時間以上も、あの人のために読みつづける羽目になった。またトマス・グレイの『田舎《いなか》の墓地で書いたエレジー』を読み、それが終わってても、やめないでくれと言われたものだから、今度はジェーン・オースティンの『高慢《こうまん》と偏見《へんけん》』の冒頭《ぼうとう》を読んだ。

読み始めて三十分かそこいらたったころ、この人はぜんぜん聞いていないんだとわかった。ジェーン・オースティンを読んでいるとき気がついたのだ。三十分も読んでいるので、すっかりくたびれたになり、たまたま一度に二ページめくって、十七ページから二十ページへ飛んでしまった。ボナベンチャー氏とその財産《ざいさん》にまつわるエピソードをそっくり抜《ぬ》かしたことに気がついたのは、半ページも読み進んでから。だから聞いていても、意味がつながらないのはわかるはず。弁解しかけて十八ページに戻《もど》ろうとして、ああ、この人、気づきもしなかったわって思った。それで、そのまま先へ進んだ。

それにしても、特別聞きたくもないのなら、どうして読んでくれなんてたのむのかしら。わたしは頭が混乱《こんらん》し、不安になった。

考えれば考えるほど、どこかおかしいって気がする。この人はわたしをだましておもちゃにしているんじゃないかしら。そう思うと、今までになく神経がいらだってきた――というより、恐《おそ》ろしくなってきた。同時にそんな感じ方をする自分も腹立《はらだ》たしい。わざわざ自分でややこしくしてるんじゃないの、と言いきかせる。この人が真剣《しんけん》に聞いていないからって、ほんとうは読んでほしいわけじゃないんだと思いこむ理由はない。朗読《ろうどく》の声で気が休まるのかもしれないのだから。ぜんぜん運動ができないんだから、気分も晴れないし、ぐっすり眠《ねむ》れないってこともあるわ。そういえば、ルーミスさんは今までよりずっと歩けるようになって、体を動かすことも多くなっているのだから、体が本調子に戻《もど》りかけているのは確かね。もう少し、しんぼうしてあげなきゃいけないんだわ。

18 襲《おそ》われる

六月三十日つづき

自分に言いきかせるつもりで、もう少しのしんぼうだと書いた。でも、それできっぱり気持ちの整理がついたわけではない。相変わらずの不安。というのも次の晩《ばん》、雲行きはさらにおかしくなってきた。ほんのちょっとした変化だったけど。ルーミスさんがピアノをひいてくれと言い出したのだ。

そのときもあの人は、居間に陣《じん》どってとうさんの椅子《いす》にすわり、ランプを二つともつけていた。ピアノをひくのは、本を読むよりある意味でましだと思う。朗読《ろうどく》とちがい、少なくともピアノならまともに聞いてくれるんじゃないかしら――前にひいたときは、喜んで聞いてくれたんだもの。だけどピアノをひくのは、物理的に問題がある。でも、それはたいしたことじゃないんだと思い直した。第一にわたしは疲《つか》れていた。ピアノをひくのは、本を読むより骨《ほね》が折れる。第二は説明しにくいんだけど、あの人に背《せ》を向けてすわらなきゃならないので、そのことがなんだか気にかかる。

あの人が後ろから、こっそり襲《おそ》ってくるような気がしたのだろうか。ルーミスさんがそんなことをするなんて、本気で思ったわけじゃないんだけど、それでも最初に開いたクレメンティ（ムジオ・クレメンティ。十八世紀後半から十九世紀前半に活躍《かつやく》したイタリア人ピアニスト）のソナチネをひきながら、今にも肩越《かたご》しにふり返ってしまいそうだった。ルーミスさんのちょっとでも動く気配がすぐわかるように、静かにひきつづけた。その結果はとても聞けたものじゃない。正しいキーをたたくより、まちがったキーをたたく回数が多いというありさま。

次の曲はもうちょっとましにひこうと心に決め、ヘラー（シュテファン・ヘラー。十九世紀のハンガリーのピアニスト）の、とてもテンポのゆっくりしたやさしいアンダンテ（『やさしいピアノ曲集』から）を選んだ。これはほとんど暗譜《あんぷ》ができているので、わたしはすっかりのってひいた。かなり長い曲だ。くり返しもちゃんとひき、いい調子になっていた。――そのとき、背後《はいご》でコツンとルーミスさんの杖《つえ》の音がした。はっきりと二度、するどく床《ゆか》を打つ音を聞いて、わたしは度を失った。すわったまままさっとふり向いたけど、ルーミスさんは椅子《いす》から一歩も動いていない。

「どうかしたの？」

ルーミスさんはきいた。

「あなたの杖が」

と、わたしは言った。

「びっくりしたのよ、わたしは――」

わたしは口をつぐんだ。胸《むね》に浮《う》かんだことを言いたくなかった。

「杖がすべったんだ。でもちゃんとつかんだよ」

ルーミスさんは言った。

わたしは向き直って、またひきつづけようとしたけど、手がひどくふるえて、どうしてもひけない。杖がすべったようには見えなかったわ。椅子のアームにひっかけてあり、その上に手をのせていたんだもの。わたしはびくびくしていた。賛美歌をひきだしたけど、半分ばかりでこらえきれなくなった。

「ごめんなさい。もうだめ、疲《つか》れすぎたんだわ」

「これっぽっちひいただけで？」

「一日じゅう働いたでしょう。そのせいだと思うわ」

むろんそのせいなんかじゃない。ルーミスさんにも、それはピンときたはずだ。わたしがどうするか見たいばっかりに、あの人はわざと杖で床を鳴らしたんだわ。でもどうしてそんなことをするのかしら？

「仕事が多すぎるんだ。しかしもうすぐ、ぼくも手伝える。そうしたらトラクターの操作《そうさ》も教えてもらわなくちゃな」

しごくもっともなことを言い出しただけなのに、ベッドに入っても、ルーミスさんが言ったことがひっかかって、なかなか寝《ね》つかれない。それにしても皮肉だわ。子どものころ、わたしは、畑仕事が特に好きってわけじゃなかった。むしろ料理や家畜《かちく》にえさをやるほうがよかった。でも今はどう？　ひとりで畑に出て、トラクターを運転しているときがいちばん心が安まるなんて。

次の晩《ばん》、ルーミスさんは本を読んでとも、ピアノをひいてとも言わなかった。夕食はふだんより早めにすんだのにと、ちょっと意外な気がしたけど、きのうの晩疲《つか》れてると言ったから、遠慮《えんりょ》してくれたんだわと、勝手に解釈《かいしゃく》することにした。事実、ルーミスさんは夕食がすんだら、とうさんの椅子《いす》に手もふれないで、早々と自分の部屋へ引っこんだのだ。

ルーミスさんにつきあうこともないし、台所の片《かた》づけをすませてもまだ明るくて、気持ちのいい晩だったから、わたしはファロを連れて散歩に出た。風はそよとも吹《ふ》かない。あたりは静まり返っている。太陽が谷の下のほうまでしずみきらない間、ここはしばらくうす明るいときがつづく。わたしとファロは、ゆっくりと教会へ行く道を歩いた。うちから離《はな》れているというだけでわたしはうれしくなり、いやなことなんてどこにもないような気さえしてきた。どうやらファロも同じ気分だったらしい――ともかくやたら走ったり、かぎまわったりしないで、アスファルトに爪《つめ》の音を響《ひび》かせながら、おとなしくゆっくり歩いた。教会に着いても中へは入らないで、入り口の外に張り出した小さな白いポーチのすみに腰《こし》をおろした。ファロは階段《かいだん》に寝《ね》そべって、ときどきやるように、わたしの足に顎《あご》をのせた。上のほうでカラスが二羽、鐘楼《しょうろう》の中の巣で、日が暮《く》れるぞと鳴いている。ひなが少なくとも二、三羽いるらしく、ピーピーかん高い声でさえずっている。あのうちの一羽は、祭壇《さいだん》の後ろで見つけてやったひなだわ。

カラスが鳴きやみ、あたりが薄墨色《うすずみいろ》に暮れてきたので、わたしは立ち上がり、家へ戻《もど》りかけた。こんな季節の、こんな夕暮れどきになると、以前はよくヨタカが飛んできて、松の木で鳴いているのが聞こえたわ。あんまりけたたましく鳴くので、寝そびれたこともあったっけ。でも今は、聞こえるものといったら、カブト虫がブーンと飛んでいく羽音だけ。丘《おか》にはあちこちで、ぽつぽつとホタルが光っている。今年になって初めて見るホタルだ。ホタルがわずかでも生き残っていたと思うと、それだけでうれしい。

途中《とちゅう》まで帰ってくると、うす暗がりの中に家がぼんやり見えてきた。池までおりて、魚がさざ波を立てないかとのぞきこもうとしたとき、真正面の方角で、何かが動いた。池をのぞくのをやめて目をこらした。ルーミスさんが家から出て、ワゴンのほうへ行こうとしている。そういえば、以前あの人が熱に浮《う》かされて発砲《はっぽう》したときも、ワゴンに向かったんだわ。でもあの歩きっぷりでは、今は何か目的があるんだ。ここから見るかぎり、杖《つえ》も使っていないようだ。

ルーミスさんが何をしているのか、はっきり見えたわけではないけど、ゆっくりワゴンのまわりをまわり、二、三回かがみこんだと思うと、すっくと背《せ》をのばして、道をにらんだ。ルーミスさんにわたしの姿《すがた》が見えたはずはない。わたしは池を見ようとして、アスファルトの道路からそれていたもの。ファロも丈《たけ》の高い草の中に、静かに横たわっている。二分もすると（わたしはまだじっとしていた）ルーミスさんは向きを変えて家へ戻《もど》り、手すりにつかまりながら、そろそろとポーチの階段《かいだん》をのぼって行った。きっと防護服を確かめていたんだわ。それに、杖は確かに持っていなかった。

ルーミスさんが家に入って、後ろ手にドアを閉《し》めるのを見すましてから、わたしは歩き始めた。でもなぜか、そのまま家に帰る気がしない。道路わきの小山にすわり、しばらくホタルをながめていた。三十分もそうしていたけど、とうとう真っ暗になったので、家に入った。家の中も暖《あたた》かい。まっすぐ自分の寝室《しんしつ》へ上がって、ベッドに腰《こし》をかけた。ファロがついてきたが、横になったと思うともう眠《ねむ》っている。

ロウソクをともし、目ざまし時計をセットしてねじを巻《ま》き、明日することを考えながら、ちょっとの間すわっていた。散歩してきたから、眠いのになんだか落ち着かない。靴《くつ》は脱《ぬ》ぎ捨《す》てたけど、服は着たままだ。せめてもうしばらくはこのままでいよう。

どのくらいたったか、わたしは真っ暗闇《まくらやみ》の中で目をさました。ロウソクはとっくに燃えつきていた。ファロのうなり声がする。それが驚《おどろ》いたときの、短い鳴き声に変わり、床《ゆか》を爪《つめ》でがりひっかいたかと思うと、さっと飛び出していった。何に驚いたのだろうといぶかった瞬間《しゅんかん》、わたしはあっと思った。

ルーミスさんが部屋の中にいる。

何も見えないが、息づかいがはっきり聞こえる。そのとたんに、ルーミスさんにもわたしの呼吸《こきゅう》が聞こえているんだと気づいた。息を殺したけど、そんなことしてもむだだとわかった。なぜってわたしがそこにいることは、承知のうえだもの。だから、さりげなくしていよう、ふるえたりすまい、そうすればわたしが眠っていると思って、出て行ってくれるんじゃないかしら。でもあの人はゆっくりと、足音をしのばせて近づいてきた。ぐっすりとわたしが眠っていると思ったんだわ。眠るどころか、これほどぱっちり目を開いていたことはなかったくらい。

ルーミスさんはしのび足で、さっきまでファロが寝《ね》ていた、わたしのすぐ横にやってきた。手がそろりとのびてきて、ベッドのはじにさわる。だしぬけに、その両手がわたしをおさえにかかった。乱暴《らんぼう》というのじゃないけど、思いやりのかけらもなく、わたしはぞっとした。こんなふうに人にさわられたことはもちろん、想像だってしたことはなかった。ルーミスさんの息づかいはせわしく、荒々《あらあら》しくなった。自分の部屋へ戻《もど》る気なんてないんだ。これはわたしの直感。それにあの人のたくらんでいることは、口ではっきり言われたみたいに、ちゃんとつかめた。片手《かたて》がわたしの顔をさっとかすめたとたん、肩《かた》を強くおさえつけ、ベッドに釘《くぎ》づけにしようとする。眠《ねむ》ったふりももうこれまで。わたしは反対側にさっと身をかわして、床《ゆか》に飛びおり、ドア目がけてかけだした。まさにそのとき、あの人は全体重をかけて、ベッドの、わたしがたった今いたその場所に倒《たお》れこんだ。

だけど、わたしったら、飛び出そうとしてあの人の脚《あし》につまずき、体勢を立て直す間もなく、せまってくる手で、くるぶしをつかまれた。そのにぎる力の思いもかけない強さ！　とても驚《おどろ》いた。ルーミスさんがわたしを引《ひ》き戻《もど》そうとするので、わたしの手は何かにしがみつこうとして宙《ちゅう》に泳ぎ、体はなめらかな床をずるずると後ろへ引きずられる。男はもう片方の手ものばし、わたしのシャツの背中《せなか》を引っつかむ、わたしは必死に前へ出る。シャツがビリビリと裂《さ》け、男の爪《つめ》がわたしのむき出しになった背中を引っかいた。わたしは渾身《こんしん》の力をふりしぼって、ひじを後ろへつき上げた。

運よく相手ののどもとに当たったらしい。ぎゃっと叫《さけ》んで、ほんの一瞬《いっしゅん》荒々しい呼吸《こきゅう》がやんだ。そのときわたしのくるぶしとシャツから男の手が離《はな》れたので、わっと戸口から飛び出して走った。やぶれたシャツは背中にだらんとたれ下がったまま。

19　ほら穴《あな》

六月三十日つづき

その晩《ばん》はもうとても眠《ねむ》れなかった。家を飛び出してからは、どこへ行こうかなんて念頭になく、夢中で走った。どこだっていい。一刻《いっこく》も早く逃《に》げること、ただそれしか頭にはない。気づいてみると、店や教会のほうへ向かって道路を走っていた。追ってくる足音は聞こえない。でもほんとうに追ってこなかったのかどうか、耳の中がドッドッと脈打《みゃくう》っていて、なんにも聞こえなかったもの。一、二分だったろうか。わたしは全速力で走った。それから足をゆるめて、やっと肩越《かたご》しに後ろをふり向いてみた。その晩は月が出ていなかった。でも晴れていて空も明るく、道路ははっきりと見える。追ってくる気配はない。池のそばを通るころには、ゆっくりしたかけ足ぐらいになり、店まできてやっと立ち止まり、建物の陰《かげ》に半ば身をひそめて腰《こし》をおろした。そこからでも道路は見通せる。

あの人が走れるとは思えないけど、絶対に走れないとも言いきれないわ――あのときだって、思いもよらずあの人は、杖《つえ》を使わないで歩いていたじゃない。

一時間以上もすわったまま息をつきながら、いっしょうけんめいふるえを止めようとした。ファロの姿《すがた》は見当たらないけど、どこにいるのかわたしにはちゃんとわかっている。玄関《げんかん》のポーチの下にかくれているんだ。昔からそうだったもの。何か気まずいことがもちあがると――たとえばジョーゼフやデビッドやわたしが、とうさんやかあさんにしかられる羽目になったときなんか――ファロはいち早く察してかくれてしまったっけ。さっきのあのさわぎは、もちろん聞こえたはずだわ。ファロがあの男の気配に気づいてくれなかったら、もしファロがあの部屋にいなくて、あのときわたしを起こしてくれていなかったら、どんなことになっていたか。

のどがかわいてきた。おまけにひどく寒い。いつの間にか冷たい風が少し出ていた。そういえば毛布がまだほら穴《あな》の中に置きっぱなしになっていたんだわ。やぶれたシャツの上から一枚《まい》ひっかけたら、ほら穴の入り口にすわってずっと見張っていられるわ。そのときになってやっと頭が働きだした。ほら穴の中には靴《くつ》もシャツもない――服はそっくり家に持ち帰ってしまったから――こうして店にいるうちに、新しいのをいろいろそろえてしまうほうがいい。もう家には帰れないかもしれないもの、着がえは必要になるわ。少なくともルーミスさんが家にいる間は、わたしがあそこへ帰ることはない。

店の中は真っ暗で何も見えなかったけど、クラインさんがマッチを置いていた棚《たな》も、ロウソクの置き場もわかっている。手さぐりでそのあたりを探《さが》し、ロウソクをとり、火をつけた。衣料品売場で――店の右手の奥《おく》――わたしのサイズのスニーカーを一足と、シャツを二枚、綿ネルのを選ぶ。靴をはき、ネルのシャツを着て（とても寒かったので）、ボタンに手をかけた。と、そのとき、店の入り口あたりでバタンと音がした。わたしはふるえあがって、ロウソクを倒《たお》した。ロウソクの火が消えた。

ほんとうはそんなにびっくりするほどのことじゃなかったのに。でもすっかり動転してしまい、またふるえが止まらなくなって、暗闇《くらやみ》の中で耳をすまして立ちつくした。あれっきりなんの物音も聞こえない。わかった、ドアだ！　そうなんだわ。入り口のドアを二十センチほど開けたままにしておいたから、風で閉《し》まったんだわ。マッチがなかなかすれないほどふるえる手で、ロウソクをつけ直し、入り口のほうへ行ってみた。やっぱりドア――それだけのことだった。正体がわかっても、もうここにはいたくない。わたしってこんなに臆病《おくびょう》じゃなかったのに。

外へ出ると少しほっとして、もう一枚のシャツを手に、池まで歩いた。池のほとりの、小川の流れこんでいるところで、水を飲み、ひと休みした。小川のせせらぎとそよ風のほかには、何ひとつ動くものはない。それでもまだ安心だとは思えない。

また歩きつづけた。ほら穴にたどり着いて――何週間ぶりだろう――ロウソクの光で中を見まわすと、何もかも出ていったときのまま。肩《かた》から毛布をかぶり、入り口のいつもすわる場所に腰《こし》をおろした。ここからなら、岩にもたれて家を見おろすことができる。庭や木や灌木《かんぼく》の茂《しげ》みがところどころ濃《こ》い影《かげ》を作り、あとは闇《やみ》にしずんでいる。ここから見る窓《まど》には、ひとつとしてあかりがついていない。

夜が明けるまでずっとそこにすわって見張っていた。ルーミスさんにはわたしのいるところなんかわかりっこない。ほら穴《あな》がどこにあるかってことも、それどころかほら穴があるってことだって知っちゃいないんだもの。あの人に丘《おか》の斜面《しゃめん》は登れるわけはないんだ。でもとにかく、じっと見張っていた。

夜が明け始めると、下に見える景色《けしき》の輪郭《りんかく》や色が、だんだん現れだした。木の葉はうすい灰《はい》色《いろ》に変わり、それから緑色に見えてくる。家も白っぽく浮《う》かんできたし、道路は黒く変わり、わたしがすわりこんでいる丘の頂上《ちょうじょう》も明るんできた。ほら穴の中から双眼鏡《そうがんきょう》をとってくる。どんなささいなことでも見逃《みのが》さず、あの人がやろうとすることを観察しておくのが大事だもの。あの人は、わたしがどこにいるか知りたくて、やっきになっているにちがいないんだ。

まず最初に動きだしたのはファロだ。鼻をくんくんさせながら、おずおずと家の角に姿《すがた》を見せ、ひとまわりするとテントのほうへ行き、そこでまたひとまわりし、道路へ出て行った。やっぱり鼻先を地面にくっつけているる。わたしの跡《あと》をたどっているんだわ。ものの十秒もしないうちに、ルーミスさんが姿を現した。正面の窓から見ていたのね。道路の際《きわ》まで、ちょっと足を引きずりながら歩いて行くと――でも杖《つえ》はついていない――ファロを目で追っている。一メートルばかり歩いて、そこで一分ほど立ち止まり考えていた。が、結局家に帰った。これで二つのことがわかった。ゆうべ、わたしがどっちの方向へ逃《に》げたのか、ルーミスさんにはわかってないってこと。もうひとつは、ファロがわたしのあとを追っていくはずだと知っていることだ。だからあの人は、ファロから目を離《はな》さない。

わたしは何も考えるゆとりがないままに、道路をかけだしたんだけど、直接ほら穴に来なかったのは、ほんとに運がよかった。ファロがどうするかはわかっている。わたしのにおいをたどり、店まで行き、店から池、池からわたしがすわっているここへやって来る。でもルーミスさんは家にいるんだもの、ここが見えるわけがないわ。ファロがどのくらいかかってここまで来るか、だいたい見当がつく。案《あん》の定《じょう》、十分もするとファロは森をぬけて、しっぽをふりふりやって来た。

頭をなでてやる。来てくれてとてもうれしかったのだ。でもそれだけにしておいた――まだ下のようすを見張るほうに気をとられていたので。ファロは十分ばかりそこにいて、ほら穴の中をかぎまわったあげく、丘をかけおり、家へ帰っていった。えさをやるのはいつも朝だった

――今はちょうどファロの朝ご飯の時間――えさの皿は庭だ。玄関《げんかん》わきにある。ファロはわたしがあとからすぐ来るって思ったんだわ。

ほら穴《あな》でえさをやればよかったって、そのとき気がついた。そうだ、肉の缶詰《かんづめ》が少しあったんだわ――正確に言うと三缶――それに食べさせるものがほかになくなったときによく開けていた、ハッシュドビーフの缶詰もある。でもそれに気づいたのは、ファロが行ってしまってから。もしかするとファロが――なんにも知らずに――ルーミスさんをここへ連れてくるんじゃないかしら。だからえさをやってそばに置いておけば、そんな心配はしなくてすんだんじゃないかしら。

丘《おか》をおりていったファロが、前庭に姿《すがた》を現して二、三分すると、ルーミスさんが皿にえさを山盛《やまも》りにして、玄関《げんかん》から出てきた。ルーミスさんはそれを下に置く。ファロが食べ始めたとき、ルーミスさんが手に何か持っているのに気がついた。双眼鏡《そうがんきょう》で見ると、ベルトのように見えたが、まさにそのとおり――デビッドかジョーゼフのじゃないかしら。ルーミスさんがそれを短く切ったのだろう。ファロがえさを食べているうちに、それを首にはめ、留《と》め金《がね》をかけた。

ファロはそれほど気にしていないようす。一、二回首をふったけど、また食べ始めた。ルーミスさんはその間に玄関へ引き返し、また何か持ってきた。最初はロープだと思ったけど、あざやかな緑色をしているから、そうじゃないわね。あれはかあさんがそうじ機に使っていた電気の長いコード。ルーミスさんはファロの首に巻《ま》きつけたベルトにコードを結び、もう一方のはしをポーチの手すりにつないだ。

かわいそうなファロ！　生まれてから一度だってつながれたことなんてないのに。食べ終わると首輪をはずそうとして、また首をふり、それからとことこかけだした。でも綱《つな》の長さいっぱいで、頭がぐいと引《ひ》き戻《もど》されて転んだ。立ち上がって体をふるわせて、もう一度やってみた。だめだとわかると、ぐるりとまわってあとずさりし、首輪からぬけようとする。ルーミスさんはそのようすをじっと見ていたが、だいじょうぶ、逃《に》げられっこないとわかると、家の中へ入っていった。

ファロは、自由をうばわれた犬の本能か、すわりこんでコードをかんでいる。でもコードといっても太い針金《はりがね》にじょうぶなプラスチックをかぶせたものだから、三十分ぐらいもかみつづけたけど、食いちぎれない。

はずせないとわかると、ファロは鳴き声をあげた。か細い悲しげな声で、キューン、キューンと鳴く。子犬のころから一度だってあんな鳴き方をしたことはないのに。丘をかけおりていき、結び目をほどいてやりたい。でもそんなことできないのはわかっている。

仕方なく、すわりこんでじっと見ていた。ファロを見ながら、これからわたしはどうすればいいのか、どんなことになるのか考え始めた。これから毎日の仕事はつづけていかなければならないけど、どうすればいいの？――乳《ちち》しぼり、ニワトリの世話、卵集《たまご》め、それに畑の草とり。ルーミスさんに近寄らないようにして、ここに住んでいられるかしら。家の中の仕事はどうかしら、たぶん外での仕事はできるわ。だけど食事の仕度《したく》は無理ね。家の中に入らなきゃいけないもの。ルーミスさんは自分で食事を作らなきゃいけない。すると必要なものは、これからわたしが運ぶことになるのかしら。あの人は、まだ遠くまで歩いていき、ほしいものを運ぶなんてできないもの、とても無理よ。ルーミスさんのしたことはともかく、飢死《がし》させるわけにはいかないもの。

仲よく暮《く》らすというのじゃなくても、どうにかしてこの谷間でいっしょに暮らしていくための妥協策《だきょうさく》を考えなきゃ。別々に暮らしたって、谷間は充分《じゅうぶん》広いわ。家はルーミスさんが好きなように使えばいい。わたしなら店に住んだっていいし、教会で寝起《ねお》きしたってかまわない。仕事があれば、なんだって喜んでするつもり。そうすれば離《はな》れて暮らせるうえに、まったく没《ぼっ》交渉《こうしょう》でいられるもの。

問題は、たとえわたしがそうしたいと思ったって、あの人がいやだって言うかもしれないってこと。

でも、やるだけはやってみなくちゃ。ルーミスさんのところへ出かけていき、話をしてみる決心をする。もちろん、離れたところから声をかけるようにしなければ。そのとき、どうしたらいいか、どう言おうかなんて考えているうちに、すわったまま眠《ねむ》ってしまった。

日暮れどき、やっと目がさめた。首筋《くびすじ》はこっているし、おなかはペコペコ、食料は残り少なくなっていたが、ハッシュドビーフの缶詰《かんづめ》を開け、冷たいまま食べた。

次の仕事は炉《ろ》を作る場所を考えること。昼間火をたくことにして、煙《けむり》が目にふれないようなところにするか、それとも夜たくことにして、炎《ほのお》がルーミスさんに見えないところにしたものか考えてみたが、どうもあとの考えがやりやすいようだ。

20　いやなゲーム運び

七月一日

夕食をすませて、ほら穴《あな》の奥《おく》にもぐりこんだ。

ルーミスさんは本気で、ファロを使ってわたしをつかまえるつもりだ。きのうの夕方、ルーミスさんはえさの入った皿を持って出てきた。ファロはもう鳴くのをやめ、ポーチの横の草の上に、丸くなって眠《ねむ》っている。ルーミスさんはすぐにえさをやらないで、ポーチに皿を置く。ファロをつないでいた電気のコード（七メートル半もある）を手すりからはずし、投げなわのようにくるくる巻《ま》くとはじを残し、ファロを道路へ連れ出した。

今まで綱《つな》なんてつけられたことがなかったので、ファロは初めはいやがっていた——絶《た》えず走り出そうとしては、そのたびにぎゅっと引《ひ》き戻《もど》される。でもすぐにのみこんで、数分もすると地面をかぎながら、おとなしく道路を歩いた。ファロはまた、わたしの通った跡《あと》をたどっている。今度はルーミスさんを後ろにしたがえて。

ルーミスさんとファロはほんの短い距離《きょり》を歩いただけ。十五メートルくらい行っただろうか。そこでくるりと向きを変えて家へ引き返した。ルーミスさんはこのときも心持ち足を引きずっていた。ほんの十四、五メートル歩いただけなのに、わたしのヘマがいよいよはっきりしたし、ルーミスさんがファロをつないだ理由ものみこめた。ファロに綱をつけてわたしの跡をたどらせるように仕こんでおけば、その気になればいつでもわたしを見つけられるってわけ。今はだめでも、あの人がもっと遠くまで歩けるようになったときに。

わたしは、はっとした。わたしが見張っていることを、ルーミスさんは知っているんじゃないかしらって気がしたのだ。もしかしたら知っているというよりも、わたしが見張っているほうがいいと思っているんじゃないかしら。なんだか胸《むね》がむかついてくる。まるでチェスのように、イタチごっこにはまりこんでいるんだ。これほどいやなゲーム運びはない。仕かけ役はいつだってルーミスさん、勝ち目はあの人にしかないんだわ。

ファロをつなぎ、えさをやると、ルーミスさんは道路に引き返してたたずんで、今歩いた方角に目をやった。店のほうだ。でもルーミスさんが期待するものは何も見つからなくて、今度は円を描《えが》くようにゆっくりと向きを変えながら、谷間のすみからすみまで、目に入るかぎりながめまわした。ある一点までくると、ルーミスさんの視線《しせん》がぴったりと止まり、わたしのいる方角をとらえ、ちょうど真正面からわたしのいる場所と向きあう形になった。わたしは恐《おそ》ろしさのあまり、双眼鏡《そうがんきょう》をほっぽりだし、ほら穴《あな》に逃《に》げこみたい衝動《しょうどう》にかられた。でも、あの人からわたしが見えるはずはない。それはわかってる。ほんの一瞬《いっしゅん》でルーミスさんの視線《しせん》はうつり、ひととおり調べ終わると中へ入っていった。

わたしは前にほら穴へ運んでおいた食料を調べてみた。紙袋《かみぶくろ》に入ったトウモロコシ粉が二キロばかり、塩、肉の缶詰《かんづめ》三つ、インゲン豆三缶、エンドウ豆一缶、トウモロコシ二缶。食料はこれで全部――とうてい足りないわ。銃《じゅう》が二ちょうと弾丸《だんがん》が一箱ずつ。寝袋《ねぶくろ》、枕《まくら》、毛布二枚《まい》――でも着がえは店から余分に持ってきたシャツが一枚あるきり。あとはみんな家へ持ち帰ってしまった。深鍋《ふかなべ》、フライパン、皿、コップ、ナイフ、フォーク、スプーンがそれぞれひとつずつ。ロウソク二本、ランプ、灯油《とうゆ》四リットル、高校で国語の教科書に使った『英米名作短編集』が一冊《さつ》。それに水がびんに三本――前にりんご酒用に使っていたびんで、一本に四リットル入る。でも水は何週間もほら穴に入れっぱなしのものだから、たぶん古くて飲めないわ。日が暮《く》れてから小川へ行き中身を捨て、またくみなおしてこよう。

日がかたむきかけてきたので、すっかり暗くならないうちに、たき火の段取《だんど》りをつけておくことにした。できたらの話だけれど、わたしが考えたのはほら穴の近くに壁《かべ》のような囲いを作ること。家のほうから見たとき、たき火の炎《ほのお》がかくれればいいんだから。それほど大きくなくてもいい。

作り始めてみれば、そんなにむずかしいことではない。ほら穴から数十メートル登ったところに、棚《たな》のようなちょっと平らな場所を見つけた。そこを棒《ぼう》きれで掘《ほ》り返《かえ》し、やわらかな土を手でかきまわして、谷側に低い壁を盛《も》り上《あ》げた。できた穴は深さ約十五センチ、広さは洗面器《せんめんき》ほど、煮炊《にた》きするための火を燃やすには充分《じゅうぶん》だ。まわりの盛り土が低すぎて、炎をかくしきれないと思ったので、囲いをもっと高くするために、暗くなるまで煉瓦《れんが》くらいの大きさの石を集めた。これでいいかしらと思うほど集まったときには、もう手もとが見えなくて、きちんと積めなくなっていた。明日明るいうちに仕上げることにし、夕食にはインゲン豆を冷たいまま食べた。

食べ終わると、びんを二本小川へ持っていき、新しい水をくんだ。ついでにスプーンをゆすぎ、手や顔も洗《あら》う。あんなに昼寝《ひるね》をしたのにもうくたくた。しきりにあくびが出るし、今晩《こんばん》はとても起きていられそうもない。そう思ったとたん、なんとなく胸《むね》がドキンとする。ぐっすり寝こんじゃうなんて、襲《おそ》ってくださいといわんばかりじゃない。用心のために、ほら穴では眠《ねむ》らないことにしよう――出入り口はひとつしかないし、それも小さいから――これでは閉《と》じこめられてしまうわ。

たき火の囲いを作ったところに、寝袋《ねぶくろ》と毛布を一枚《まい》運んだ。穴《あな》のむこう側にちょうど体をのばせるだけの場所がある。地面はでこぼこしているけど、そんなことはどうでもいい。横になったとたん眠《ねむ》ってしまい、今朝、日がまぶしくなるまで、目がさめなかった。

起きて顔を洗《あら》い、食事をし（ゆうべの残りのインゲン豆）、毛布と寝袋をほら穴に戻《もど》し、家へ向かった。もちろん遠まわりして。あの晩《ばん》歩いたのと同じ道を通るように、池と店に寄る。わたしの隠《かく》れ家《が》を、あの人に絶対知られちゃいけないもの。

家の近くまで行ってみたけど、人のいる気配がない。すごく静かだ。テントは庭に張ったままだし、そばのワゴンの荷物入れはきっちり緑色のカバーがかけてある。ファロはどこ？　外につながれていると思っていたのに、いないわ。前庭まで来て立ち止まり、道路に立ったまま待つ。それ以上は家に近寄らないつもり。

長くは待たなかった。ほんの一分もするとドアが開き、ルーミスさんがポーチに出てきた。家の中からわたしを見てたんだ。階段《かいだん》をおりてきて、おりきったところで足を止めた。

「帰ってくると思っていたよ」

それから「帰ってきてほしかった」と言い足した。

わたしは一瞬《いっしゅん》ぼうっとして、すぐには何を言ったらいいかわからなかった。あの人は悪いことをした、仲なおりしたいって思ってるんだわ。あの人が何を言おうと、あの晩の恐《おそ》ろしさが忘《わす》れられるもんじゃないけど。それにわたしはもう二度とあの人を信じない。

「ちがうわ」

わたしは言い返した。

「帰ってきたんじゃないわ。もう帰るつもりなんてないわ。だけど話し合うべきだと思って」

「もう帰らないって？　だけどどうしてだい？　きみはどこで暮《く》らすんだ？」

まるであのときと同じ。ルーミスさんがわたしの手をにぎり、わたしがぶったときと同じ。なんにもなかったみたいに、でなきゃ忘れましたって顔をしている。一瞬、わたしだって、もしかしたらルーミスさんは自分のしたことをほんとうに忘れたのかしらと思ったほど。なぜだかわからないけど。でも見えすいたうそ。あの人は忘れてなんかいない。そうじゃなくて、そんなことはなかったってふりをしているだけ。だからわたしは言ってやった。

「住むところぐらい、どこかに見つけるわ」

「でもどこに？　ここはきみの家じゃないか」

「そんなこと、あなたにとやかく言われたくないわ」

ルーミスさんは肩《かた》をすくめて、勝手にしろと言わんばかり。

「わかったよ。じゃ、どうして来たんだい？」

「この家に帰るつもりはないけど、わたしは生きていかなきゃならないし、あなただってそうでしょ？」

「そのとおり。ぼくは生きていくつもりだ」

ルーミスさんは、何を言い出すのかという顔でわたしを見た。この人は口で言うことと考えてることが、必ずしも一致《いっち》してないんだわ。

「生きていくつもりなら」

と、わたしは言った。

「しなきゃいけない仕事があるでしょ。植えて刈《か》り入《い》れることや、畑の手入れもあるし、そのうえに家畜《かちく》のこともあるでしょ」

するとルーミスさんは言った。

「だからきみは帰ってくると思ってたのさ」

「わたしをほっといてくれれば、今言った仕事は喜んでやるつもりよ。あなたには、食料や水が必要なときは運んであげるわ。料理は自分ですればいいでしょう。料理の本だって、台所の棚《たな》にあるから」

「そして夜はどこかへ行くってわけだ。どこだい？」

「谷間のどこか」

ルーミスさんはわたしと話し合っている間じゅう、ずっと考えていたんだわ。店のほうへ向

かう道路にちらちら目を走らせていた。結局ルーミスさんは、

「ぼくがあれこれ言ってみたところでどうしようもないから、きみの考えが変わるのを待つだけだ」

と言い、ちょっと口をつぐんだ。

「それにいつまでも子どもみたいなことはやめて、もっと大人の分別を持つように願いたいものだね」

「わたしの考えは変わりません」

ルーミスさんはそれっきり黙《だま》って、くるっと背中《せなか》を見せると、家の中に入り、後ろ手にドアを閉《し》めた。わたしは納屋《なや》へ向かった。歩きながら、あの人の心にあることをつきとめたくてあれこれ考えてみる。何かをもくろんでいるんだ。わたしと話していて、それまでわからなかった、どうしても知っておく必要のある情報をつかんだんだわ。わたしが家に戻《もど》る意志のないこと、仕事はつづけること、それに食料と水は持ってくること。これをもとにして計画を立てるつもりね。だけど何をたくらんでいるのかしら？　もしかしたら、わたしの申し出をそっくりのんで、わたしを放っておいてくれるってことも考えられる。

でもそんなこと本気にしちゃだめ。わたしがどこで寝起《ねお》きするのかを、しつこく知りたがっていたじゃない。それにファロをつないだわ。

それにしても、わたしたちが話し合っている間、ファロはどこにいたのかしら？　影《かげ》も形も見えなかったし、声もしなかったわ。きっと家の中につながれているのね。わたしが綱《つな》を解くとでも――ファロを盗《ぬす》み出《だ》すとでも思っているのかしら（エドワードが防護服を盗んだように）。わたしもそうしようかと思ったことがあるのは事実だから、そのことを思い出してまったく気が滅入《めい》った。ルーミスさんが何を計画しているのかわからない。でもそれが実現したら、それは見ものでしょうよ。つまりこのわたしも、ファロのように家の中につながれているってわけ。

そんなことは考えまいと頭の中からふりはらって、乳《ちち》をしぼる。だんだん乳の量が減《へ》ってきた。これはもうまちがいないわ。子牛がほとんど離乳《りにゅう》しているのに、わたしが数回続けて乳しぼりを怠《おこた》ったから、乳量が減る時期を早めてしまった。最後の一滴《てき》までしぼりきるように気をつけたけど、やっと二リットルあるかなしだ。納屋《なや》の壁《かべ》に牛乳缶《ぎゅうにゅうかん》が大小とりまぜてかけてあるので、そこから二つ持ってきて牛乳を二等分し、ひとつはルーミスさん用に裏《うら》のポーチに置く。それからニワトリにえさをやり、卵《たまご》を集め、これも四つずつに分けた。畑からエンドウ豆、レタス、ホウレンソウをぬいてきて、半分取り分け、残りをポーチに置いた。おしまいに、納《な》屋《や》から麻《あさ》の飼料袋《しりょうぶくろ》を持ち出し、自分の取り分を入れたけど、袋のすみがひとつ、やっとふくらんだだけだ。

毎日午前中にやっている外の仕事は、いつもと変わらずにすませた。ルーミスさんは知らん顔。裏のポーチにさえ出てこない。まったくちらりとものぞかない。でも台所の窓《まど》から見張っているなという気がどうしても消えない。

昼ごろ、店へ行き、ルーミスさんに食料をひとかかえ持ってきた。昼食は店ですませた。棚《たな》から缶詰《かんづめ》をひとつとって、クラインさんが四十九セントで売っていた缶切りを借りて開けた。食料品を持って帰り、ポーチに置いたときには、煙突《えんとつ》から煙《けむり》があがっていて、牛乳と卵と野菜は消えていた。昼食を作ってるんだわ。わたしは二つのことを頭の中にメモしておいた。これからもわたしが食料品を運ぶのなら、あの人は必要な品をわたしに知らせてくれなければならない。水をくんでくるのがわたしの役目なら、水入れが空《から》になったとき、外に出しておいてもらわなくちゃならない。

四時になった。トウモロコシとインゲンの畝《うね》の間を走らせていた耕うん機を止めて、店のほうへ引き返した。歩きながら、ともかくも今日一日は、このやり方でなんとかなったと思った。不自然だし落ち着かないけど、明日もうまくいき、次の日も、その次の日もこのままいけば、だんだんこわくなくなるだろう。そう思うとちょっぴり気が晴れてくる。それに作りかけの囲いを仕上げてしまえば、日が暮《く》れてから火をおこして、あたたかい食事がつくれるわ。すっかりおなかがペコペコ。

店に寄り、自分の食料を補充《ほじゅう》した。飼料袋《しりょうぶくろ》を持ってきているので、その中に入れて運ぶことにし、まず袋の中の卵《たまご》をとり出した。肉、野菜、スープの缶詰《かんづめ》をいろいろとりまぜて一ダース、小麦粉をひと袋かき集める。卵は茶色の紙袋に入れて、あらためていちばん上にのせる。畑からとってきた野菜類もあるし、片手《かたて》は牛乳缶《ぎゅうにゅうかん》を持たなくちゃならないから、これだけ詰めたらもう手いっぱい。毎日少しずついろんな物を持って帰ればいいわ。だんだんストックをそろえていこう。

ほら穴《あな》に食料をおろし、明るいうちにたき火の囲いを作ってしまおうと、きのうの場所へ急いだ。見れば見るほど気に入った。第一、ここと家との間には、低い木がたくさんあるし、丈《たけ》の高い木も多い。実際、ここからは家が全然見えない。だからちょっと気をつけていれば、確実に火をかくせるわ。さらに石を積んで、石と石のすき間に泥《どろ》とコケを詰めた。三十分ほどかかって谷側に、高さおよそ四十五センチの壁《かべ》を積み上げた。小さいけどりっぱないろりができあがった。火は地面から十五センチ掘《ほ》った穴の中で燃やすわけだから、壁のてっぺんから六十センチも下の炎《ほのお》は見えないと思う。これで充分《じゅうぶん》だ。薪《たきぎ》にするかわいた枝を集める。

暗くなるのを待つ間、わたしは家を見おろした。ルーミスさんはファロを綱《つな》で引いて、また外に出ている。ファロを連れて、今度は道路ではなくて、家の裏手《うらて》を歩きまわった。初めはあの人のもくろみがわからなかったけど、見ているうちに少しずつのみこめた。

さっき道路を歩いたとき、ファロはどう見ても何かの足跡《あしあと》をたどっているようすだったから、それがわたしのだろうと見当をつけたルーミスさんは、今ほんとうかどうか確かめているんだわ。

わたしはもっとよく見ようとして、双眼鏡《そうがんきょう》をとり出した。ファロは家の裏手へまわるが早いか、地面に鼻面をくっつけて畑へ向かった――わたしがいたところだ。それから納屋《なや》へ――そう、わたし、あそこへも行ったわ。言ってみれば、ファロは自分の役目というものを心得ているし、ルーミスさんは一日じゅう窓《まど》から見張っていたんだもの。ファロがまちがっていないことも見通しているんだ。

とうとうファロは、わたしがほら穴にもどる直前にいた場所へルーミスさんを連れてった。畑を耕したあと、トラクターをしまった納屋だ。そこでルーミスさんは立ち止まった。ドアを開けて中をのぞき、何か思いついたようすで、ファロをつないだ綱をドアのとってにくるくると巻《ま》きつけ、納屋の中へ姿《すがた》を消した。

わたしのところからは見えなくなったけど、何をしているのかはすぐにわかった。五分ほどたって、スターターのまわる金属音が聞こえ、それからエンジンのブルブルという音がしたのだ。納屋の中だから、音はこもって聞こえたが、一分もすると音は大きくなって、そろそろと後輪が現れた。

あの人から話を聞いたかぎりでは、トラクターなんて一度も動かしたことはないはず――だから五分もかかったんだわ。乗用車を運転できる人でも、トラクターのあつかい方をのみこむにはそのくらい時間がかかるのだろう。クラッチ、アクセル、ブレーキペダルは同じ、変速レバーも似たようなものだし、前進用二段《だん》切りかえと後進用はそれぞれ「1」「2」「R《アール》（バック。後進）」となっている。エンジンキーとハンドルまで同じだ。

ルーミスさんはトラクターをずっとバックで納屋《なや》の外に出し、そこで前進に切りかえると、納屋のまわりを小さくひとまわり。それからニュートラルにしてエンジンを空転させた。どんな音がするのか、耳をかたむけているって感じ。また前進に切りかえ、納屋に入れるとエンジンを止めた。

ルーミスさんはファロの綱《つな》をドアからはずした。ファロはまたわたしの跡《あと》をたどりだし、店のほうへ向かった。でもルーミスさんには、わたしがそっちへ行ったことはわかっていたから、ファロを家へ連れて帰った。あたりが暗くなってきた。数分して、台所の窓《まど》からあかりがひとつもれた。ルーミスさんが料理しているとすれば、煙突《えんとつ》から煙《けむり》があがっているはずなのに、夕焼けにつつまれて見えない。そうなんだ。わたしにむこうの煙が見えないのだから、むこうだってこっちの煙は見えないってことだわ。もうたき火の準備はできている。さあ、火をつけよう。燃え始めた――小さいけど充分《じゅうぶん》料理できる――たき火をそのままにして、用心しながら低い灌木《かんぼく》の茂《しげ》みをはって、家のほうへ丘《おか》を半分ほどおりた。

そこで、ほんとに闇《やみ》が落ちてくるまで待ち、家と（あの人がわたしを探《さが》しに出てくるかどうか偵察《ていさつ》するために）丘の上のたき火の方角を、かわりばんこにながめた。囲いは成功。炎《ほのお》も見えないし、火の色も見えない。心配なのは、ときどきパチッとはぜる火花。火花が出ないように気をつけなくちゃ。また丘を登って、四、五分で、缶詰のハム、トウモロコシパン、エンドウ豆、スクランブルエッグの夕食をこしらえた。もうおなかと背中《せなか》がくっつきそう。

食べ終わるとすっかりくたびれて、皿を洗《あら》いに小川へ行く気力もなかったので、この日記をつけ始める。

今となって思うことは、ルーミスさんなんてこの谷間へ来なければよかったということ。ここでひとりぼっちで暮《く》らすことはさびしいけど、こんな状態でいるよりはまだましだわ。あの人が死んでしまえばいいとまでは思わないけど、運よく偶然《ぐうぜん》にほかの道を行ってくれて、どこかほかの谷間を見つけてくれたらよかったのに。それでつい考えるんだわ。ほかにもこんな谷間があるんじゃないかしら。あの人は研究室からここへ歩いてきたんだから、つまり南へ向かってきたってこと。ここから先へは行っていない。この先のどこかに、ここみたいな谷間が、死をまぬかれた場所があるんじゃないかしら？　もしかしたらこの谷間より大きくて、ふたりか三人、あるいは五、六人くらいは、まだ生き残っているかもしれない。それとも、もうひとりもいないのかなあ。ルーミスさんがほかの道を行っていたら、そこを見つけていたんじゃないかしら。

確かにありそうなことだわ。とうさんとかあさんが見てまわったのは、ほんのせまい範囲《はんい》だもの。おそらくわずか数キロ先か、でなければもうちょっと先に、わたしの知らない谷間があるかもしれない。ほかと連絡《れんらく》がとれないので、自分のところだけが生き残ったんだと思っているのじゃないかしら。

いつかファロが帰ってきたときは、面食らい、どこへ行っていたのかと首をひねったわ。よその谷間で暮《く》らしていたってことは考えられないかしら。この谷間からそこへ走っていき、またかけ戻《もど》ってくるってことはできないのかしら？　それを知る方法はない。ファロがどっちの方角から帰ってきたのかさえもわからないのだもの。

21　ゲームのつづき

八月四日

いよいよ追いつめられている。日記を書くのも数週間ぶり。この一か月、体の具合は悪いし、絶えず神経をすり減《へ》らしてきた。あの男の追跡《ついせき》を逃《のが》れるためには、ひとところにじっとしているわけにいかなかった。今わたしがひそんでいるのは西の峰《みね》の頂《いただき》に近い、うっそうと茂《しげ》った森の中、谷の南のはずれにある山あいの近く。中がうろになっている木に持ち物をかくしてある。雨が降《ふ》れば、わたしもそこへ逃《に》げこむ。まったく悪夢としか言いようがない。こともあろうに、ルーミスさんがわたしを撃《う》つなんて！

およそ十日間ぐらいだったかしら、わたしとルーミスさんの間に決まりのようなものがあったのは。朝になるとわたしがおりていって乳《ちち》をしぼり、卵《たまご》を集め、ニワトリにえさをやり、畑仕事をして野菜をとる。その日その日で食べ物を平等に分け、ルーミスさんの取り分を裏《うら》のポーチに置いておく。あの人は飲み水がなくなれば缶《かん》を外へ出すから、小川の水をくんであげる。食料品もわたしが店から持ってきた。卵《たまご》を置いて帰ろうとしたとき、ルーミスさんが裏口《うらぐち》に出てきて、品物を注文したことが二度あった。一度目は塩をきらしたとき、もう一度は食用油。そのほかはわたしが見つくろって持っていったものを黙《だま》って受けとっていた。

不便なことばかりだった。台所も、オーブンも、洗濯《せんたく》おけも使えない。熟《う》れたトマトを見るにつけ、いったいどうすればあれをびん詰《づめ》にできるだろうかと思った。あれこれ思《おも》い迷《まよ》った末、外のたき火でも煮ようと思えばできるんじゃないかと判断《はんだん》した。納屋《なや》の近くがいいだろう。とうさんの作業台を棚《たな》がわりにしてびんをのせられるし、貯蔵《ちょぞう》びんは店にたくさん並《なら》んでいる。もうひとつ気になるのは――ばかげているとは思うんだけど――家の中がどうなっているかってことだ。あの人はそうじをしてるのかしらとか、どうやって洗濯してるんだろうとか。実際、あの人が洗濯していたらの話だけど。わたしのほうはこんなありさまだから、小川でじゃぶじゃぶやってすましている。

日がしずむころ、二回目の乳《ちち》しぼりを終えて、ほら穴《あな》に戻《もど》る。いつも道路を歩いて店の前を通って帰った。一度か二度、教会に立ち寄ったことはあったけど、それっきりで、日記をさぼっていたように教会へも足を運ばなくなった。なんだかわざとらしい気がしたので。どうしてなのか自分でもよくわからない。きっと、教会へ行くことはまともな世の中でこそふさわしいからだろう。お祈《いの》りだけはするけど、昼間、折りにふれて祈るだけになった。聖書《せいしょ》は家の中、わたしの手にはとどかない。

ルーミスさんの姿《すがた》は、遠くから見かけることはあっても、間近に見ることはほとんどなかった。あの人は一見あきらめて、新しいやり方を受け入れているように思える。でもあの人があきらめたなんて、わたしにはとても信じられない。それでも、とにかくこの状態がずっとつづくという仮定《かてい》に立ってわたしは暮《く》らした――だって、ほかにどんな道があっただろう？　そろそろ冬がくる。薪《たきぎ》を割《わ》っておこうかなんて、そんな心配までしていたのだ。

夕方になると、ちょうど日がしずむ直前に、決まってルーミスさんは家から出てくる。たいていファロもいっしょだ。歩きながら、ファロにわたしの跡《あと》をたどらせる訓練をしていたが、日ごとに少しずつ遠くへ足をのばすようになった（ルーミスさんの歩き方もいくらかきびきびしてきた）。最初の数日間がそんなふうにすぎると、ルーミスさんは今度は新しいやり方を試し始めた。綱《つな》をはずしたあとも、勝手に遠くへ行かせない訓練だ。話しかけるか、低く口笛を吹《ふ》くかしているらしいけど、わたしにはどっちなのか聞きとれない。ファロはいつも、「来い！」の命令は聞きわけていたけど、それも以前は猟《りょう》のお供をするときにかぎられていた。

あれから三、四回、ルーミスさんはトラクターを納屋《なや》から出した。一度はわたしがなんとか暮らしていたあの十日間が終わろうとしていたころ、納屋のまわりを乗りまわすだけではあきたらなくなったのか、遠出をしたときだ。庭を横切って家へ向かい、それから道路に出、そこで右へ向きを変えると、前方にバーデン・ヒルをにらんで、ギアをトップに入れ、アクセルを踏《ふ》みこんだ。約三百メートルをトップで走らせた――どのくらいスピードが出るのかも試していたのにちがいない。なんのためかわからないけど。あのトラクターは時速二十五キロか三十キロは出せる――フロントガラスやスプリングがないトラクターなら、これだけ出れば充分《じゅうぶん》だわ。

十日目の朝（前にも書いたように、だいたいのところしかわからなくなっているから、ひょっとしたら十二日目だったか、それとも十四日はたっていたかもしれない）、わたしは起きて朝食をすませ、食器や寝具《しんぐ》をほら穴《あな》に戻《もど》した。それから家のほうを見おろすと、間一髪《かんいっぱつ》のところで、いつもとちがう光景を目にすることができた。

ルーミスさんがドアから姿《すがた》を見せて、足早に道路まで出て行き、それからはた目にもこそこそと店へ向かって歩きだした。アスファルトの上じゃなくて、バーデン・クリーク側の道のはしに寄って、木立や茂《しげ》みにかくれるようにして歩いて行く。

何をするつもりなのか見とどけてやろうと、わたしは双眼鏡《そうがんきょう》をとり出した。歩いていくルーミスさんの視線《しせん》はまっすぐ前、店へ行く道路にすえられている。そのようすから察すると何かを探《さが》してるように思うけど、でも何を探してるんだろう？　そのうちにふと気がついた――決まってるじゃない、わたしを探してるんだわ。わたしが姿を見せる瞬間《しゅんかん》をとらえれば、わたしがどっちの方角から来たかがわかると思って、やっきになっていたのだ。

ルーミスさんは道路が少しカーブしているあたりの木立でやっと足を止めた。そこからなら遠くの店がそっくり目に入る。

ということは、もしわたしがいつもの道を行けば、池から店に近づいて行くわたしの姿がルーミスさんには丸見えになるんだわ。そうなれば少なくともわたしが谷のどっち側をねぐらにしているか、あの人にも見当がつくはずだわ。そこで、ひと思案した。そんなことをあの人に知られてたまるもんですか。でも、どうしてもいつもどおり、山をおりて、卵《たまご》を集めたり、ミルクをしぼったり、毎日の仕事にかかりたいわ。答えはしごく簡単《かんたん》。別の道から行けばいいんだ。尾根《おね》の頂《ちょうじょう》上に近い山道を谷の南のはずれまで歩いて、切りたった崖《がけ》にはさまれた山あい近くまで遠まわりした。その途中《とちゅう》、いつか花束を作ったことがあった野生リンゴの木の真上を通りすぎた。上から見おろすと、まだ熟《う》れていない青い実が鈴生《すずな》りになっている。

わたしは、ルーミスさんからはまるっきり目のとどかないところで道路に出た――そこからは店さえ見えない。道を横切ってあともどりしながら、バーデン・クリークのほとりに並《なら》んでいる木立から離《はな》れないように歩いた。木立を過ぎて灌木《かんぼく》の茂みになると、やっと店が見えてきた。

わたしと見張っているルーミスさんとの間に必ず店がくるように、絶《た》えず気を配って歩いた。やっと店にたどりつくと、すばやく建物の陰《かげ》から道路へ躍《おど》り出《で》た。どこからともなく忽然《こつぜん》と姿《すがた》を現したように見せかけたかったのだ。少なくとも、どっちの方角からわたしが来たのか、あの人にはまるきり見当がつかないだろう。

わたしは家へ向かった。さっきルーミスさんの姿を見かけた木立のところまで行ってから、ふと別の考えが浮《う》かんだ。ただ見張ってるだけじゃないかもしれない。ひょっとしてわたしをつかまえようとしているのかもしれない。わたしは、いざというときいつでも走って引き返せる態勢《たいせい》で、そろりそろり近づいていった——ところがルーミスさんはそこにいなかった。家が見えるところまで来てやっと、ポーチから玄関《げんかん》に入ろうとしているルーミスさんの姿が見えたのだ。わたしが道路に出たときには、もうあそこを引きはらってたんだ。あの人は見張ってたかいがなかったってわけ。

いつものように、わたしは仕事を始めた。集めておいた卵《たまご》を裏口《うらぐち》へ持っていくと、牛乳缶《ぎゅうにゅうかん》とそれに水入れの缶がひとつ出してあった。牛乳缶を見て気がついたのだが、どの道を行くかに気をとられて、自分の缶を持ってくるのを忘《わす》れていた。卵を入れるものだって何も持ってきていない。仕方がないから牛乳は全部ルーミスさんにあげてしまい、卵は二つだけ鶏小屋《とりごや》に残しておいた。帰りにそのひとつをとって、手で持って帰ればいいんだわ。明日は袋《ふくろ》も忘れずに持ってこよう。

もうひとつ、ちょっとした問題があった。卵を抱《だ》いていたメンドリが、ひよこを六羽かえしていたのだ。これでひなは十四羽になった——それに、今卵をかかえているニワトリが二羽いる。こんなときいつもなら年寄りのメンドリを一羽、夕食のごちそうにしてもいいのだけど。だけど、どうやってつぶしたらいいの？　どこで、どうやって？　台所に入ってはいけないんだし、ポケットナイフを別にすれば、たった一ちょうきりのわたしの包丁《ほうちょう》はほら穴《あな》の中だ。

この二つの問題を解決する確実な方法はただひとつ。わたしはルーミスさんの水入れの缶を、これ見よがしに持って池へ向かった。ルーミスさんが窓《まど》から見ていれば、あの人の水をくみに行くだけだって思うだろう。

池に着いて、ルーミスさんの目がとどかなくなると、わたしは缶を置いて丘《おか》をかけ登った。川のむこう側の森の中に入ってしまえばもう安心。わたしはナイフをとって、ついでに牛乳缶も持ってきた。わずか四、五分で池に戻《もど》り、何くわぬ顔をして水をくんだけど、少し息が切れた。家に着いて、ポーチの牛乳と卵のわきに水入れの缶を置いた。これで疑《うたが》われるようなことは絶対にしなかったとわたしは思っていた。ところがあとになって、それが大まちがいだとわかったのだ。

ニワトリは納屋《なや》の、とうさんの作業台の上できれいにして、フライ用の大きさに切り、等分に分けて二つの山にした。ひとつはルーミスさんの、もうひとつはわたしの分。このニワトリは少し年をとっていたから、焼いたほうがいいだろうと思ったけど、わたしにはできない相談だった。ルーミスさんには少しかたいかもしれないけれど、このくらいならあの人も食べられると思うだろう。

ほかの食料と並《なら》べてルーミスさんの取り分をポーチに置いたあと、トマトのまわりに鍬《くわ》を入れるつもりで畑へ行った。肥料《ひりょう》がよく効《き》いているのか、もうずいぶん、丈《たけ》がのびて葉も茂《しげ》り、固い小さな青い実をつけている。そこで支柱を立ててやることにした。支柱は納屋の馬具室に置いてあるし、それを結ぶひももそこにあったので、トマトに鍬を入れ終わってから、立ててやった。トマトは全部で二十八本。びん詰《づ》めにさえできれば、冬じゅうトマトの水煮《みずに》には不自由しないだろう。それにしても、やっと自分のストーブができたっていうのに、今度はそれが使えないなんて、まったく皮肉だわ。

収穫《しゅうかく》の半分はルーミスさんにあげて、半分はほら穴《あな》にしまっておこう。あそこなら凍《こお》らないですむ。お昼を食べながら（ポケットに入れて持ってきたトウモロコシパン二つ）、こんなことばっかり考えていた。わたしは、庭の柵《さく》にもたれてすわっていた。昼食を食べ終わってしばらく休み、畑のジャガイモに見とれた。見るからに勢いよく、りっぱな濃《こ》い緑色の葉を茂らせている。ジャガイモもほら穴に貯蔵《ちょぞう》できるだろう。それから立ち上がって、トラクターをとりに納屋へ行った。

とんでもない問題が持ち上がったのはそのときだった。というのは、トラクターはいつもの場所にあったものの、肝心《かんじん》のキーがなくなっていたのだ。

床《ゆか》の上を探《さが》しまわった。真っ先に考えたのは、ルーミスさんがゆうべトラクターを使ったあと、まちがって落としたんじゃないかってこと。床は幅《はば》の広い、ぶ厚い板が張ってあって、色は黒に近いし、きれいに片《かた》づいているから、もし落ちていれば、すぐ目につくはず。だけど、どこにもない。

そうだ、キーはトラクターにつけたままにしておくのがわたしの家の習慣だった。キーをなくさないように、とうさんが針金《はりがね》で、ハンドルのシャフトにゆるく結んでおいたのだ。人間て、いつもひとところに置いてあるものは、ころりと忘《わす》れてしまうものなのね。だからルーミスさんが何かの拍子《ひょうし》にキーを落としたなんてことはありえない。あの人が持っていってしまったにちがいない。それも、よくよく考えたうえでね。あの針金をほどくには、かなり手間も時間もかかったはずだから。でもどうして？　ルーミスさんはガソリンの節約をしたいために、わたしがそのたびに申し出てなんの目的で使うかを報告してからでないと、トラクターが使えないようにするため、としか考えられない。

キーはもうひとつあるにはある。どこにあるかも知っている。でも知っていたって、なんの役にも立たない。あれは鍵束《かぎたば》にくっついたまま、死の世界のどこかに横たわっているとうさんのポケットの中だ。

わたしの心は決まった。ほかにどうしようもない。ルーミスさんのところへ行って、キーをくださいって言わなくちゃ。結局、トラクターで耕すのは、わたしの作物のためだといっても、その半分はルーミスさんのものなんだから。

わたしは家へ向かった。正面にまわって、この前と同じように、道に立った。わたしと家の窓《まど》との間には、視界《しかい》をさえぎる物は何もない。すぐにはなんの反応もなかった。煙突《えんとつ》から煙《けむり》が出ていたところを見れば、台所であの鶏《とり》を料理してるんだ。五分間待ってから、わたしは勇気を出してポーチをのぼり、ドアをノックした。そしてすばやく入り口から飛びのいた。ファロが中で吠《ほ》えたて、一分後にはルーミスさんが姿《すがた》を見せた。あの人はわたしがトラクターをしまってある納屋《なや》に行ったのを見たにちがいないから、わたしがここに来た理由も承知のはずなのに、知らないふりをしている。

「戻《もど》ってきたの？」

と、ルーミスさんは言った。とってもごきげんだ。

「うれしいね！　鶏のお礼を言わなくちゃ。ちょうど焼いてるところなんだ。よかったら入って……」

「ありがとう、でもお昼はもうすませたんです」

「そいつは残念。でもきみの分があるんだろ？　いったいどこで料理するつもりだ？」

ルーミスさんは、わたしがどこで料理しているのか知りたがっていた——どこから火や煙が上がるか見張っていたにちがいない。そんなことをきかれたって、答えてなんかやらない。

「トラクターのキーが見つからないんです」

「キーだって？」

ルーミスさんは軽く驚《おどろ》いてみせた。

「ああ、そうだ、ぼくも何回か動かしたからね。夕方、ちょっと運転を覚えたかったんだ。たぶんきみも知ってただろう。それでキーを家の中に置いておくことに決めたよ。こっちのほうが安全だからね」

わたしは言った。

「でも、いるんです。トウモロコシ畑を耕そうと思っているんです」

ルーミスさんは前に出てきて、まるで通りがかりの近所の人とおしゃべりするみたいに、ポーチの階段《かいだん》にすわった。気がつくと、ルーミスさんは手すりにつかまりこそすれ、なんの苦もなく腰《こし》をおろしたのだ。足はもとどおりになってきている。杖《つえ》はとっくに用済《ようず》みだ。

「そのことは考えなくちゃならんと思ってる。ぼくはまだ決心がついてないんだ」

ルーミスさんのきげんのよさは、たちまちあとかたもなくなった。

「そうだろう、きみがこんなばかばかしいことをだね、こうやって別々に住むことをね、もしつづけるつもりなら、不便なことがいろいろ出てくるんだ」

「でも、トウモロコシは……」

「たとえばストーブだ。きみだってあれは自分のものだと思うだろう。なにしろあれを動かすにはずいぶん苦労したんだから。そのほかにも、この先、なくてきみが困《こま》るものはあるんじゃないかな。このままいくと、ますますふえてくるぞ」

「もっといろいろなものを植えろと言い出したのはあなたよ。わたしもそのとおりだと思いました。あなただって当然、畑のものはよく育ってほしいんでしょう」

「ぼくは今言ったとおり、まだ決心がついてないんだ。そのことについてはあらためて考えよう。とにかく今はだめだ。鶏肉《とりにく》を火にかけたままでね——きみの料理の本によれば、片面《かためん》十五分ってことだから、そろそろひっくりかえすころだ」

ルーミスさんは立ち上がった——またしてもらくらくと。

「たぶんトウモロコシ畑は、トラクターでぼくがやるさ」

ルーミスさんはドアのほうへ歩いていった。中に入り際《ぎわ》、ルーミスさんが言った。

「牛乳《ぎゅうにゅう》の缶《かん》といっしょにナイフまで持ってくるとはよく考えたね。ナイフがなければ、鶏の始末はできなかったはずだからね」

ルーミスさんは後ろ手にドアを閉《し》めた。

わたしはルーミスさんの消えてしまったあとを見つめていた。うろたえ、途方《とほう》に暮《く》れて、自分の間抜《まぬ》けさ加減《かげん》にあきれはてて。途方に暮れたのは、どうすればいいのかわからなかったから。うろたえたのは、どうしてわたしにトラクターを使わせてくれないのか、皆目《かいもく》見当がつかなかったから。間抜けさ加減に気がついたのは、ルーミスさんの最後の台詞《せりふ》でわたしがとんでもない失敗をしたことに気がついたからだ。うまい手を考えついたつもりで――ルーミスさんの水入れ缶を池に持っていって、ほら穴《あな》までひとっ走りするなんて――帰りには、それまで持っていなかったナイフと牛乳缶とをこれ見よがしに持ってたってわけだ。もちろんルーミスさんは行きも帰りもわたしを見張ってたんだ。だからその場所はどこにしろ、とにかく隠《かく》れ家《が》まで行ってとってきたとわかったのだ――しかも、それが池から数分のところにあるってことも。ただ幸運といえば、家からは池が見えないこと。この小細工をまるまる見やぶられてしまったわけではない――見られたのは半分だけ。

さて、何をしたらいいのか。キーが使えなくなったので、その日の午後の予定は全部ご破算《はさん》になってしまったのだ。わたしは納屋《なや》に行って、数分すわっていた。納屋の裏手《うらて》の壁《かべ》にもたれて、牧草地《ぼくそうち》をながめながら考えた。なぜルーミスさんはキーをとりあげてしまったんだろう？ ほんとに自分で畑に肥料《ひりょう》をやる気なのかしら？ もちろん、ルーミスさんにだって、やればできる。肥料噴霧器《ふんむき》のあつかいは簡単《かんたん》だ。

するとべつの考えがひらめいた。あまりにもわかりきっていて、疑《うたが》いの余地はないように見える。キーをかくしたのは、わたしがトラクターを盗《ぬす》むと思ったからだ。考えれば考えるほど、確かにそうだと思えてくる。ルーミスさんはそういう人だ。防護服もそうだったし、ファロに綱《つな》をつけたのもそうだ。あの人はトラクターがどこかでかかわってくる計画を立てたんだ。それで急に、あれが貴重《きちょう》な存在《そんざい》になった。だから使わせてもらえなくなったのかもしれない。

わたしの推測《すいそく》は正しかった。事実そのとおりになってしまったのだから。それにルーミスさんがなんのためにトラクターをほしがったのかわかったのは、すぐあとのことだった。

その間、何もすることがないので、わたしは自分の卵《たまご》二個と、ニワトリ半羽分とナイフをまとめて、道路をのろのろと店へ向かった。牛《ぎゅう》乳《にゅう》の缶《かん》は納屋《なや》に置いてきた。四時になったらまた戻《もど》ってきて、もう一度牛乳をしぼるから、そのときに牛乳を入れることにしよう。

歩きながら、ルーミスさんがあとからついてきてやしないかと、絶えず後ろをふり返った。道がカーブしているところへ行って——そこをほんの少し行きすぎ——立ち止まり、ルーミスさんがまたさっきの木立へ戻ってくるんじゃないかと待った。あの人はあとをつけてこそ来なかったけど、わたしの姿《すがた》が見えなくなるまで見張っていたにちがいない。

店から持ってきたいものがいくつかあったから、この際全部まとめて持っていくことにした。ひとつは着がえの服。これでやっと今着ているものを小川で洗《あら》えるわ。石鹸《せっけん》を少し、缶詰《かんづめ》を少々。あとから思いついて、釣《つ》り針《ばり》と釣り糸をつけ足した。クラインさんの店には釣《つ》り竿《ざお》もリールも置いてなかったし、わたしの釣り道具は家の中だ。でも、そんなものなくったって、釣りくらいちゃんとできる。

品物をまとめて茶色の袋《ふくろ》に詰めこんでから、まっすぐ丘《おか》を登ってほら穴《あな》へ直行しようか、それともまわり道をしようか、思《おも》い迷《まよ》った。ルーミスさんはわたしが待ち受けている間、例の木立に姿を現さなかったけど、わたしが立ち去ってから、あそこに来ているかもしれない。考えたあげく、わたしは二つの案の中をとった。ほら穴とは逆方向に山あいへ向かって八百メートルほど歩くときも、ルーミスさんの目線とわたしの間に絶えず店の建物がくるように気を配った。それから左へ折れて、すばやく森の中へかけこみ、なんとかほら穴へと戻《もど》ってきた。

若木《わかぎ》を切って釣り竿の代わりにし、丸太の下からミミズを何匹《びき》もつまみ出して釣りに行った。今日の夕食はニワトリのごちそう。運がよければ明日の朝は魚だ。

22　ルーミスさんのパターン

八月四日つづき

四時までには中くらいの魚を三匹《びき》釣《つ》り上《あ》げ、はらわたを出してきれいにした。池からは、南の山あいへつづく牧草地《ぼくそうち》の中に、一エーカー（約四千平方メートル）ほどの暗緑色の小麦畑が見おろせる。今年は、小麦の収穫《しゅうかく》をするつもりはない。種をとるだけだ。少なくとも種をとる分くらいはとれるだろう。魚にひもを通してから、家へ向かった。裏《うら》のポーチに、ルーミスさんの分として魚を一匹と半分置きながら、ルーミスさんがわたしを見張っていて、魚に気がついてひろい上げてくれればいいけどと思った。乳《ちち》をしぼってえさをやる時間になっていたが、いざしぼってみると、牛乳《ぎゅうにゅう》はせいぜい缶《かん》に半分しか出なかった——日に日に減《へ》っているけど、全然出ないよりはまし。牛乳が飲めなくなる日もそう遠くはない。雌牛《めうし》を囲いに返して、納屋《なや》の戸を閉《し》め、牛乳缶にふたをし、店のほうへ帰った。これで今日も終わり。

店に着いてからどの道を行こうかしらと迷《まよ》っていたとき、遠くのほうでかすかにトラクターのエンジンの音が聞こえた。ルーミスさんがトラクターを使うにしては、いつもの時間より早かったので、変だなと思った。一、二分ほどエンジンがゆっくり回っているなと思っていたら、突然《とつぜん》なめらかな音に変わって、またたくまにけたたましい響《ひび》きになった。ルーミスさんがアスファルトの上をフルスピードで、まっすぐわたしのほうへやって来る。

こうなっては、もう迷ってはいられない。ルーミスさんが道路のカーブしているところを曲がってこないうちに、わたしは丘《おか》の斜面《しゃめん》をかけ上がり、池の右手をすりぬけて、そのむこうの森に飛びこんだ。牛乳を少しこぼしてしまったけど、なんとかうまくいった。森の中に入るなり左へまわって、道路を見張れる場所まで走った。やぶの中をかけぬけるとき、ガサガサと大きな音を立てたが、わたしは気にしなかった——トラクターのエンジンの音が、その間じゅうますます大きくなってきたからだ。灌木《かんぼく》の茂《しげ》みの後ろにいい場所があったので、牛乳を下に置き、かがんで待ちかまえた。

木立の間から姿《すがた》を現したトラクターが、道のまんなかを走ってくるのが手にとるように見えた。あと八百メートルも行けば店に着く。ルーミスさんはトラクターにまたがり、左手でハンドルをにぎっている。右手につかんでいるのは、なんとライフルだ。あまりのことに、わたしは背筋《せすじ》が寒くなった。まるで、昔の西部劇《せいぶげき》に出てくるインディアンが馬に乗って、幌馬車隊《ほろばしゃたい》に襲撃《しゅうげき》をかけるようなかっこうだ。初めは何がなんだかわけがわからなくて、ただじっと見つめていた。ルーミスさんは店から三十メートルほど手前で、トラクターを半回転させて止めた。エンジンはかけたままだ。それからトラクターが店と自分との間にくるように、トラクターのむこう側におりた。立ったまま、一、二分ようすをうかがってから、エンジンを切ってキーをポケットにしまい、両手で銃《じゅう》をかまえ、店のほうへ近づいていった。窓《まど》と戸口に、ひたと目をすえている。

この前、家に二発ぶちこんだときのあの人の身のこなしがよみがえってきて、ちらっとまた病気がぶりかえしたのかもしれないと思った。またしても悪い夢を見ているのだろうか。いや、ちがう。あのときとは全然ちがう。あれは夢うつつって感じがしたけど、今度のルーミスさんは、まるで猫《ねこ》のようにすばしこく入り口へ進みよって、夢を見ているようなうすぼけたようすはひとつもない。立ち止まって聞き耳を立て、あとずさりして、右、左、後ろをうかがった。次に一段《いちだん》とすばやい身のこなしで建物の裏《うら》へまわり、見えなくなったかと思うとまた現れて、二階の窓《まど》にも下の窓にも、ひとつ残らず目をくばった。入り口にもどると、細心の注意をはらってドアを細く開けたが、すぐにいっぱいにおし開いて、中に踏《ふ》みこんだ。

わたしは灌木《かんぼく》の茂《しげ》みにかくれてじっと息をひそめ、目をこらしながら考えていた。どうして店を襲撃するのかしら？「襲撃」なんて言葉が口から出たのも、まさにそうとしか言いようがなかったからだ——まるで不意打ちでもかけるような。どうして銃がいるのかしら？ 何か撃《う》つつもり？ わたしを撃とうっていうの？ 銃は撃つためにあるものでしょ？

十分かそこいら、なんの物音もしなかった。わたしは店の建物とトラクターから目を離《はな》さなかった。ふと、何か動くのが目に入った——二階の窓のカーテンがさっと開いて、ルーミスさんが顔を出した。まるで幽霊屋敷《ゆうれいやしき》の幽霊のようにあの人の顔が黒い窓わくの中に、青白く浮《う》き上がっている。やっと答えがわかりかけてきた。

あの人は売り場にいたんじゃなくて、二階にあるクラインさんの住まいに上がっていたんだわ。もちろんこのわたしを探《さが》すために。

わたしはまんまと、あの人をあざむいていたんだわ。いつも夕方家をあとにすると、まず店へ向かって歩き、朝は朝で、あの人が見張っているときに店の陰《かげ》から、いきなり姿《すがた》を現していたもの。この日の朝も、池へルーミスさんの水をくみに行った——池も店とだいたい同じ方角にある——そのあとわたしは牛乳《ぎゅうにゅう》の缶《かん》とナイフを持って、姿を現した。だからごく常識的に推理《すいり》して、わたしが店に寝起《ねお》きしているものと思いこんだんだわ。ルーミスさんが以前、最初に店に入ったとき、二階が住まいになっていることを見つけていたのだろう——ひょっとしたら、たぶん二階まで上がって調べたんだわ。

でも、わたしがクラインさんの家の二階に上がったのは、おじさんがとうさんたちといっしょに出かけていったあの日以来、たった一回きりだ。あれは雨の降《ふ》る日曜日で、教会からの帰りだった。日曜日だったから働きたくなかった。ひどい降りで、日曜日にときどきする釣《つ》りも散歩も無理だった。おまけに、そのころにはもうラジオの放送は残らず消えていた。だから本を読むことにした。毎度のことだけど、まだ読んでいない本があればいいなと思っていたので、もしかしてクラインさんのところに少しはあるかもしれないと思いついたのだ。

クラインさんの住まいはうす暗く、雨が降っているうえに、厚いカーテンがうっとうしく閉《し》めてあった。きれい好きで小柄《こがら》なクラインおばさんが残していった部屋らしく、ちりひとつなくそうじしてあったけど、閉めきったままなのでぷんとかびのにおいがした。わたしは前にも一、二度入ったことがあるのに、ひどくうしろめたい気がした。そこはクラインさんたちのプライベートな場所だし、あるものは全部あの人たちふたりのものだ。足を踏《ふ》み入《い》れたとたん、本は見つかりそうもないことがすぐにわかった。実際一冊《さつ》も——雑誌《ざっし》さえもない。ただ例外が二つ——おばさんのミシンのそばに、ドレスパターンの本と、クラインさんが事務所にしていた部屋に帳簿《ちょうぼ》や商品目録のたぐいがあった。

わたしはいっそう気がとがめたけど、クラインさんたちの寝室《しんしつ》までのぞいてみた。でも、あるものといったら、ありきたりのベッドと絵が数枚壁《まいかべ》にかかっているだけ。それにたったひとつだけ、この住まいに場ちがいなものがあった。ダークスーツにネクタイをしめてほほえんでいる若《わか》い男の写真が、写真立てにあった。かなり古いもので、写真のほうを上にして、ベッドに置いてあった。いったい、クラインさんの何にあたる人かしら？　おじさんかおばさんが、出発前にながめていったのは確かだわ。息子さんかしら？　あのふたりに息子さんがいたという記憶《きおく》は、何もない。おじさんの若いころはこんな感じだったんじゃないかしら。してみると写真の人は弟さんかもしれない。今となっては永久にわからないけど。その写真はベッドの上にのせたままにしておいた。

目下の問題は、ルーミスさんが二階をひと目見て、わたしの住み家がここじゃないのをすぐにさとったことだ。だからこそあの人は、二階の窓から外をのぞいたんだ。ここじゃないとすれば、どこか近くだと思ったのだろう。

ルーミスさんは表の戸口から出てくると、あたりを見まわし、また中へひっこんだ。そのあと三十秒ぐらいたって店の裏《うら》から現れたとき――店をまっすぐつっきって裏口に出たんだけど、裏口はわたしがかくれている場所からも死角にある――ルーミスさんは銃《じゅう》を店の中に置いてきた。二、三メートルそこから離《はな》れると、くるりと向きなおって、何か思案するふうに手で顎《あご》をたたきながら、建物全体をながめているようだ。それからまた見えなくなり――裏口から中に入ったんだろう――十五分かそこいら姿《すがた》を現さなかった。

もう一度、わたしは銃のことを考えた。あれを初めて見たとき、確かにびっくりしてふるえあがった。でも、それほど驚《おどろ》くことじゃないのかも。わたしはルーミスさんの心の動きや、考え方にだんだん慣れてきている。あの人のやることにはひとつのパターンがあり、それをいつもくり返してるんだ。銃《じゅう》だって、わたしを撃《う》つつもりで持ってきたんじゃなくて、逆にわたしに撃たれるかもしれないと思ったからだ——たぶんそうだとわたしは考えた。この解釈《かいしゃく》は正しかったと今でも思っている。もしわたしがあの店を仮《かり》の住まいにしていて、あの人が近づいてくるのを知ったら、わたしは驚いて銃で追っぱらおうとするだろう、あの人はそう判断《はんだん》したのかもしれない。でも、何を根拠《こんきょ》にわたしが銃を持っているなんて思ったのかしら。ルーミスさんがこの谷間に来てからずっと今日まで、うちの銃は二つともほら穴《あな》に置いたままだし、銃のことをしゃべった覚えはぜんぜんない。

そうだ、ルーミスさんには考える時間がたっぷりあった。防護服を着こみ、ワゴンを引っ張りながら丘《おか》を越《こ》えて、わたしの家にたどりついたあの最初の日のことを、ここ二週間の間じっくり思い返していたにちがいない。わたしが用心深く気を配ったおかげで、あの家が空《から》っぽで、久しく人が住んでいないと見てとったのだ。そのことを思い返してみて、あのときすでに、わたしにはほかに住む場所があったのだと気がついたのだろう。

それに、田舎《いなか》の家では猟《りょう》をするのはあたりまえだから、必ず銃を備えていることも知っていただろう。だからわたしがあの家を出てしまったとき、銃も持ち出して当然と考えたんだわ。

来る日も来る日も家の中にたったひとりですわりこんで、そんなことを考えていたんだわ。それから、ほかのことも考えたでしょうね。そこでルーミスさんは結論を出したのだろう――もしわたしに、住み心地もまずまずの、きちんと雨露《あめつゆ》をしのげる場所（森の中で暮《く》らすなんていうのじゃなくて）があるとしたら、わたしがあの人のいわゆる「ばかなこと」をやめて、二日や三日で降参《こうさん》して家に戻《もど》るはずもないから、なんとか力ずくでも連れ戻すほかはないんだと。

　次にルーミスさんが姿《すがた》を見せたときには、もう日がかたむいていた。今度も店の裏《うら》からぐるりとまわってきた。きっとまた裏口から出たんだ。手に何か持っている。暗くなりかけていたし、双眼鏡《そうがんきょう》もないので、何を持っているのかわからなかった。ただそれが小さなもので、銃じゃないことだけは確かだ。

　店の入り口までくると、その前で立ち止まった。ポーチの屋根が影《かげ》を落としていて、いったい何をしているのか、この目で確かめるのは無理だったけど、どうやらドアそのものを調べているらしく、手をのばしたり、戸のわくにさわったりしてる。そのうちに、にぎっていた物を下に置いて、中に入ったと思うとすぐに何やら別の物を持って出てきた。次の十五分間は、戸口に立ったまま、せわしげに手を動かしている。何をしているのかはっきり見えなかったけど、ただ察しはつく。

　おしまいにもう一度店の中にひっこむと、またすぐ銃を持って現れ、トラクターのエンジンをかけて、家のほうへ去っていった。エンジンの音が遠ざかって、パタパタとたよりない音を聞かせていたけど、やがてそれも聞こえなくなった。わたしは立ち上がって、灌木《かんぼく》の茂《しげ》みから出た。牛乳《ぎゅうにゅう》も魚も忘《わす》れずに持っている。夕闇《ゆうやみ》がせまっている。

そのままほら穴《あな》に向かおうとも考えたけど、やっぱり好奇心のほうが強かった。さっき、もしかしたらと恐《おそ》れていたことが、当たっているかどうか確かめたかった。店へおりていって調べてみると、やっぱり想像していたとおり。表の戸にも裏《うら》の戸にも南京錠《なんきんじょう》をとりつけて、両方とも鍵《かぎ》をかけていったのだ。

その夜、いろりのそばに戻《もど》ってから、わたしは予定を変えて、長持ちしない魚に火を通し、とっておけそうな鶏肉《とりにく》は紙に包んで、ほら穴《あな》の涼《すず》しい場所にしまった。南京錠にも鍵がない、トラクターにも鍵がないと、わたしは考えていた。初めは、店の中に入ったりトラクターを使うたびに、使わしてくださいってたのまなきゃならないんだと思った。でも、そのうちにもっとひどい事態に思いあたった……ルーミスさんは、鍵をわたすつもりなんか全然ないんだ、どこにかけたどんな鍵も決して。

23 銃《じゅう》 撃《げき》

八月四日つづき

ルーミスさんがわたしを撃《う》ったのは、その翌朝《よくあさ》だ。

いつものように夜明けに起きて、毛布と寝袋《ねぶくろ》をほら穴《あな》にうつし、残っていた魚で朝食をすませた――冷たくなっていたけど、ちゃんと火は通してあるから味はまあまあだ。食べているうちに少しは元気が出てきて、もしかしたら――ほんとうにもしかしたらの話だけど――南京錠のことはわたしのとりこし苦労なのかもしれないと思った。ルーミスさんていう人は、なんでもきちんと管理し、ものを節約して、長持ちするようにきちっと割《わ》り当《あ》てないと気がすまないところがあるもの――V《ヴィ》ベルトにしても、ガソリンや、肥料《ひりょう》にしてもそうだったわ。長期的展望ってわけ。ルーミスさんはわたしにはそんなことできない（できたにしても適切ってわけにはいかない）と思ってるんだ――だから鍵をかけたのだ。おそらくそれだけのことかもしれない。いずれにしても、どういうことなのかつきとめなくちゃ。どんな答えが出るか、こわいけど。これがいわゆる長期的展望から出た行動でないとすれば、もうひとつ考えられるのは、わたしがどうしても家に戻《もど》らなければならなくなる、てっとり早い方法を思いついたってこと。兵糧攻《ひょうろうぜ》め。このことも考えに入れておかなければ。もしもそれがルーミスさんのねらいだとすれば――わたしはどうしたらいいのかしら？　ほら穴《あな》の食料は二週間は充分《じゅうぶん》にもつわ。節約すればもっともたせられると思う。魚は釣《つ》れるし、野イチゴのある場所も知っている。その気になれば、ウサギだってしとめられる。だけどそのうちに生きていけなくなるのはわかりきっている。

ニワトリ、卵《たまご》、牛乳《ぎゅうにゅう》、野菜畑はどうなるの？　ルーミスさんはこういうものまで何かの方法でわたしからとりあげてしまうのかしら？　くよくよ考えていてもどうにもならないわ。なんとかつきとめなくちゃ。

それで、あれこれ思いまどい、ひどくしずんだ気持ちを引きずりながら、牛乳缶《ぎゅうにゅうかん》と麻袋《あさぶくろ》を持って、遠まわりして家へ向かった。こうなったらルーミスさんに隠《かく》れ家《が》を見つけ出されないということが、何より大切だという気がしたからだ。

歩いているうちに、また別の考えが浮《う》かんだ。ひょっとして、ルーミスさんが新しい手をうってきた責任の一部は、わたしにあるのかもしれない。わたしが逃《に》げれば逃げるほど、あの人はますます意地になってわたしを連《つ》れ戻《もど》そうとするようだ。少しくらいなら、わたしのほうでゆずってもいいだろう。ひとりきりでいることに耐《た》えられない人間っているものだ。おそらくルーミスさんは、どうしようもない不安にかられているんだ。それじゃ、もしもあの人がそうしたいと言うなら、たとえば毎日夕方の一時間かそこいら、話をする時間を持ちましょうと言ってみたらどうだろう――あちらはポーチ、こちらは道路に立って。それなら困《こま》ることはないだろう。わたしとしては身の危険《きけん》さえなければ、つきあって悪いわけはない。これはなかなかいい案だとわたしは気をとり直した。

家が見えてきたとき、今日はいつもの仕事にはとりかからないことにした。すぐに南京錠《なんきんじょう》を見たことを知らせて、鍵《かぎ》をくださいって言ってやろう。とにかく鍵の問題を片《かた》づけてしまわなければ。どっちみちルーミスさんに食料品をまた少し持ってきてあげるころでもあった。そのときついでに、わたしが思いついた案を言ってみよう。

今になってわかったのだが、ルーミスさんはわたしが道路を歩いてくるのを見張っていて、いつ来るかいつ来るかと待っていたのだ。待っていたといっても、わたしがいつ行くかであの人の計画に大きなちがいが出てくるわけでもない。結局、わたしとしては、鍵を貸してとたのまなければならなかったのだから。

思い出すのは、とうさんがいつか言ったことだ――大事件というものは、さりげない起こり方をする。そっとしのび寄ってきて、気がついたときにはもう終わってしまっている。この鍵《かぎ》のことだって、大事件というのはおおげさかもしれないけど、わたしにとっては重大な、肝《きも》をつぶすできごとで、ほとんど気がつかないうちに起きたのだ。

この前と同じようにわたしは家の前に立って、玄関《げんかん》のドアを見つめ、あの人が出てこなければノックしてみようと思っていた。そのとき、鋭《するど》いピシッという音がした。なんだろう、どこだろうと思う間もなく、ジーンズをはいた脚《あし》に何かが激《はげ》しく当たって、右のくるぶしが焼けるように痛《いた》みだした。また音がした。このときになってやっと目を上げると、ライフルのごく細い銃身《じゅうしん》が二階の窓《まど》から青く光ってつき出ているのが見えた。十五センチほど開いた窓の後ろで、カーテンの陰《かげ》に見えかくれするルーミスさんの顔も目に入った。

二発目はそれて、三十センチほど後ろのアスファルトに当たってはじけ、ミツバチみたいにブーンとうなりながら飛んでいった。

わたしは牛乳《ぎゅうにゅう》の缶《かん》を投げ出して、死にものぐるいで走った。缶が音を立てて道に落ちると地面に当たってガランガランと転がった。家の中につながれていたファロが、銃声《じゅうせい》と牛乳缶の転がる音に驚《おどろ》いて、くるったように吠《ほ》えたてた。今に撃《う》たれる、今度こそもうだめだ、わたしはクリークのふちの木立目がけて転がるように走ったが、生きた心地がしなかった――そこにたどりつくまでの三十メートルほど、わたしはあの男の銃口に背中《せなか》をさらしていたからだ。

だけどあの男は、それ以上撃ってこなかった。窓の閉《し》まる音を聞いたようにも思ったが、かまわず走りつづけた。

木立の中へ転がりこんで、まず胸《むね》をなでおろした。木から木へと身をかわしながら、家とは反対側の道路際《どうろぎわ》を進んだ。道がカーブしているところまできて、やっとふり返り、あの男が追ってこないのを見とどけてから、腰《こし》をおろして、撃たれたくるぶしを調べた。ジーンズのすそを弾丸《だんがん》が撃《う》ち抜《ぬ》き、小さな丸い穴《あな》が二つ開いて、下にはいていたソックスが細くまっすぐに裂《さ》けたところから血がじわじわとにじみ出ている。スニーカーとソックスを脱《ぬ》いだ。皮膚《ひふ》をかすって小さな浅《あさ》い傷口《きずぐち》が開き、そのまわりが白くなっていて、さわるとひどく痛む。そのうち内出血のために黒ずんでくるだろう。

傷としては、たいしたことはない。実際、すわって傷口をのぞきこんでいる間に血も止まった。こんなことになってみると、なおさら、いろいろ足りないものがあることを思い知らされた。包帯もなければ、消毒液のようなものもいっさいない。家に帰れさえすれば、包帯も薬もあるし、店にだって置いてある。でも今はもう、そのどちらもわたしのものではない。そのときふと思い出した。石鹸《せっけん》ならほら穴にあったんだ。とにかく傷口を洗《あら》って、清潔《せいけつ》なソックスにはきかえることはできる。靴《くつ》のひもをゆるめに結んで、わたしはまた歩きだした。

くるぶしを洗いながら、こんなところを撃たれるなんてずいぶん妙《みょう》だと思った。わけがわからない。撃《う》ったのは二発だ。ほんとうにわたしを撃ち殺すつもりなら、ねらいがあんまり低すぎる。射撃《しゃげき》の腕《うで》が悪すぎただけのことかもしれないが、腕が悪くて撃ちそこなったなんて、とても考えられない。わたしはじっと動かないで立っていたんだし（少なくとも一発目のときは）、あの男は窓《まど》の敷居《しきい》に銃《じゅう》をのせ、待ちかまえていたのに、撃ちそこなうなんて――だれが撃ったって、あんなに下手ってことはない。わざとねらいをはずしたのかしら？　わたしをおどして、追っぱらおうとしたの？　そうかもしれない。でもそれなら、なおさら下手だってことになるわ。命中させようとして撃ちそこなうことはだれだってある。でも、ねらいをはずそうとして、当ててしまうなんて。

そのとき真相に思いいたって、思わず吐《は》き気《け》がしてきた。そのあとの数分間、いや一時間近く、考えめぐらしたこと、目にした光景、さまざまなできごとは、思い出すのもいや。思い出すたびに、まるで悪夢のようによみがえってきて、もう一度、まざまざと体験をくり返しているようだ。

池のほとりに腰《こし》をおろし、片手《かたて》にソックスを持ち、かたわらに靴《くつ》を置いて、わたしは足がかわくのを待っていた。石鹸《せっけん》は水際《みずぎわ》の石の上にのせてある。そのとき突然《とつぜん》、あの男はねらいをはずそうとしたのではないことに気がついた。わたしが歩けなくなるように、脚《あし》をねらって撃ったんだ。目的はそれだ。殺すつもりはなかったのだ。そうすればわたしをつかまえられる。単《たん》純《じゅん》な計略、でも残酷《ざんこく》だ。飢《う》えさせて、否応《いやおう》なしにわたしを家か店へおびきよせる。そこをねらって銃で撃てば、二度と逃《に》げられずに、自分の自由にできる。あの男は目的をとげるまでやるだろう。わたしにはわかっている。

どうしてなの？　わたしが言えるのはただそれだけ。

池のそばに腰をおろしていると、トラクターの動きだす音が聞こえた。この目で見なくとも本能的に、次に何が起こるか察しはついた。手早くソックスと靴をはき、さっきかくれた茂《しげ》みまで丘《おか》をかけ登った。

朝日に映《は》えてあざやかに赤いトラクターが、木立のむこうから出てきた。きのうと同じようにあの男が銃をつかんで乗っている。銃身がまるで青いガラス管のように光っている。小さいほうの二十二口径《こうけい》ライフル。あの男のねらいは、わたしの脚をめちゃめちゃにして歩けなくすることではなくて、ただ脚が不自由になりさえすればよかったのだ。いったんわたしをつかまえてしまえば、その傷がなおったほうが、あの男にとって望むところなのだ。

トラクターが近づくと、その後ろに荷台がとりつけてあるのが見えた。その荷台に綱《つな》をつけられたファロが乗っている。ファロはうれしそうだ。昔から荷台に乗るのが好きだったもの。

あの男は今日もきのうと同じように、店の前でトラクターを止め、銃をかまえておりた。今度は店の中にわたしがいないことは知っている。でもわたしが近くにかくれていれば、今度こそこちらから撃《う》って出てあたりまえだと、あの男は承知している。だから油断《ゆだん》なく周囲に目を配っているんだ。それからファロを荷台からおろし、以前から練習していた例のゲームを始めた。綱《つな》をにぎったまま、あいつは店をひとまわりした。ファロはすぐわたしの足跡《あしあと》をかぎつけた。家のほうにつづいているいちばん新しい足跡だ。だけど、あの男が求めているのはそれではない。

そこでもう一度、今度はもっと大まわりに歩かせると、ついにかぎあてた。ファロは尾《お》をふりながら、わたしが毎朝通う道をやすやすとたどり始めた。突然《とつぜん》あの小さな人なつっこい犬、デビッドの犬が、わたしの敵に変わった。トラのように危険《きけん》な敵。これからファロがどうするか、わたしにはわかっていた。あの男の先に立って道路を一キロ半くだる。そこから左へ折れて丘《おか》を登り、あのほら穴《あな》へあの男を連れていくだろう。

悪夢は一時間つづいた。あの男は急がなかったから（別に、足を引きずっていたのでもない）、ほら穴に行きつくのに、それだけの時間をかけたのだ。あいつが行きつくよりずっと先に、わたしはほら穴にかけ戻《もど》っていた。もうそこにいることはできない。終わってしまったんだ。納屋《なや》から持ってきた飼料《しりょう》の麻袋《あさぶくろ》をつかんで、持てるだけの物をその中に放りこんだ。泣《な》いたってしようがないのに、声をあげて泣いていた。くるぶしもずきずき痛《いた》みだしていたので、よく考えもせず、手当たり次第に放りこんだ。缶詰《かんづめ》、この日記帳、毛布、ナイフ、それに水を少し。それだけでせいいっぱいだった。この麻袋と銃《じゅう》も一ちょう。ポンプ・アクション式の小型ライフルをつかんで、弾丸《だんがん》を一箱ポケットにねじこんだ。

もっと上に登り、森の中に逃《に》げこむよりほかに行くあてはない。あの男とファロがほら穴に向かうとき、必ず通る道が見おろせる場所を選んだ。そこで、いつでも走りだせるかまえで待ち受けていたとき、この悪夢は頂点《ちょうてん》に達した。やらなければならないことに、やっと気がついたからだ。あの男がファロを連れているかぎり、わたしがどこに逃げたって見つかってしまう。それに気づいたからには、ファロを撃たなければならない。

弾丸をこめてから、斜面《しゃめん》に小高く盛《も》り上《あ》がったところを見つけて銃をすえ、わたしはその陰《かげ》に身を伏《ふ》せた。十五分ほどすると、木の枝がゆれているのに気づいた。四百メートルほど下の谷間で、まだわたしの足跡をたどっている。くるぶしの痛みがますますひどくなってきた。だけど、もう泣いてはいない。胸《むね》はむかついて気分が悪いけど、涙《なみだ》はもうかわいている。

とうとう、あの男とファロがわたしの真下にやって来た。歩き方はのろのろと、軽く足を引いている。ファロは短い綱を引っ張っていた。あの男が立ち止まって聞き耳を立てているのがはっきり見える。標的は動かない。わたしはねらいを定めた。銃は固定してるし、的《まと》をはずす恐《おそ》れはなかった。ところが、ちょうどその瞬間《しゅんかん》、ファロがじれったそうに綱を引っ張って、小さく吠《ほ》えた。その声が上にいるわたしの耳に、はっきりとどいた。あれはファロのあいさつだ、わたしに向かってうれしそうに低く吠《ほ》えたのだ——ほら穴《あな》がすぐ先にあることを、ファロは知っていた。あんなに優《やさ》しい耳慣れた声を聞いては、引き金にかけた指から力がぬけ、どうしても撃《う》つことができない。結局、わたしは銃《じゅう》を下におろし、あの男とファロは先へ進んで見えなくなった。

それから二、三分もすると、あの男はほら穴に行きついた。わたしがかくれているところからは見えないし、あいつが見張っているのはわかりきっていたから、それ以上近寄るなんて、とてもできない。

プンと何かこげるにおいがしてきたので、山をもっと上に上がってふり向いた。ほら穴の方角に煙《けむり》が見えた。まるでたき火をしているような、太い煙の柱がもくもく立《た》ち昇《のぼ》っている。わたしはいよいよ気分が悪くなって——実際、目まいがして——すわりこんで靴《くつ》ひもをゆるめた。

煙は三十分ほども上がっていた。やがてだんだんうすくなっていき、ついに消えた。しばらくして遠くのほうで、トラクターのエンジンの音がした。音はどんどん遠のいて家のほうへ向かった。今日のところは充分《じゅうぶん》歩いたから、あの男とファロは家に帰るのだ。音もやみ、もう安全だとわかったので、わたしは右足をかばいながらほら穴へ戻《もど》った。

またしてもこらえきれなくなって、わたしは泣いた。入り口の前に、わたしの持ち物がみんな黒い燃えかすの山になってくすぶっていた。寝袋《ねぶくろ》、着がえ、テーブル代わりに使っていた箱や、ベンチの代用にしていた板まで、何もかも灰《はい》になっている。わたしがこしらえた、たき火用の目かくしの囲いは、蹴散《けち》らされていた。水のびんは粉々にくだけている。燃えがらの山の中に、『英米名作短編集』の表紙の黒こげになった切れっぱしを見つけた。残しておいたわずかばかりの缶詰《かんづめ》は持っていかれて――少なくとも灰の中には、それらしいものは見当たらない。それに、もう一ちょうの銃もなくなっている。あの男が見落としたものがひとつだけ、ほら穴の中に残っていた。鶏肉《とりにく》の半身が、穴の裂《さ》け目《め》にそのままになっている。

これが、前に悪夢と書いたその一部始終で、今もそれはつづいている。なかでもいちばんいまわしいのは、わたしが本気でファロを殺そうとしたことだ。引き金が引けなくてよかった。だからといって、殺そうとしたことに変わりはない。生き物を殺そうとした点では、わたしまであいつと同類のような気がしてくる。今この谷間には、そんなわたしたちがふたりだけ。

結局、わたしはファロを殺してしまった。銃は使わなかったにしても。

24　ファロの死

八月六日

雨が降《ふ》り出《だ》したので、木のうろの中に逃げこみ雨やどりをしている。ゆうべはほとんどここで眠《ねむ》った——雨が降り始めてからずっと。せまくるしいところなので、クモがはいまわるのが気になる。それでも、今までになく気持ちがふくらんでいる。くるぶしの傷《きず》もだいぶんよくなっているけど、こんな気持ちになっているいちばんの理由は、この先どうするか、やっと決心がついたから。防護服を盗《ぬす》んで、この谷を出ていこう、とわたしは計画を立てた。怪我《けが》で具合が悪い間に考えついたことだ。

撃《う》たれてから五、六日の間は意識がもうろうとしていた。体温計がなかったのではっきりしたことはわからないけど、熱があったような気がする。ひどく悪化したらしい。くるぶしがずいぶん大きく腫《は》れ上《あ》がっている。――傷口《きずぐち》の片側《かたがわ》は青く、反対側は真っ赤だ。この足ではとても歩く気にはならない――足を地面につけると飛び上がるほど痛《いた》んだ。どうしても動かなくちゃならないときは、片足でぴょんぴょんとんだ。でもほとんど、毛布にくるまってじっと横になっていた。ずいぶん長い間眠った。

ときどき、遠くから物音が聞こえるような気がした――トラクターを走らせる音や、ハンマーをふるう音――でもはっきりわからない。あの男が、わたしが寝《ね》てばかりいたのを知っていたら、ファロに跡《あと》をつけさせ、やすやすと追いつめて、つかまえることもできたはずだ。なにしろわたしは走れないのだから。でもそんなこと、あの男にはわからなかった。傷はたいしたことはないように見えただろうし、あの男が最後にわたしを見たのは、全速力で走っていくところだった。撃《う》ちそこねたと思ったにちがいない。だから、結局降参《こうさん》して出てこなきゃならなくなるさ、とたかをくくって、ほかの仕事に精を出しているんだ――つまりあの男はチャンスを逃《のが》したってわけ。

何日間も眠っている間に、ひとつの夢を見た。それ以来同じ夢をくり返し見ている。最初のうち、夢の意味がはっきりつかめなかった。見慣れない場所を歩いているような気がしていたのに、目がさめると、まだ谷にいるので、がっかりしたことだけは覚えている。

人の夢の話を聞いても、たいていわたしには退屈《たいくつ》だった。目ざめてから数秒しても忘《わす》れない夢なんて、ほんの二、三度しかない。でもこの夢は、わたしが聞いたり、自分で見たりしたどんな夢よりも大きな意味を持っている。毎晩毎晩《まいばん》同じ夢を見ているうちに、わたしはすっかりその夢のとりこになってしまい、初めはそうだといいなと思っていたのが、今はその夢をすっかり信じこんでいる。この谷間のほかにも、人の住めるところがあると教えてくれているようだ。そこにはこのわたしを待っている人たちがいる。本がいっぱい並《なら》んだ教室があって、子どもたちが席についている。教える人がいないので、みんな本を読むこともできずに、すわってドアのほうを見ながら待っている。夢の中ではひとりひとりの顔が見えるし、その子たちの名前を知りたいとも思う。あの子たちはずいぶん長い間、ずっと待ちつづけているようだった。

だからこそ、わたしはこの谷を出ていくことにした。わたしが撃《う》たれてからというもの、あの男は確かにくるっているとしか言いようがない。もう、あの男と同じ場所におだやかに暮《く》らしてはいけない。見つかるんじゃないか、追いつめられるんじゃないかと絶《た》えずびくびくして、片《かた》ときも心が安まらなかった。小石が岩をすべり落ちる音、小枝がポキンと折れ、風が木の葉をそよがすだけで、体じゅうの血が凍《こお》りついてしまう。わたしのふるさとのこの谷が、生まれてからこれほどまでわたしを守ってくれたこの谷が、今ではどこに行っても何をしても、わたしをおどしている気がする。

初めのうちは、わたしの計画も漠然《ばくぜん》としていて、そんなことができればいいなと思うだけだった。夢に現れる場所はどこなのかしら、と考えたりもした。わたしの覚えているかぎりでは、夢で見た場所は、子どものころ行ったことのあるところと、たいして変わりがなかった。とうさんやかあさん、それにあの男も、北のほうを見てきたのだから、夢に見る場所は北じゃなくて、たぶん南か西か。あっちにもたくさん谷があるし、それぞれ、農家もあれば店も学校もある。そういうところで生き残った人たちは、こわくて谷の外へ出てこないんだって考えるのは、とっぴすぎるかしら。

わたしはそういう人たちのところへ行こう。どこまでもどこまでも、生き残っている人たちを探《さが》し求《もと》めていく覚悟《かくご》をするんだ。あの男がここにやって来たように、わたしも行こう――防護服を着て、ワゴンを引っ張って。双眼鏡《そうがんきょう》と、たぶん銃《じゅう》も持っていくことになるだろう。来る日も来る日も、夢に出てきた子どもたちを探すわ。

いったん計画が練りあがり、ただの絵空事じゃなく、いよいよほんとうに実行にうつすんだと自覚し始めると、考えなくちゃならないことは山ほど出てきた。ワゴンにどのくらい食料が残っているのか見当もつかないし、もちろん水も欠かせない。酸素《さんそ》ボンベの使い方も知らないし、防護服をきちんと体に合わせて着られるのかどうかもわからない。いちばん肝心《かんじん》なのは、あの男の目を盗《ぬす》んで、銃の標的にならずにワゴンと服を手に入れる方法を考え出すこと。あの服をうばいあって、人がひとり、エドワードが命を落としている。あの男は服のためなら、ためらわずにわたしを殺すだろう。

一か月近くも、あの男はわたしを探《さが》そうとしていない。どうしてなのかわからないけど。わたしのほうは、あの男が何をしてきたか承知している。毎朝トラクターのエンジンをかける音が聞こえ、音が大きくなったり小さくなったりしながら、夕方までつづくからだ。何度か尾根《おね》のずっと下のやぶに身をひそめて、わたしはあの男を見ていた。畑を耕したり、冬に備えて薪《たきぎ》を運んだりするつもりなのだろう。いつ見てもあの男は、自分の仕事に没頭《ぼっとう》しているようだから、この丘《おか》をこっそりおりていって、鶏小屋《とりごや》で卵《たまご》をとったり、池で魚を釣《つ》ったりしても気づかれないですみそうな気がする。でも、やっぱり失敗したときの危険《きけん》が大きすぎるわ。

わたしがどんな生活をしてきたか、くわしく書けば、なぜもっと早く谷を出ていくことにしなかったのか変に思われるだろう。この一か月の生活は、みじめという言葉から想像していた以上にみじめなものだから。おなかはしょっちゅうペコペコ。尾根で、キノコや黒イチゴをとったこともあったけど、ほかのものを食べたいときは、夜、こっそり谷へおりていかなければならなかった。わたしのこの手でまいた野菜を畑から盗《と》って、生のまま食べたり、夜、火をたいて料理したりした。月の出てない晩《ばん》やくもった日には、池で釣りをした。釣りをするときは、いつもびくびくした。わたしが出ていくにはおあつらえむきの夜だと、あの男がそのあたりで網《あみ》を張っているんじゃないか、そんな思いがつきまとって離《はな》れなかった。一度、鶏小屋にしのびこんで卵をとったけど、夜だったので、わたしが近づいていくと、イタチやキツネとまちがえて、ニワトリたちがおびえてさわぎだし、いっせいに鳴きたてた。あれでは、家にいるあいつの耳にもきっととどいただろう。それからは、二度と鶏小屋へ行っていない。

おなかがすくことより、もっとつらいのは、何ひとつすることがない単調な暮《く》らしだ。昼間は下手に出歩けば見つかるんじゃないかしらと、不安でどこへも行けず、ほとんどずっと谷のこっちのはしにひそんでいた。どんなに暑い日がつづいても、ここなら涼《すず》しくて影《かげ》になっているので、ずいぶんよく眠《ねむ》った。もちろん、あの男がファロに跡《あと》をつけさせ、この新しい隠《かく》れ家《が》を見つけ出し、眠っているわたしを閉《と》じこめるんじゃないかと心配だったけど、トラクターがうなっている間は、そんな心配もせずにすんだ。

安心して外へ出られるように、日の暮れるのを待ちながら林の中に腰《こし》をおろしていると、ときどき、焼かれてしまった本のことが思い出される。大好きな話は覚えているし、特定の場面で作者が使った言葉の一語一語を、正確に思い出せるときもあった。けれども同時に、あの夜のこともまたよみがえってきた。ほら穴《あな》に戻《もど》ってみると、わたしのものは全部焼かれていて、燃えがらの中に本の切れはしを見つけたときの気持ち。思い出すたびに、あの男に対する憎《にく》しみが噴《ふ》き出《で》てくる。今までにわたしは人を憎んだことがあったかどうか、よく覚えていない

――子どものころ、人を憎《にく》むのはいけないことだと教わった――だけど今度ばかりは、あいつを痛《いた》めつけてやりたい、苦しみのどん底につき落としてやりたい、そう思っている自分を認《みと》めずにはいられないのだ。あの男は、わたしがいちばん大切にしていたものを、何もかも承知の上で燃やしてしまった。だからあの男の命よりも大切な防護服を盗《ぬす》んで復讐《ふくしゅう》してやる。

今度の計画はよくよく考えた。でも相変わらず食べ物にもめったにありつけない毎日だったから、自分をかりたててこの計画を実行にうつす気にはなれなかったし、長い間、手をつけることさえできないでいた。わたしをおしとどめていたものは恐怖心《きょうふしん》だろう。それに今のところ、あの男はわたしに手を出してこない。でもいつ反撃《はんげき》に出るかは時間の問題。もうじき秋になるので、木の実をつんだり畑のものをとったりもできなくなる。それにあの男は、いつまでもわたしをこのままには放っておかないだろう。

計画を実行にうつすきっかけを作ったのは、あの男のほうだった。といっても自分がそんなことに手を貸したなんて知りもしないし、わたしにしてもそんなことになるとは思いもよらなかったけど。ある暑い日の午後、わたしはうんざりしていたから、危《あぶ》ないなとは思いつつ、谷の東側の尾根《おね》へ行って、キイチゴをつんでいた。びっしり生《な》っていておいしかったので、見つからないように灌木《かんぼく》の茂《しげ》みにかくれて、つんだのをほとんど全部食べてしまった。下の畑のほうへちらっと目をやったとき、ちょっといつもとちがうって気はしながら、すぐまたキイチゴに目をうつしたので、どこがちがうのかわかったのは、二度目に下を見たときだった。店の入り口のドアが開けっぱなしだったのだ。

わたしは自分の目を疑《うたが》った。初めはあの男が、食料でもとりに店の中に入ってるんだと思った。だからわたしは茂みの陰《かげ》で、いっそう体を小さくして、あの男の出てくるのを待った。時間はどんどん過ぎていったけど、あの男の出てくる気配はない。そのときふっとひらめいた。何かの手ちがいで、ドアが開いてるのじゃないか。鍵《かぎ》を閉《し》め忘《わす》れてしまったのだとしたら？　待てば待つほど、きっとそうにちがいないという気がしてきた。昼食前に何かいるものをとりに店にやって来て、急いだために南京錠《なんきんじょう》をかけ忘れたのだ。それで重いドアは開いてしまったのに、あの男はふり返りもせずに、家のほうへ歩いて行ってしまったのだ。

わたしは興奮《こうふん》のあまり、我《われ》を忘れていた。ここ一か月口にしていない食べ物の味やにおいを思うと、矢もたてもたまらなくなった。缶詰《かんづめ》の肉や豆、クラッカー、スープ、それにクッキー。長い旅には欠かせない物のことも考えた。もう何枚《まい》か着がえの服がいるし、もっとよく切れるナイフ、懐中電灯《かいちゅうでんとう》の電池、それに方角を知るために方位磁石《じしゃく》もいる。このときを逃《のが》したら、もう店に入れるチャンスなんてないだろう。いちかばちか、やらなくちゃ。用心に用心を重ね、そろそろ前へ進んだ。やぶから頭を出さないように気を配った。谷には何ひとつ動いているものはない。

とうとうやぶのはしまで来た。もうわたしをかくしてくれるものは何もない。右手には野原が広がっていて、池も光っている。前は道路と店。並《なら》んだ柵《さく》に沿《そ》って前後左右を見まわしながら、そろりそろりと歩いた。静まり返っている。一歩ごとに度胸《どきょう》がすわってくるようだった。道路まであとわずか五十メートルたらずというとき、足もとからウサギが急に飛び出したので、ぎょっとして後ろに飛びのいた。そのとき、店の窓《まど》に何かが動いて、一発銃声《じゅうせい》が響《ひび》いた。わたしは今来たほうにあわててかけ戻った。あの男はまた一発撃《う》った。でも弾丸《だんがん》は大きくそれた。ののしる声が聞こえたような気がする。ファロは吠《ほ》えたてた。わたしはほうほうのていで丘《おか》をかけ上がり、木立の中に飛びこんだ。

わたしは自分からわざわざ、わなにはまりに行ったんだわ。気が動転していて、自分のばかさ加減《かげん》をとくと考えてみる余裕《よゆう》もなかった。まったくウサギのおかげだわ。それにあの男があせったから助かったんだ。でもまだ、それで終わったわけじゃない。わたしが木立に逃《に》げこんだとたん、あの男は銃をこわきにかかえて、ファロの綱《つな》を引っ張り、店から出てきた。道路をわたって野原に入ると、たちまちファロはわたしの通った跡《あと》を見つけ、鼻を鳴らして吠え始めた。わたしはまた方角を変えて、森の中を西の尾根《おね》へ向かって走った。とうとう、やらなくちゃならないんだ。

身のまわりのものをかくしておいた木まで走っていって銃をとり、来たときの自分の足跡を踏《ふ》んで、次に進路を北にとり、びっしりからみあったやぶや若木《わかぎ》の間をはって進んだ。下のほうでファロの吠える声が聞こえたけど、追いついてくるまでにはまだ時間がかかるはずだ。いろいろなにおいをかぎ分けなくちゃならないし、わたしはわざと右に左に折れて逃げているから。少し進むと、密生《みっせい》していたやぶにもすきが出てきたので、わたしは森の中をかけぬけてクリークの岸にたどり着いた。デビッドやジョーゼフと何時間もすわりこんでマスを釣《つ》った場所だ。戦争のあと、魚はいなくなったけど、今だって川床《かわどこ》の岩の並び具合は覚えている。途中《とちゅう》まで、平らな飛び石の上をつたって、次は細く深みになっているところを一気にジャンプして、むこう岸につづいているわずかに盛《も》り上《あ》がってすべすべした岩に飛びうつった。急いでそこをわたり、さらに木立をぬけ、岩の後ろにかくれた。少し距離《きょり》はあるけど、今わたってきたところがはっきり見える。片膝《かたひざ》を立てて、その上に水平に銃をすえ、ねらいをつけた。

待つまでもなかった。あの男とファロがやぶをかき分けてくる音は、遠くて聞こえなかったから、クリークの岸近くに現れたときは、不意打ちをくらったようなものだった。ファロは綱をぐいぐい引っ張って、あの男がそれと気づくか気づかないうちに、もう汚染《おせん》された水の中に入っていた。あの男ははっと思い出したらしく、綱をぐいと引《ひ》き戻《もど》した。その瞬間《しゅんかん》、わたしはあの男の頭すれすれのところをねらって引き金を引いた。

わたしが銃を持っているとは知らなかったらしく、銃声を聞いてもすぐには信じられないようだった。十秒間ほど立ちすくんでいたが、悲鳴をあげて横っとびに飛びのき、ファロの綱《つな》を放して木立の中へかけこんだ。わたしはもう一発撃《う》ったけど、とっくにあの男の姿《すがた》は消えていた。やぶの動きのようすでは、坂をかけおりて、家へ戻《もど》っていったんだろう。

ファロはクリークを泳いでいる。わたしの通った跡《あと》をかいでいながら、わたしのわたった通りに岩をつたってこないで、水の中に飛びこんだのだ。水はファロの背《せ》よりも深かったから、流されまいともがいていた。およそ五分以上は水につかっていたかしら。それからわたしがわたってきた岩の背を見つけて飛び乗り、こちら側の岸辺に着いた。ファロがわたしのそばに来たのは、それから数分もしないうち。

わたしは暗くなるまで岩の後ろにかくれていた。これだけ待てば、もうあの男が丘《おか》をおりて家に戻ったのはまちがいないと見定め、わたしは安心してファロをかくれ場所に連れて帰った。そこで、干《ほ》したキノコと、夕食にとっておいた野菜の煮物をやってみたが、ファロはあまり食べたがらない。夜通しわたしのそばで眠《ねむ》っていたけど、朝になると具合が悪くなっていた。五、六日はそんな具合がつづくだろうと思った——あの男の病気の進み方を思い出したので——でも、犬と人間ではちがうのかしら。日暮《ひぐ》れ前に、ファロは息をひきとった。

さあ、これで思い残すことはないわ。明日、夜が明ける前に、計画どおり実行しよう。もうこの日記を書くこともないだろう。わたしが防護服を手にしているところをつかまえられたら、あの男は容赦《ようしゃ》なくわたしを撃ち殺すわ。
畑を耕していたころ幸せだと感じたのを、今思い出すと悲しくなる。

25　谷間を出て行く

八月七日

わたしがこれを書いているところは、バーデン・ヒルの頂上《ちょうじょう》だ。防護服を着こんでいる。ワゴンと食料、身のまわりの品は、もう谷の外のオグデン町へ向かう道路に引き出してある。わたしが戻《もど》ってきたのは、あの男と最後に一度だけ、きちんと決着をつけるためだ。あの男には言いたいことがある。このままあの男の前からも、この谷からも、わたしが胸《むね》に描《えが》いた希望もみんなふり捨《す》て、何ひとつ言わずに出て行くなんて、できっこないわ。危険《きけん》は覚悟《かくご》の上。あの男はわたしを探《さが》しに来るだろうし、そのときは銃《じゅう》を持ってくるに決まっている。でもこっちだって銃はあるし、今、死の世界との境に身をかくしてすわっているここからは、谷間の全景がひと目で見わたせる。むこうがわたしを見つけるより先に、わたしのほうで見つけてやる。そして言ってやるわ、「止まって、銃を捨てなさい」って。

それでもあの男が向かってきたら――ああ、それは考えたくない。わたしには殺せそうもないわ。むこうが銃をかまえる前にやぶの中に飛びこみ、あの男には探しに来られない死の世界、放射能《ほうしゃのう》に汚染《おせん》された土地にかくれよう。

あの男を待つ間に、これまでのことを書きあげてしまおう。

わたしはファロを埋《う》めてやれなかった。シャベルがなかったから、死体を東の尾根《おね》に運んで、地面に寝《ね》かせ、集めた小石でおおってやった。もうこれ以上、この谷間にいられないと思ったのはそのとき。腹《はら》の中が煮《に》えくり返るみたいで、そのくせただもう悲しくみじめで、二度とあの男のことを考えるのも、顔を見るのもまっぴら。

ゆうべはこの谷間で眠《ねむ》った最後の夜だ。眠れないまま横になり、これからやろうとしていること、それを行動にうつした場合に出会うにちがいない数々の危険を考えた。確かに並《なみ》たいていの危険ではない。でも、これ以上おくらせる理由はひとつもない。ファロの追跡《ついせき》をまくつもりでクリークをわたったときに、重大な秘密《ひみつ》を知られてしまった。わたしが銃と弾丸《だんがん》を持っていることを。それを知った以上、あの男が平気でいられるはずはないわ。今ごろは外で働くのがこわくて、わたしをつかまえる計画か、少なくとも銃をとりあげる策《さく》が練りあがるまで、何も行動を起こさないだろう。ひどく用心深くなって、今まで以上に危険な存在《そんざい》になっていると思う。

　でも、わたしにもひとつ勝ち目がある。あれは、わたしが小さかったころだ。日曜日の午後になると、とうさんとわたしは台所のテーブルでよくチェスをしたものだ。勝つのはたいていとうさん。とうさんのチェスは年季がはいっているから、その経験がものをいった。それでもときには、わたしのほうが攻撃《こうげき》に出て、とうさんの打つ手を残らず守りにまわらせた。とうさんは、打つ手打つ手受け身一方になって、いくつも先を読んだ陣《じん》をしく余裕《よゆう》がなくなるのだ。とうさんはこれを「攻撃戦法」と呼び、「先手必勝さ」と言っていた。あの男を相手に、とうとうわたしのほうから「攻撃戦法」をかけられるところまでこぎつけたのだ。わたしは相手のすきをついて、おどしをかけたわけだ。この機会をものにしなければ。

　ひと晩《ばん》じゅう眠《ねむ》れそうになかったがいつの間にかうとうとして、目をさましたときは、夜明けまでまだ数時間あった。そそくさと起き上がって腹《はら》ごしらえをした。そしてこれから始めることを順序《じゅんじょ》どおりに反芻《はんすう》した。おじけづいたり、迷《まよ》ったりしているひまはない。持って行くものをかき集める。着がえのシャツを一枚《まい》、懐中電灯《かいちゅうでんとう》、ナイフ、この日記帳と鉛筆《えんぴつ》——全部麻袋《あさぶくろ》に詰《つ》めこんだ。それに飲み水を入れるびんを一本。ワゴンを盗《ぬす》み出《だ》してしまったらもう、池に立ち寄って水をくんでいく余裕はない。でも放射能《ほうしゃのう》に汚染《おせん》された川や井戸の水を浄化《じょうか》する装置《そうち》がワゴンの中にあるのはわかっている。残りの弾丸《だんがん》が入っている箱、双眼鏡《そうがんきょう》、わたしがつんで干《ほ》した実とキノコの小さな包みも持った。銃《じゅう》をわきにかかえ、一夜を過ごした場所をあとにした。尾根《おね》はまだ暗い。わたしはふり返らなかった。

尾根づたいに森をぬけて歩いた。降《ふ》るような星空に、満月が行く手の木々の梢《こずえ》をこうこうと照らしている。やがて見張らしのきく場所に出た。見おろす谷間は、黒々と深い闇《やみ》に閉《と》ざされ、池だけが鏡のように丸く、くっきり浮《う》かんで見える。見慣れない美しさだ。まだ谷を出てはいないのに、もう旅が始まっているんだという気がしてきた。わたしは丘《おか》をくだる。

池で、びんに水を満たした。この先は節約して少しずつ飲まなくちゃ。谷を出てからどこかの川に行きつくまで、どうにかもたせなければならないもの。わたしは道路へ出て北へ向かう。荷物はとても重い。麻袋、銃、口まで水の入ったびん。それに闇の中は見通しがきかない。道路を歩いて、バーデン・ヒルの頂上《ちょうじょう》にたどりつく。そこで道路わきの岩間に荷物をかくし、小枝をかぶせた。目印に小枝を一本まっすぐにつき立ててから、今来た道をひき返した。

考えてみれば、この計画が失敗する場合だってある。たとえば、偶然《ぐうぜん》あの男がわたしの近くのを窓《まど》から見て撃《う》ってくることだってある。足を撃たれてからは、一歩も近づかなかった家のそばに、この計画では行かなくちゃならないもの。あの男は、わたしの計略を見ぬき、家を離《はな》れようとしないかもしれない。出て行くふりをして、こっそり引き返し、ワゴンと防護服に手をかけているわたしをひっつかまえるかもしれない。そのときこそ、わたしは殺される。おじけづいているけど、そんな自分にむち打って歩きつづけた。

家が見えてきた。うす明りの中に黒い四角いかたまりがあるだけ。あかりひとつついていない。何気なく通りがかっただけでは、人の住んでいる気配すら感じとれないだろう。

わたしは道から庭に入り、裏《うら》へまわった。ちょっと見まわして、クルミの木の下に重そうな丸い石を見つけ、ポケットからたたんだ紙を一枚《まい》とり出した。何時間もかけて言葉を選び、何度も読み返してやっと書きあげた手紙だ。今このうす明りの中では、文字がかろうじて見えるだけ。家の横をそっとぬけて玄関《げんかん》のポーチへ出ると、そこに手紙を広げてドアの前に置き、はしにさっきの石をおもし代わりに置いた。こうしておけば、きっとあの男の目にとまるわ。わたしはクリークのそばまでさがって、かくれた。

手紙にはこう書いた。


かくれんぼはもういやです。

谷の南のはずれの道路がカーブしているところまで来てください。そこの平らな岩のある場所で、お目にかかります。話し合いましょう。銃《じゅう》を玄関《げんかん》のポーチに置いて、徒歩で来てください。見張られていることをお忘《わす》れなく——わたしは丸腰《まるごし》の人間を撃《う》ったりはしません。

ヤナギの木の下の丈《たけ》の高い草むらに横になって、太陽が昇《のぼ》るのをながめた。丘《おか》の上に広がる空が白むにつれ、星がひとつ、またひとつ、ゆっくり光を失って消えた。大地にはまた昼間の色彩《しきさい》と姿《すがた》がよみがえってくる。東の空がオレンジ色に染《そ》まり、やがて尾根《おね》の上に太陽が現れた。この太陽を、明日はどこか知らないところから見るんだわ。

そのとき、まだ心の準備も整わないうちに、あの男が現れた。玄関のドアが開いて、あいつがポーチに出てきたのだ。あたりを見まわすが早いか、わたしの手紙を見つけた。ひったくるようにしてひろいあげると、あたりをすばやく見まわし、家の中へひっこんだ。読んでるんだわ。かなり長い間、出てこなかった。わたしはドアから目を離《はな》さずに草むらの中で腹《はら》ばいになり、あの男は何を考えているんだろうと、頭をいそがしく働かせた。あの男を間近に見た最初の日のことを思い出す。あのとき、男は病気になって、テントの中で寝《ね》ていた。あれから見ると、見ちがえるほど元気そうだ。畑仕事のせいで顔も日に焼けて、ぐんとたくましく見える。だけど、その表情には張りつめたところがまだ残っている。初めはそれを詩人のようだと思い、日がたつにつれて、狂気《きょうき》の印なのかしらと思ったものだ。もう長い間あの男には近づいていないが、その顔を思い出すと、こわくてふるえてくる。

計画はうまく成功した。二度目にあの男が家から出てきたときには、銃をこわきにかかえていた。またひとわたり見まわしているけど、さっきよりも高くてさらに近いところへ目を注いでいる。わたしが遠くの物陰《ものかげ》にかくれて見張っているのを見通しているんだわ。ためらいがちに銃《じゅう》をポーチに置いたが、とり返しのつかないことになるんじゃないかと迷《まよ》っているように見える。もう一度ぐるっと視線《しせん》を走らせた。一瞬《いっしゅん》、あの男は、大声でわたしをよぶんじゃないかと思ったけど、結局そうはしなかった。道路へ出ると左へ折れ、谷の南のはずれに向かって歩きだした。

わたしはぼうぜんとしていた。ワゴンをとりに走らなくちゃならないことはわかっている。でも、あの男がほんとに行ってしまったなんて、まだ信じられない。五分間近くも、わたしは草むらに横になったまままふるえていた。南のほうを見ると、あの男は足早に去っていく。ああ、もう見えなくなる。戻《もど》ってはこないだろう。わたしは立ち上がって走りだした。

野原をかけぬけ道路を横切って、ワゴンへ走った。記憶《きおく》にあったワゴンよりも小さく見える。雨にうたれてペンキがそりあがり、むけている。緑色のプラスチックのおおいを持ち上げて中をのぞく。必要なものはすべてそろっている。防護服、食料の入っている箱、酸素《さんそ》ボンベ、それにガイガー・カウンターまで。もうすぐ、ここにあるものをたよりに生きていくことになるんだわ。ワゴンとその中のひとつひとつが、見知らぬ世界でわたしの命を支えてくれるんだ。ワゴンの前にまわってふたつの柄《え》の間に立ち、持ち上げてみた。想像していたほど重くない。

前へ引っ張ると、車輪が庭ののびっぱなしの芝《しば》の上を軽くまわって、アスファルトに出た。

家の前を通り過ぎる。いくつもの場面がまざまざとまぶたに浮《う》かぶ。子どもにかえって、わたしは今この家を見ている。夕食を食べに帰ろうとして正面の階段《かいだん》をのぼっているわたし。夜、ポーチにすわってホタルをながめているわたし。わたしの乗っているブランコをゆすってくれているおじいちゃん。それからまたブランコにすわって、だれかの歌声に耳をすましているわたし。あれはもしかしたら、レコードだったのかもしれない。大きくなってからは、夜になるとブランコに腰《こし》かけて、これからの人生に長いロマンチックな夢をつむいだものだ。引っ張っているワゴンが、急に重たく感じられたけど歩きつづけた。

道路へ出ると、ワゴンの車輪がアスファルトの上でキシキシとかわいた音を立てる。風が草や木の葉をゆるがせ、顔に砂《すな》を吹《ふ》きつける。ひと足行くごとに、この谷間にしっかり根をおろしていたわたしの生涯《しょうがい》から、どんどん遠ざかっていくような気がしてくる。だけど、目に映《うつ》るものの映るものが、去って行くわたしを、いっそう強くこの谷に引きとめて放さない。木の上にこしらえた家がこわれている前を通り過ぎる。子どものころ、わたしはどんな未来を夢見ていたのかしら？　けんめいに思い出そうとした。でもあのころ、こんな未来を予想させるものは何もなかったわ。

ふり返って、歩いてきた道を見た。ひっそり静まり返っている。あの男は今ごろ、どこにいるのか。まだあの岩のそばでわたしが来るのを待っているのか。ワゴンがなくなっていることに気づいて、だまされたと知ったら、どんなに怒《おこ》るか想像してみた。わたしはひどく臆病《おくびょう》になっていたから、くるっと向き直って歩きつづけるのはつらかった。それでまた夢のつづきを考えようとした。校舎、わたしを待っている子どもたちの顔。けれど、夢にひたりきるのはむずかしい。

わたしが歩きつづけて行く先は死の世界だ。谷の外から来ているクリークが、道路わきを流れている。たぶんこれから行く先々の道とぶつかっているのだろう。水は昔どおり澄《す》んでいる。岩の上を流れるせせらぎは、音楽のように耳に心地よく響《ひび》く。でも、この水は、ふれるものを片《かた》っぱしから殺してしまう。ファロのことを思い出して、涙《なみだ》があふれた。

わたしの思いは、またあの男へ戻《もど》っていく。あの男を見納《みおさ》めにするのも、もうすぐ。全然会わずにここを去って行こうと思えば、それもできないことではない。ほんとうはそうしたい。だけど心の中の何かが、どうしても黙《だま》って行かせてくれない。それがおもりのようにわたしを引きとめる。丘《おか》を引っ張り上げているこの重いワゴンのように。病気だったころのあの人の顔が浮《う》かんでくる。それから、あの人が死ぬんじゃないかと思ったときの悲しみもよみがえってきた。目の下に広がる牧草地《ぼくそうち》でカラスが鳴いた。まるでわたしが出て行こうとしているのがわかるみたいに。それとも、もう行ってしまったとでも思っているのかしら。

だけど、あの男に会ったら、そのときわたしはどう言ったらいいのだろう。あの男はきっとくるったように怒り、すぐにもわたしを殺そうとするだろう。わたしを引きとめるためならなんだってするだろうし、どんなことでも言うだろう。死《し》に絶《た》えた世界の恐《おそ》ろしさや、物音ひとつしない道路と野原のさびしさを、わたしの耳に吹《ふ》きこむにちがいないわ。家の中にも、車の中にも転がっている死体のこともしゃべるだろう。ほかに生きていける場所はないんだ、ぼくはこの目で見てきたんだと。あの男はこの谷間へたどりつく前に、いやというほど長い間探《さが》し歩《ある》いたんだ。「家へ帰ってこい。戻ってこい。戻ってくるんだ。今度こそきみの好きなようにさせてやる」と。

最後の数分間、重いワゴンにあえぎながら坂をのぼるのがせいいっぱいで、何も考えなかった。木立がわたしのすぐそばに、右にも左にも見え始め、やがて森の影《かげ》も見えてきた。下ばかり向いて進んだ。道路はわずかに曲がって、それから先は平らになっている。右手に下生えの生《お》い茂《しげ》ったところに出た。わたしはワゴンの柄をおろし、荷物をかくしておいた場所を見つけ、かけておいた小枝をとりはらった。ワゴンの中に麻袋《あさぶくろ》と水を入れたびんをしまい、ワゴンを右へ引いて、死の世界との境まで持っていった。そこで防護服をとり出して着こみ、酸素《さんそ》ボンベの操作《そうさ》を確実に理解してから、背中《せなか》にひもでくくりつけた。それから急いで丘《おか》をくだり、オグデン町へ向かう道路へワゴンを置いてきた。そして、この日記帳を持って引き返してきた。

銃《じゅう》も忘《わす》れずに持ってきている。

　太陽はもう東の尾根の上高く昇《のぼ》り、谷は朝の光に洗《あら》われて美しく輝《かがや》いている。あの男はいったいどうしたのか、どこにいるのか、わからない。でも、とにかく待つんだ。あの男はきっと来るわ。そしたらあの男に話さなくちゃならない。人間の声が聞けるのも、これが最後かもしれない。

　あの男が来る。トラクターに乗って来る。ああ、よかった。この日記帳を書き終えることができて。

26　西のほうにいた鳥たち

八月八日

のっけから話し合いはわたしの計画どおりには運ばなかった。あの男はトラクターに乗って、銃《じゅう》を膝《ひざ》にのせ、フルスピードでやって来た。止まれ、車を止めなさい、わたしは声を張り上げた。でもあの男はスピードを落とすどころか、ぐんぐん近づいてくる。わたしの声がエンジンの音にかき消されて聞こえないのかと思ったから、せっぱつまってライフルを空に向けて撃《う》った。その音が聞こえたものかどうか、聞こえたとしたら、あの男はそれを無視《むし》したんだわ。バーデン・ヒルのまさにてっぺんまで、トラクターで登って来てしまった。わたしがひそんでいるところの、ちょうど真向かい。トラクターから飛びおりると、目を皿のようにしてオグデン町へ通じる道路を見つめた。

わたしは心臓《しんぞう》がドッキンドッキン打ち始め、どうしたらいいのかわからずに立ちすくんでいる。あの男がわたしに背中《せなか》を向けているというのに、どうしても撃《う》てない。それどころか、まともに口をきけるかどうかさえあやしい。それでも思いきって声を出してみた。わりにしっかりしている。

「銃《じゅう》を捨《す》てなさい」

その瞬間《しゅんかん》、あの男はくるっとふりむきざま、声のしたほうへ一発撃ちこんだ。わたしの姿《すがた》は見られていないけど、八メートルと離《はな》れていない。もうだめ。わたしはまだ十六歳《さい》だわ。あれだけよかれと思っていっしょうけんめい働いてきたのに、今になって死ななくちゃならないなんて。

無念の思いがどっとこみ上げてきて、わたしは我《われ》を忘《わす》れた。その激《はげ》しさに、恐怖心《きょうふしん》までがわたしの心からきれいさっぱりぬぐいさられた。わたしは立ち上がり、あの男と顔を合わせ、銃をかまえてピタリと相手の胸《むね》にねらいを定めた。ところがあの男は、銃には目もくれない。あの男が見たのは、わたしが着ている防護服。あの男はこの服を見てわめきだした。

「そいつはおれのだ。おれのだって言ってるんだ。脱《ぬ》げ！」

「いいえ」

わたしは言った。

「脱がないわ」

あの男は、わたしに銃を向けた。わたしはつっ立って銃をかまえてはいたけど、自分では引き金を引けないのがわかりきっている。どう出たらいいのか考えもつかない。だから口をついて出た自分の言葉を聞いたときには、我ながらびっくりした。そんなことを考えていたなんて、思いもかけなかった。今思えば、おそらくその言葉がわたしの命を救ったのだ。

「いいわ、殺したらいいでしょう……エドワードを殺《や》ったようにね」

あの男は食いつきそうな目でわたしを見た。それから、聞きちがえたのか、それとも耳に入らなかったとでもいうように、首をふった。それでもあの男は銃をおろして、あとずさりした。

「ちがう」

あの男が言った。

「あんたは知らないんだ……」

声には力がなかった。

「あなたが病気のとき、しゃべったのよ。エドワードの胸を撃ったときのことをね。防護服に開いた弾丸《だんがん》の跡《あと》をふさがなきゃならなかったわね。今わたしが着ているこの服によ、あなたの命を救ったこの服にあった穴《あな》のことよ」

するとあの男は顔をそむけて、一瞬棒立《ぼうだ》ちになった。はっきり言いきれないけど、肩《かた》をふるわせていたようだ。しばらくしてあの男は静かに話し出した。

「やつはその服を盗《ぬす》もうとしたんだ……今、あんたがしているようにな」

「わたしもこうするしかなかったのよ。死にたくなかったもの。でもあなたは、何ひとつわたしに分けてくれなかった。冬だったら、山の中で飢《う》え死《じ》にしていたでしょうよ。まるでけものみたいに、銃《じゅう》に追われて暮《く》らすなんてごめんだし、あなたの捕虜《ほりょ》になるなんてまっぴらだわ」

わたしは自分の声に元気づいてつづけた。

「ほかにも生きている人たちがいるはずだわ。わたしはそういうところを探《さが》しに行きます。喜んでわたしを迎《むか》えてくれる人たちのところへね。引きとめてごらんなさい。わたしまで殺すことになるわ」

「そりゃちがう」

あの男は言ったものの、わたしが本気で言っているんだと見てとった。おびえた声で途方《とほう》に暮《く》れた感じだった。泣《な》き出《だ》すのかと思った。

「行くなよ」

あの男が言った。

「置いていかないでくれ。おれを置きざりにしないでくれ」

わたしは慎重《しんちょう》に言葉を選んだ。

「もし、わたしを撃《う》ったら、あなたは文字どおりひとりぼっちになるのよ。何か月も探しまわったのに、人っ子ひとり見つからなかったでしょ。生き残った人間は、わたしたちだけかもしれないわね。だけど、万が一、だれかを見つけたら、あなたのことを教えてあげるから、迎えに来てくれるかもしれない。それまで、食べるものはあるでしょう。トラクターもあるし、店だってあるんだもの。この谷はあなたのものよ」

言いながらわたしはつらかった。そのときふいに涙《なみだ》がこみあげてくるのを感じて、わたしはいきなり言い足した。

「あなたが病気だったとき、あんなに看病《かんびょう》してあげたのに、あなたはひと言もお礼を言わなかったわね」

勢いわたしの最後の言葉は、こんな子どもじみたものになった。

これでおしまいだ。マスクがぴったり顔にかぶさるように調整すると、ボンベから冷んやりした空気が口に流れこんだ。わたしはあの男に背《せ》を向けた。今にもドスンと弾丸《だんがん》が撃《う》ちこまれて、鋭《するど》い痛《いた》みが走ると覚悟《かくご》したが、なんにも起こらなかった。わたしは死の世界に足を踏《ふ》み出《だ》す。あの男が後ろで何か叫《さけ》んでいるのを聞いたが、マスクで両耳をおおっていたので、声がひずんで聞こえ、意味がわからない。わたしは歩きつづけた。と、いきなり、はっきりした声が飛びこんできて、わたしの名前をよんでいるのがわかった。その声の調子には、わたしの足を止めて、後ろをふり向かせずにはおかないものがあった。あの男は今にもこちら側へ足を踏み入れそうにして立っていた。西のほうをさしながら、同じことを何回も何回も叫《さけ》んでいるらしい。

「鳥だ」

と、あの男は言った。

「鳥を見たんだ……ここから西に……輪を描《えが》いてた。飛んで行ったから場所はどこだかわからない。確かに何羽も見たんだ」

わたしは手を上げて、わかったわと合図した。それから自分にむち打って向き直り、歩き出した。

朝だ。ここがどこなのかわからない。きのうは午後からずっとほとんど夜通し、疲《つか》れきって足が動かなくなるまで歩きつづけた。ゆうべはテントをはる手数をはぶいて、道路わきに毛布を広げただけで寝《ね》ころんだ。眠《ねむ》っている間に夢を見た。夢の中でも歩きつづけて、とうとう生徒たちが待っている学校にたどりついた。目がさめると、太陽は高く昇《のぼ》っていた。茶色く枯《か》れた草むらの間をぬって、小さな川が西のほうへうねりながら流れている。夢は消えたけど、どっちへ行ったらいいかわかってるわ。歩きながらひとすじの緑を求めて、はるか地平線に目をこらす。きっと、わたしを待っている人たちがいる。

訳者《やくしゃ》あとがき

◆核戦争《かくせんそう》が起きてしまったあとにできた「第二のエデン」◆

ルーミスとアンは、核戦争で絶滅《ぜつめつ》した世界に生き残った最後のカップルだが、同時に最初のカップル、アダムとイヴであるともいえる。しかし、この第二のアダムとイヴは、第一のアダムとイヴのように子孫を残し、聖書《せいしょ》に書かれているように、おびただしい子孫に向かってさらに「生めよ、ふえよ、地に満ちよ」と、ヤハウェの言葉を借りてハッパをかけることなく、別れていく。別れざるを得ないいきさつは、読まれたとおりだ。

最初のアダムとイヴが禁断《きんだん》の木の実を食べてエデンを追われたとき、聖書は以下の運命を予言した。「やがては人類が世界最終戦争（ハルマゲドン）を引き起こし、再臨《さいりん》したキリストによって戦争が平定され、そして最後の審判《しんぱん》が行われて、彼《かれ》がエルサレムを首都として統《す》べる『千年王国』を経た後、ついに選ばれた者だけが天国へ引き上げられる」と。しかし、本書では、ハルマゲドン以後の地球にキリストが再臨する気配はない。

それでも、アン・バーデン一家が住みついた谷間が、放射能汚染《ほうしゃのうおせん》を免《まぬか》れた「第二のエデン」であることは、再臨の前触《まえぶ》れかもしれない。アンは言う。「昔からこの谷間の気象はほかとはちがうんだって言われてたわね」。放射能汚染で壊滅《かいめつ》した世界を、自ら開発した特殊《とくしゅ》な防護服で通りぬけ、この谷間にたどりついた科学者ルーミスは、「気象学でいう飛び地だな。大気の逆転とかいうやつだ。そんなことは理論的に可能なだけだとばかり思っていた」と意見を述《の》べる（本書74ページ）。

ルーミスがこの谷間にたどりつく前、アンは「永久にだれも読んでくれるあてがない日記」を書いていた。日付があいまいにならないためだった（それでも、社会生活がないただひとりの暮《く》らしでは、日付はすでにあいまい化していたのだが）。しかし、ルーミスがやって来て、様相は一変する。「つかの間の命にせよ、地球の命運を担《にな》っていく人間はふたりいたのだ（中略）そう思うと、思わず頬《ほお》がゆるんでくる」（125ページ）。ルーミスは言う。「この谷が全世界だと思って計画を立てなければならないんだ。ここに新しい世界を、しかも永久につづくものを、一から作り始める」。アンは同感なのだが、こんな違和感《いわかん》を抱《いだ》く。「いざあの人の口からそれを聞くと、その言い方が悪いせいか、わたしは落ち着きをなくした」（198ページ）。なぜか？

◆「第二のエデン」を汚《けが》した者はだれか？◆

ルーミスは自分たちが最後の人類だということを、あまりに鋭《するど》く意識しすぎている。そして核戦争後の最初の人類になるかもしれないという積極的な側面は、ほとんど意識にのぼらない。ここが最初のアダムとの大きなちがいだ。アダム一世にはそんな意識はまるでなかった。子孫を残さねばという意識すらなかったのではあるまいか。

ところが、アダム二世のほうは穀物《こくもつ》の種を残すのと同じように人間の種も残そうとして、相手の感情など無視《むし》してアンに迫《せま》る。ガリ勉の科学者によくあるタイプで、自分以外のすべて、人間すら、自分の計画に必要な将棋《しょうぎ》の駒《こま》としか見られない。ましてやアンが人類最後の女性となれば、将棋の駒どころか、子孫を増殖《ぞうしょく》させる装置《そうち》、かけがえのない子宮《しきゅう》としてしか見られなかったのだ。むろんルーミスは強迫観念《きょうはくかんねん》にとりつかれているので、そのかぎりにおいて非常に人間的だ。同僚《どうりょう》のエドワードを殺してしまったらしいのも、最後の人類としての自分たちを過度に意識した強迫観念のせいだが、その罪の意識がアンに対する強迫観念を強めている点も、ルーミスの負《ふ》の人間性をひきたてている。

なぜルーミスはこうも躍起《やっき》になるのか？　そしてアダム一世はなぜああものんきだったのか？　結局、アダムにはいっさいを手配してくれる神がいたのに、ルーミスには神にかわる存在《そんざい》としては自分しかいなかったからではないのか。核戦争を起こして人類を滅亡《めつぼう》させたのも神の意志だと信じることは、いざルーミスの立場に置かれてみれば、彼《かれ》がインテリでなかったとしても、不可能だ。

人類を滅亡させてはならない、その存続のためには手段《しゅだん》を選ばないというのは、すべての民族に共通する集団的な強迫観念だ。ルーミスの属するキリスト教圏《けん》には、旧約《きゅうやく》聖書の創世記《そうせいき》にソドム市がエホバの怒《いか》りにふれてほろぼされたあと、エホバの意思で自分たちだけ生きのびたロト父娘《おやこ》のすさまじいエピソードが記されていて、それがルーミスの強迫観念をはるかな昔から支えている。

アンも一度はルーミスとの結婚《けっこん》、彼との間に子孫を残し、〝谷間〟に第二のエデンの園を築くことを夢見る。しかし、自分を手段としか見ていない相手にうんざりし、それでもなんとか妥協点《だきょうてん》を見出そうとけなげな努力をくり返す。ひどい目にあいながらも食べ物を相手と半分こしようとするアンの愚直《ぐちょく》さには、人類を養《やしな》い世話をする自然を女性によって表そうとする作者の意図がうかがえる。いっぽう、ルーミスによって作者が表そうとしたものは、人類が神の人形としてのアダムの境涯《きょうがい》から脱してみずからを向上させ、ついにはみずからを滅亡におやる原因となった異様《いよう》な計画性などの能力、つまり人為性《じんいせい》だろう。これこそが、禁断の木の実から吸収《きゅうしゅう》してしまった呪《のろ》いとしての「人知」である。ルーミスが汚染された川に飛びこんだ結果、長い病を得るのは、「第二の禁断の木の実」を食べたことへの劫罰《ごうばつ》に当たるのかもしれない。

しかし、一瞬《いっしゅん》にして失った家族と〝谷間〟の人々の記憶と彼らから受《う》け継《つ》いだ知恵《ちえ》をめいっぱい利用して日々刻々《ひびこくこく》を生きのびていくアンの描出《びょうしゅつ》は、彼女《かのじょ》を正の人間性の権化《ごんげ》と思わせるほどすぐれたものだ。そのアンが「防護服を盗《ぬす》んで、この谷を出ていこう」と決意するのは、神に追われたからではなく、自ら選んだ「第二のエデン追放」だった。その「第二のエデン」には、神ではなく、ルーミスが置き去りにされる。ついに結婚できなかったアンに対して、ルーミスはせめて「西のほうにいた鳥たち」のことを告げて、そこに「第三のエデン」の存在を暗示、その情報を去りゆく相手へのはなむけとするのだ。

アメリカ史上最初の黒人大統領が核兵器削減《さくげん》を口にしたことは、世界にただひとつの被曝国《ひばくこく》に暮《く》らす私たちだけでなく、本書のコンテクストの中でも大きな共鳴を引き起こさずにはいない。核兵器削減を最初に口にしたのは、意外かもしれないがレーガンで、相手はゴルバチョフだった。しかし、サッチャー首相がおしとどめたのだ。大英帝国最初の女性首相がそういう役目をになったことは、本書のヒロイン、アン・バーデンとの対比では大きな皮肉である。

◆父と娘《むすめ》の合作◆

作者ロバート・C・オブライエンは、本名ロバート・レズリー・コンリー。一九一八年ニューヨークのブルックリンの高等教育を受けたアイルランド系カトリックの家に生まれた。虚《きょ》弱《じゃく》体質で、第二次世界大戦中は兵役不適格者の烙印《らくいん》をおされる。しかし、音楽と文学に興味を抱《いだ》き、一九三五年、上流子弟のリベラルアーツ系の私立大学、ウィリアムズ・カレッジ（マサチューセッツ州ウィリアムズタウン／創立一七九三年）に入るが二年生時点で退学《たいがく》、ジュリアード音楽院にも一時通学、結局ローチェスター大学（ニューヨーク州ローチェスター／創立一八五〇年）国文科を卒業した。『ニューズウィーク』その他の雑誌《ざっし》を経て、有名な『ナショナル・ジオグラフィック』の上級編集者兼《けん》ライターとして、世界をまわる機会を得た。大自然を記事にするこの仕事が、本書や傑作《けっさく》「ニムの家ねずみ」シリーズの強い支えになっていることがわかる。だが、一九六三年、作者は緑内障《りょくないしょう》を患《わずら》い、職場《しょくば》への運転ができなくなって、家族で職場近くへ引《ひ》っ越《こ》した。通勤時間が空《あ》いたので児童書を書き始めた。しかし、本書の刊行《かんこう》を待たず、一九七三年に亡《な》くなったのである。そのため、終わりの数章は、残されたメモをもとに、サリー夫人と三人の娘《むすめ》のひとりジェインが書き上げた。夫人との間には、ほかに息子がひとりいる。

本書は一九七六年にエドガー・アラン・ポー賞（児童書部門）を与えられている。この賞は、アメリカ探偵《たんてい》作家クラブ（ＭＷＡ）がその年のミステリーの最高傑作《けっさく》に出すものである。

児童書は、ほかに『銀の冠《かんむり》』（一九六八年）と『フリスビーおばさんとニムの家ねずみ』（一九七一年。一九七二年ニューベリー賞。冨山房から私の訳）の二作のみ。おとなの小説は『グループ一七からの報告』（一九七二年）。なお、娘のジェイン・レズリー・コンリーは、『フリスビーおばさんとニムの家ねずみ』の続編、『ラクソーとニムの家ねずみ』（一九八六年。冨山房から私の訳）、さらにその続編『アーティとマーガレット、そしてニムの家ねずみ』（一九九〇年）を書いた。

『フリスビーおばさんとニムの家ねずみ』は、人間の実験に利用された結果、異常に頭脳《ずのう》の発達したニム（その実験をした研究所）の家ねずみが、ニムを脱出して以来住み着いていた農家の庭先から追われ、周到な計画にもとづいて新天地を求めて「ソーンの谷間」へと旅立つまでを描《えが》いた傑作《けっさく》だった。ねずみたちの中には、本書のルーミスのようにおのれの科学知識への過信から人間性（いや、ねずみ性？）をなくしたものと、知識と人間性のバランスを失わないものとがいて、双方《そうほう》の対立が見せ場になっていた。いっぽう本書のアンにあたる正の人間性をになう人物はフリスビーおばさんという野ねずみで、おばさんがいいほうの家ねずみに助けられる過程《かてい》がおばさんの目をとおして語られていた。この作品は日本でもたいへん評判《ひょうばん》になった。ニムの家ねずみたちが置かれた窮地《きゅうち》（つまり局限状況《きょくげんじょうきょう》）は、本書ではさらに深刻化《しんこくか》され、作者がサバイバルの問題に強い関心を抱《いだ》いていたことがわかる。

なおニムとはＮＩＭＨ（全国精神保健研究所）という、一九四九年創設の、四十余の部局を擁《よう》する巨大研究機構で、メリーランド州ベセズダに実在する。自白剤《じはくざい》としてのＬＳＤ開発（失敗）、人間の寿命《じゅみょう》を百二十歳《さい》以上に延長《えんちょう》する研究など膨大《ぼうだい》な科学実験を手がけている。二〇〇五年度の総予算十四億ドル。副所長は日系人のリチャード・Ｋ・ナカムラである。

『ラクソーとニムの家ねずみ』では、せっかく築いた新天地「ソーンの谷間」に人間がダムを作ることになり、家ねずみたちがその計画を破壊《はかい》活動によって潰すいきさつが語られる。『アーティと……』では、初めて人間の姉弟と家ねずみたちがソーンの谷間で共存《きょうぞん》する。だが冬が迫《せま》り、姉弟を収容できるだけの巨大《きょだい》な地下設備がないため家ねずみたちは姉弟を親たちのもとへ送り届ける。重大な実験の成果である家ねずみの捕捉《ほそく》にはやるニムの圧力に屈《くっ》して、マーガレットはソーンの谷間の位置を漏《も》らす。しかし、人間たちがかけつけると、家ねずみたちの基地はがらんどうになっていた。家ねずみたちの集団退去は「第二のエデン」を決然と捨《す》てて、

「西のほうにいた鳥たち」のほうへと去っていくアン・バーデンの姿《すがた》と重ならずにはいない。しかし、ルーミスとちがって、アーティは家ねずみから彼らが去っていった方角を指し示す矢印の絵を受け取るのだ。

なお『死の影《かげ》の谷間』の原題*Z for Zachariah*は、そのままでは邦題《ほうだい》に適さないので、バプテスマのヨハネの父ザカリヤがわが子の使命と生まれてくるイエスの前触《まえぶ》れとして発した言葉「(神の)憐《あわ》れみによって、高い所からあけぼのの光が我《われ》らを訪れ、暗闇《くらやみ》と死の陰《かげ》に座《ざ》している者たちを照らし……」(ルカによる福音書1-78、79)から邦題をとった。

本書は、今から四半世紀も前の一九八五年に私の訳で評論社から出た。今回、同社の岡本稚歩美さんより新しいミステリー・シリーズに本書を加えるとの連絡《れんらく》を受けた。世界の強国が核戦争をどうにか先送りしてきた結果、この作品は未来を先取りしつづけ、久しぶりに読み直しても鮮烈《せんれつ》さはいやますばかりである。

「わたしはまた、新しい天と新しい地を見た。最初の天と最初の地は去っていき、もはや海もなくなった」(ヨハネの黙示録《もくしろく》21-1)

二〇一〇年初春

越智道雄

＊本書は、一九八五年七月に評論社より刊行された『死のかげの谷間』の改訳新版です。

ロバート・C・オブライエン Robert C.O'Brien
1918年、ニューヨーク州ブルックリン生まれの作家。本名ロバート・レズリー・コンリー。1973年に55歳の若さで亡くなる。邦訳作品に『死の影の谷間』（評論社）のほか、『フリスビーおばさんとニムの家ねずみ』（ニューベリー賞受賞・冨山房）がある。実娘のジェイン・レズリー・コンリーが『フリスビーおばさんとニムの家ねずみ』の続編『ラクソーとニムの家ねずみ』他を書いている。

越智道雄（おち・みちお）
翻訳家。明治大学名誉教授。1936年愛媛県今治市生まれ。広島大学文学部英文科でジョイスを研究、同大学大学院文学研究科博士課程でディケンズ、サッカリー、フォークナーを研究。1983年『かわいそうな私の国』（サイマル出版）で日本翻訳家協会出版文化賞、1987年『遠い日の歌が聞こえる』（冨山房）で産経児童文学賞受賞。その他の訳書に『〝機関銃要塞〟の少年たち』『アルメニアの少女』（共に評論社）、アメリカ文化論に『ワスプ（WASP）』（中央公論社）、『ブッシュ家とケネディ家』（朝日選書）、『オバマ・ショック』（集英社新書）などがある。

海外ミステリーBOX

死の影の谷間

2010年２月28日　初版発行
2012年11月20日　２刷発行

●——著　者　ロバート・C・オブライエン
●——訳　者　越智道雄
●——装　幀　水野哲也(Watermark)
●——装　画　丹地陽子
●——発行者　竹下晴信
●——発行所　株式会社評論社
〒162-0815 東京都新宿区筑土八幡町2-21
電話　営業 03-3260-9409／編集 03-3260-9403
URL　http://www.hyoronsha.co.jp
●——印刷所　凸版印刷株式会社
●——製本所　凸版印刷株式会社

ISBN978-4-566-02423-6　NDC933　328p.　188㎜×128㎜

海外ミステリーBOX

すぐれたミステリー作品に贈られるエドガー・アラン・ポー賞。
その受賞作・候補作を集めた傑作ミステリー・シリーズ。

ウルフ谷の兄弟

デーナ・ブルッキンズ 作
宮下嶺夫 訳

母親を亡くし、伯父さんに預けられることになったバートとアーニーの兄弟。しかし谷間の一軒家は荒れはて、不安と恐怖におびえながら日々を過ごす羽目に。そして殺人事件が起こり……。二人の健気さが胸を打つ秀作。

256ページ

とざされた時間のかなた

ロイス・ダンカン 作
佐藤見果夢 訳

十七歳の少女ノアは、父の再婚相手の家族に会うため、初めて南部にやってきた。美しい義母と義理のきょうだいたち。が、彼らには想像を超えたおそろしい秘密が……。一人で秘密をさぐろうとするノアに危険が迫る！

304ページ

死の影の谷間

ロバート・C・オブライエン 作
越智道雄 訳

放射能汚染をまぬかれた谷間で、たった一人生き残った少女アン。そこに、防護服に身をつつんだ見知らぬ男がやってくる。二人はどんな運命をたどるのか――核戦争後の恐怖を描く問題作。

328ページ